WUNDERRAUM

Lesen ist ankommen.

Buch

Neverness ist ein ganz besonderer Ort. In dunklen Katen steigt einem der Geruch von Schafwolle, kalter Asche und feuchtem Reet in die Nase. Man hat den Geschmack von geräuchertem Fisch auf der Zunge, Finger gleiten über raue Ochsenhaut. Zugleich ist der Alltag der Menschen wundersam und voller Zauber. Immer wieder verschwimmen die Grenzen zwischen Menschen- und Tierwelt. Wertlose Gegenstände können größte Bedeutung annehmen und kleine Taten unübersehbare Konsequenzen haben. Das Leben der Inselgemeinschaft wird von uralten Bräuchen bestimmt, und ihre Erfahrungen reichen die Bewohner in dunklen Mythen von Generation zu Generation weiter. Doch auch wenn ihre Wirklichkeit eigentümlich und märchenhaft ist, sind diese Menschen keine Märchenfiguren. Sie sind so real wie das Meer und der Wind, und ihre Sorgen, Leidenschaften und Schwächen sind uns so vertraut, als wären es unsere eigenen. Dem Zauber, der von ihren Geschichten ausgeht, kann sich niemand entziehen.

»Eindringlich und prallvoll mit Leben. Hier ist jede Geschichte ein Zauber, eine Allegorie, ein nebelverhangenes Gedicht, aufgespürt im Dunkel unserer Vergangenheit.« *Guardian*

Weitere Informationen zur Autorin
finden Sie am Ende des Buches.

ZOE GILBERT

NEBEL INSEL

Roman

Aus dem Englischen übersetzt von
Regina Rawlinson

WUNDERRAUM

Für meine Mutter

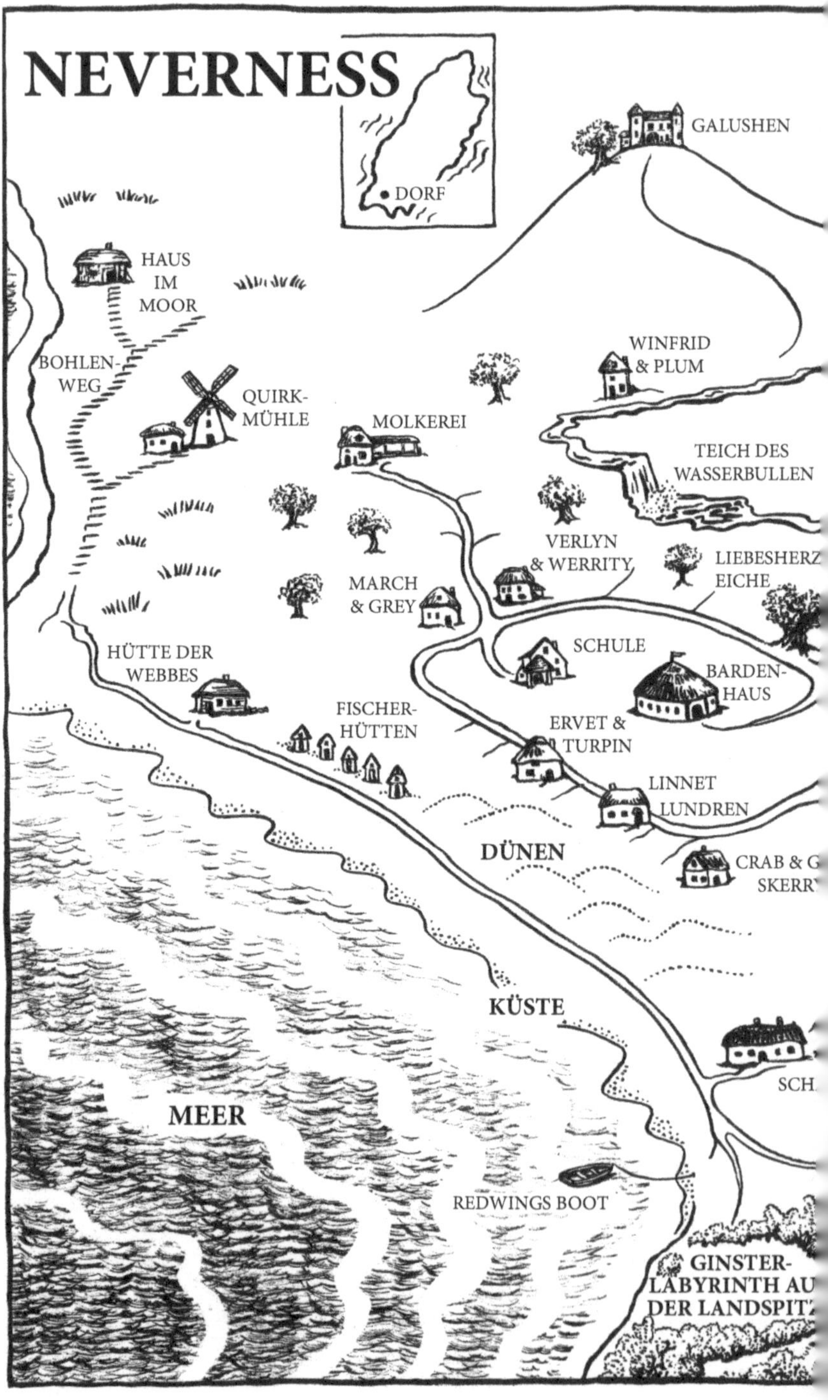
NEVERNESS
DORF
GALUSHEN
HAUS IM MOOR
BOHLEN-WEG
QUIRK-MÜHLE
MOLKEREI
WINFRID & PLUM
TEICH DES WASSERBULLEN
VERLYN & WERRITY
LIEBESHERZ EICHE
MARCH & GREY
SCHULE
BARDEN-HAUS
HÜTTE DER WEBBES
FISCHER-HÜTTEN
ERVET & TURPIN
LINNET LUNDREN
DÜNEN
CRAB & G SKERR
KÜSTE
SCH
MEER
REDWINGS BOOT
GINSTER-LABYRINTH AU DER LANDSPITZ

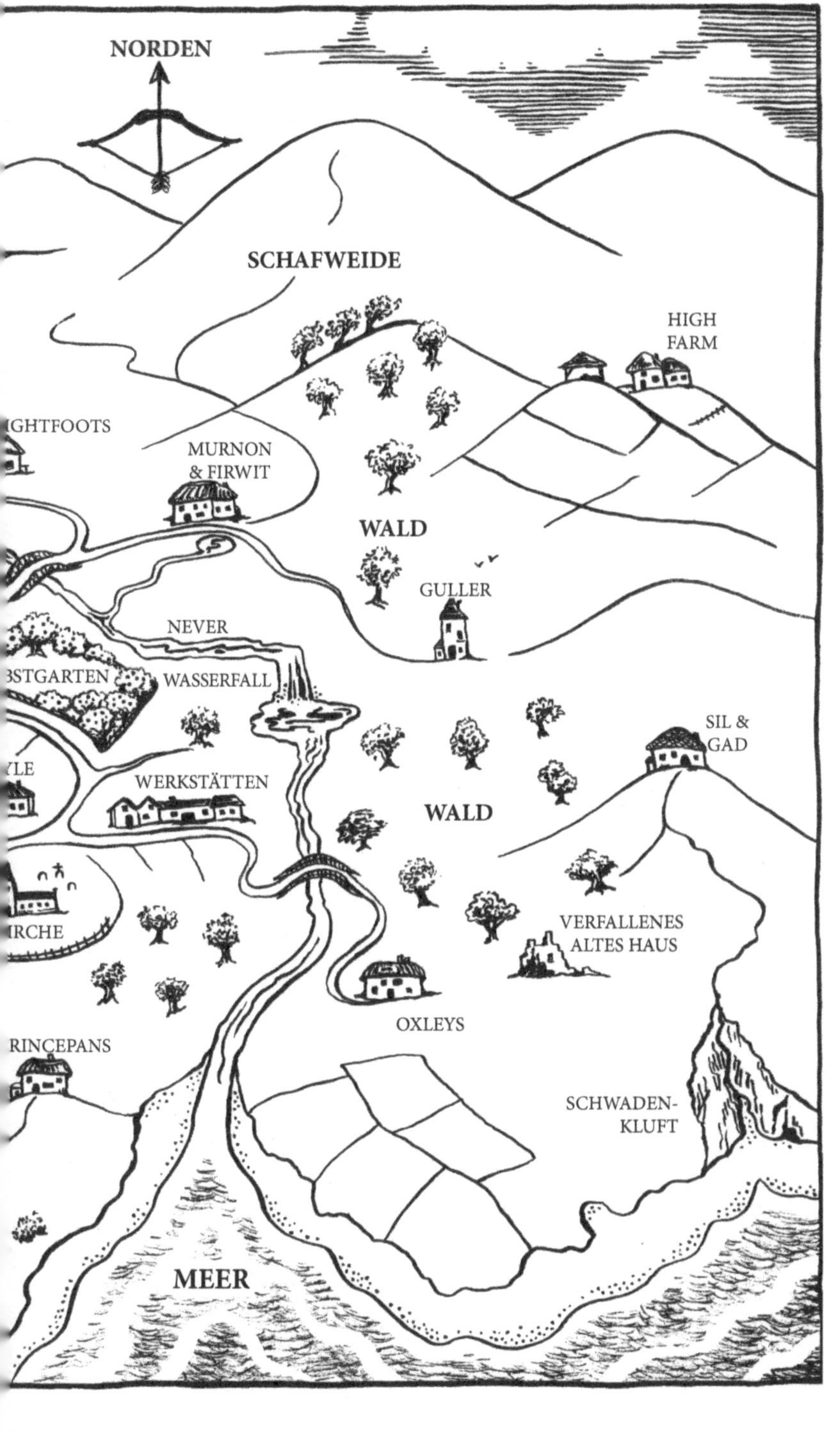
NORDEN
SCHAFWEIDE
HIGH FARM
IGHTFOOTS
MURNON & FIRWIT
WALD
GULLER
NEVER
BSTGARTEN
WASSERFALL
SIL & GAD
YLE
WERKSTÄTTEN
WALD
IRCHE
VERFALLENES ALTES HAUS
OXLEYS
RINCEPANS
SCHWADEN-KLUFT
MEER

STACHELLIED

HORCH, WIE DER RHYTHMUS durch das Ginsterlabyrinth rollt. Der Abend dämmert schon, es ist die Zeit zwischen dem letzten Rest Sonne und dem ersten Stern, die Tür des Tages schließt sich; bald wird die Nacht sie endgültig versiegeln. Hämmernde Schritte hallen durch die gewundenen Tunnel im Ginster, Herzen klopfen im Takt dazu, alles überlagert vom Keuchen und Schnaufen der Jungen. Ihre Atemwölkchen verlieren sich über ihnen im Dornendickicht. Sie tragen Ärmel aus Ochsenhaut, haarig und schwarz. Das Leder stinkt. Die Ellenbogen schwitzen. Die weißen Hemden kleben an der Haut, ungeschützt wippen die frisch geschorenen Köpfe zwischen den stacheligen Büschen auf und ab.

Vier Wachstumszeiten, in denen der Ginster seine Stacheln verdoppelt, Kammern und Durchgänge, ja ganze Räume aus Dornen gebildet hat. So grausam hat er sein Labyrinth verwoben und verflochten, dass sich keiner der Jungen den Weg hindurch merken konnte.

Inmitten des Fußgetrappels rennt Crab, dass ihm die lockere Erde unter den Sohlen wegrutscht. Er ist ein schmächtiges Kerlchen und nimmt zum ersten Mal am Ginsterlauf teil. Unter seiner blassen Kopfhaut zeichnet sich der Knochen ab. Er mag der Kleinste sein, aber er ist auch der Schnellste. Wo die letzten gelben Blüten prangen, prescht er schlitternd durch spitze Kurven und vorbei an Hügeln und Buckeln. Im dunkelnden Blau dieser Stunde wirbelt er am Ende der Sackgassen herum, duckt sich durch kratzende Bögen. Hier und da begegnet er anderen Jungen, die ihre lederbewehrten Arme in den Ginster strecken und mit den ungeschützten Fingern darin herumtasten, unter den Stichen der Dornen zusammenzuckend.

Crab hat sich noch nicht ins Dickicht gestürzt. Mit den Augen sucht er die dunkelsten Stellen des Ginsters ab. Wenn er findet, was er begehrt, wird er kopfüber hineinspringen, kühner als alle anderen. *Ginstermutter*, stößt er mit heißem Atem flüsternd hervor.

Schau jetzt bergab, wo die Mädchen warten, unterhalb des stacheligen Waldes mit den flirrend gelben Blüten. Sie trampeln mit ihren Stiefeln im Heidekraut. Sie lassen die Sehnen ihrer langen Bögen schnalzen, als hätten sie Pfeile eingelegt, und dehnen die Sehnen, bis sie reißen. Mit diesen Bögen haben sie echte Pfeile tief in den Ginster geschossen, bis ins dunkelste Dickicht. Die bunt gemusterten Bänder, die daran hängen, heben sich flatternd von den schwarzen Nadeln des Ginsters ab. Manche Mädchen haben ihre Pfeile mit Nägeln beschwert, damit sie weiter fliegen. Alle Mädchen haben ihre Namen auf die Stoffstreifen gestickt. Einige haben noch einen roten Punkt hinzugesetzt, den Faden immer wieder an derselben Stelle eingestochen, bis ein Knötchen entstand, das dem Jungen, der ihren Pfeil findet, verrät, dass ihn bei seiner Rückkehr nicht nur ein Kuss auf den Mund erwartet.

Jedes Mädchen wünscht sich den rötesten Kuss, den Kuss eines Jungen, der sich für ihren Pfeil so tief in die Dornen gewagt hat, dass seine Lippen einem blutigen Nadelkissen gleichen.

Werrity Prowd sammelt die anderen um sich. Ihr Blick ist lauernd, die Lippen zum Schmollmund gespitzt. »Wen willst du küssen?«, fragt sie die Mädchen der Reihe nach: Plum, das Waisenkind, Linnet, die goldblonde Erntekönigin, March und Grey, die mürrischen Töchter des Jägers. Sie lachen und geben flüsternd die Namen preis.

Die Letzte, die sie fragt, ist Madden Lightfoot, das Stallmädchen. Sie ist in diesem Jahr zum ersten Mal bei den Bogenschützinnen dabei. Ihr Band hat die dottergelbe Farbe der Ginsterblüten. »Man kann sich nicht aussuchen, wer den Pfeil findet«, antwortet Madden. »Und ich verrate sowieso nicht, wen ich küssen will.«

Werrity grinst höhnisch und verschränkt die Arme über ihrem runden Bauch. »Bloß weil du hübsch bist, brauchst du dir noch lange nicht einzubilden, dass du den besten Jungen abkriegst. Der ist für mich bestimmt.«

»Schlampe«, faucht Grey.

»Hast du noch nicht genug?«, fragt March und stupst Werrity mit der Spitze ihres Bogens in den Bauch.

Wende dich ab von der Heidekrautflanke des Berges, richte den Blick auf die seewärtige Seite. Atme die Luft ein, rieche den Rauch. Männer und Frauen zünden bereits die Fackeln an und reichen sie weiter. Das ganze Dorf Neverness ist gekommen: Fischer und Bauern, Schäfer und Jäger, Vogelhändler und Fiedler, Brauer und Imker, Näherin, Hebamme, Müller und Barde. Jedes Jahr versammeln sie sich, wenn die Mädchen ihre Pfeile abschießen und die Jungen durch den Ginster rennen, um sie aufzustöbern. Sie lechzen nach Feuer, können es kaum erwarten, aber Brauch ist Brauch. Erst wenn das Spiel der Jungen und Mädchen vorbei ist und sie sich für den Abend zu Paaren zusammengefunden haben – ein Kuss für jedes Seidenband –, werden sie ihre dornige Ginstermutter niederbrennen.

Tritt ein in das Labyrinth, und koste von der Lust, die die Füße immer schneller durch den Ginster treibt. Es ist die Lust der Jungen an der Jagd nach den verborgenen Bändern. Doch es ist auch die Lust nach etwas Dunklerem. *Ginstermutter.* Die Nacht bricht herein, und in den Augen brennt ein fiebriges Feuer. Bloße Schädel und lederbewehrte Arme wühlen sich unter Gewimmer in die Dornennester. Erregtes Keuchen angesichts der stechenden Schmerzen. Jungen, die sich in den Dornen verfangen, treten panisch um sich und schälen sich aus ihren Hemden. Als einer, seinen bandgeschmückten Pfeil schwenkend, aus dem Labyrinth rennt, heben die anderen nicht einmal den Kopf.

Weiter unten, im Heidekraut, winkt Plum ihn zu sich ins violette Dunkel. Die anderen Mädchen verrenken sich die Hälse nach einem Blick auf seinen Mund, damit Plum nicht mogeln kann, indem sie sich die Lippen selbst blutig beißt.

Oben stolpert Crab durchs Labyrinth, die Ochsenhautärmel sind ihm auf die Hände gerutscht. Er hat den zerstochenen Schädel des Jungen gesehen, der den Berg hinuntergelaufen ist. Er verreibt die Blutströpfchen, die aus seinen Fingern quellen, und geht auf demselben Weg wieder zurück, tastet nach Wurzeln und knorrigen Stämmen, die ihm bekannt vorkommen, und versucht, den Pfeil zu finden, der sich am tiefsten ins Dickicht gerammt hat.

Da leuchtet ein weißes Band in einer Dornenhöhle, weiter als eine Jungenkörperlänge vom Pfad entfernt. Wenn er es haben will, kostet es ihn mehr als nur Kratzer. Er wird sich die Haut aufreißen. Crab ballt die Fäuste in den Ärmeln und schiebt sich hinein.

Zünde die letzte Fackel an, und folge den Männern und Frauen aus Neverness, die sich mit ihren lodernden, knisternden Flammen am Saum des Ginsters verteilen. Zwischen ihnen huschen boshafte Schatten – alle Wunden, alle Ängste, aller Zorn des vergangenen Jahres –, die die Dorfbewohner an den Haaren ziehen, ihnen ein Bein stellen. Das Ginsterfeuer wird sie ausräuchern und die Luft für die neue Jahreszeit reinigen.

Nur wenige Mädchen warten noch unten im Heidekraut. Grey tritt March gegen die Zehen, und sie stechen einander mit ihren zerbrochenen Bögen. Mit verkniffener Miene hält Werrity Prowd nach den letzten Jungen Ausschau, die noch den Hang herunterkommen müssen. Madden steht abseits und starrt in den Himmel.

»Wie viele noch?«, ruft ihnen ein Mann von weiter oben zu. Der Wind reißt ihm die Frage von den Lippen und ertränkt sie im Meer.

Den ganzen Herbst über hat es Crab, wenn er schlief, in den Beinen gezuckt, ist er im Traum durch das Ginsterlabyrinth geprescht, aber die Pfeile mit den Bändern haben sich seinen Fingern immer wieder entzogen. Erst am Tag vor dem Feuer findet er heraus, was er machen muss, um zu gewinnen.

Als Crab in halsbrecherischem Tempo zur Schenke gelaufen kommt, steht die Falltür zum Keller noch offen, mit einem Keil festgeklemmt. Von unten hallt Jungengeschrei herauf. Er landet in einem wilden Durcheinander: Hemden fliegen durch die Gegend, Ochsenhautärmel dreschen auf Köpfe ein. Im Keller stinkt es nach Tierhaut und Jungenschweiß, nach dem Bierdunst aus den Fässern. Crab bückt sich über den offenen Sack, der auf dem Boden liegt, und greift sich die letzte Rolle Ochsenhaut. Sie ist haarig und schwarz, steif wie Baumrinde.

Dally Oxley, ein Junge, den er kennt, sieht, wie er sich den Ärmel nimmt. »Jetzt brauchst du bloß noch den anderen, dann hast du ein Paar!«, brüllt er über den Tumult hinweg. »Nimm, was du kriegen kannst.«

Crab nickt und zieht sich die Ochsenhaut über. Sie schlackert, ist für dickere Arme als seine bestimmt. Die am kräftigsten gebauten Jungen, die sich die besten Ärmel längst umgeschnürt haben, fechten mit den Unterarmen. Er entdeckt Sandy Rincepan, der breitbeinig auf einem Fass hockt, während ihm Drake, der schneidigste der sieben Webbe-Brüder, eine Klinge durch die Haare zieht. Die ersten Büschel liegen auf dem Boden. Fast alle haben schon blank rasierte Schädel. Dally Oxley zeigt auf seinen kahlen Kopf. »Soll ich sie dir schneiden? Pie hab ich gerade auch schon geschoren.«

Pie ist Dallys Bruder, zwei Jahre älter, aber doppelt so groß und schwer. Crab schüttelt den Kopf. »Ich komme heute Abend unters Messer.«

Plötzlich hören das Kämpfen und Schreien auf. Ein Junge hat entdeckt, dass sie durch die Kellertür beobachtet werden, und bringt die anderen zum Schweigen.

»Wenn Pie Oxley da unten ist, könnt ihr ihm ausrichten, dass ich ihm einen roten Knoten sticke, der so dick ist wie eine Rosine«, sagt eine Stimme.

In der Ecke stößt jemand einen Pfiff aus. Drake Webbe ruft: »Und was ist mit mir, Werrity?«

»Träum weiter«, sagt das Mädchen und verschwindet.

»Die Mädels glauben, es geht dabei bloß um sie«, sagt Dally zu Crab. Er knüllt ein zerknittertes weißes Hemd zusammen und wirft es ihm zu. »Alles bloß, dass wir uns einen Kuss von ihnen abholen und uns dafür halb häuten lassen.«

»Ich will keinen Kuss von Werrity«, sagt Crab. Alle Jungen haben Werrity schon geküsst. Sie hilft ihrer Mutter oben in der Schenke aus und serviert nicht nur Bier, sondern auch verstohlene Blicke. Ihre Lippen sind immer zum Schmollmund gespitzt, zum Küssen bereit. Aber Crab hat schon den ganzen Herbst über Madden Lightfoot im Auge. Wie er selbst arbeitet auch sie auf der High Farm, als Lehrling im Pferdestall. Vor ein paar Monaten hat sie ihn, was Größe und Kraft angeht, überholt. Die Sommersonne hat ihre Beine und Arme brotbraun gefärbt. Sie traut sich bei den Pferden mehr zu als er. Wenn sie dem Hengstfohlen gut zuredet, wünscht Crab sich, sie flüstere ihm etwas ins Ohr.

»Klar«, sagt Dally. »Wir geben den Mädels ihre Küsse. Aber in Wahrheit willst du dasselbe, was wir alle wollen.«

Rings um Crab erhebt sich ein rhythmischer Sprechgesang.

Ginstermutter, Goldmutter. Stech mich. Leck mich.

Die Jungen scharen sich um Pie Oxley, der mitten im Keller steht, einen Kopf größer als der Rest. Er hat schon dreimal beim Ginsterlauf mitgemacht, seine Kopfhaut und die nackten Schultern sind mit roten Pünktchen übersät. Er fasst sich in den Schritt und mimt ein lustvolles Stöhnen. Dally und die anderen Jungen johlen.

Ginstermutter. Goldmutter. Ich stech dich. Du stichst mich.

»Sie kommt mich noch mal holen!«, ruft Pie grinsend und unter heftigem Keuchen.

»Das nennt man Glück!«, brüllt Dally Crab über die lauten Stimmen hinweg zu. »Kein Küsschen von einem Mädel im Heidekraut. Dass dich die Ginstermutter holt.«

Als Pie sich umdreht und mit gereckten Fäusten den Rhythmus schlägt, starrt Crab auf seinen rot gesprenkelten harten Rücken.

»Die hat ihn ganz zerstochen«, raunt Dally ihm ins Ohr. »Bevor er mit dem Stechen dran war. Sie hat einen Mund wie 'ne Schüssel Maulbeeren. So saftig. Pralle, volle Lippen, vom Rumkauen auf den Dornen. Damit besorgt sie es dir, und das ist ein Gefühl wie zehn Münder gleichzeitig. Wenn sie dich holt, kommst du aus dem Ginster als Mann wieder raus.« Dally sieht seinen Bruder neidisch an. »Wie 'ne Schüssel Maulbeeren«, wiederholt er.

Das Singen geht weiter. *Ginstermutter. Dornenmutter. Saug mich auf, saug mich aus.*

»Und wie kriegt man die Ginstermutter?«, fragt Crab.

»Du musst der Blutigste sein. Zerfetzt und zerstochen. Sie

kommt erst, wenn das Feuer fast bei ihr ist, und nur, wenn du blutig genug bist.«

Pie Oxley hat sich zu den Bierfässern durchgekämpft. Er tritt aus einem den Zapfen heraus, fängt das schäumende Nass mit einem Eimer auf und stemmt ihn in die Höhe, dass es schwappt. »Trinkt auf die Ginstermutter. Trinkt auf sie, dann trinkt sie euch aus!«

Nachdem Ma Prowd die Jungen aus dem Keller gejagt hat, trödelt Crab durch den nassen Sand zur Fischerhütte seines Vaters. Unterwegs taucht er den Kopf in das graue Novembermeer, um den Biergestank loszuwerden. Fröstelnd schüttelt er sich das Wasser aus den Haaren. Mit den Lippen formt er stumm Madden Lightfoots Namen, doch er flüstert *Ginstermutter*.

Die erste Hütte, an der er vorbeikommt, gehört den Webbes. Auf der Schwelle hockt Verlyn, gegen die Kälte zusammengekauert. Neugierig beäugt er die Ochsenhautärmel, die Crab bei sich hat.

»Hab gerade deinen Bruder gesehen.« Crab deutet mit dem Kopf zur Schenke. »Machst du nicht mit beim Ginsterlauf?«

Verlyn zeigt auf seinen unförmigen Jackenärmel. Crab hat seinen Flügel oft auf dem Schulhof gesehen, als sie noch klein waren. »Dafür braucht man zwei starke Arme«, antwortet Verlyn. »Viel Glück.«

Verlegen lässt Crab den Kopf hängen. Er weiß, dass er ins Fettnäpfchen getreten ist. Heiße Röte schießt ihm ins Gesicht. »'tschuldigung«, murmelt er. Hoffentlich hat Verlyn sein Stoßgebet nicht gehört.

»Du musst mir hinterher alles erzählen!«, ruft Verlyn ihm nach, als Crab gegen den Wind weiterstapft.

Sein Vater steht bis zu den Knien in einem Gewirr aus Netzen, als er die geteerte Hütte betritt. Gill Skerry ist Fischer und rund wie ein Fass.

»Ich flicke schon für die nächste Fangzeit«, sagt er. »Na, kommst du zum Scheren?«

Sie bringen den Hocker nach draußen, und Crab kniet sich davor, den Wind im Rücken. Dicke dunkle Locken rollen von der Klinge seines Vaters über den Sand davon.

»Den Rest machen wir mit dem Rasiermesser, wenn wir zu Hause sind. Dann bist du so glatt wie ein Ei.«

Crab befühlt seinen Kopf, der nicht rot gesprenkelt ist wie der von Pie Oxley, und Nadelkissenschultern hat er auch nicht. »Hast du in meinem Alter beim Ginsterlauf mitgemacht?«, fragt er.

»Da hab ich doch deine Mutter zum ersten Mal geküsst.«

»Und du hast keine Stiche abbekommen?« Der Rücken des Vaters ist so weiß wie frisches Pergament. Rot ist seine Haut nur, wenn seine Frau ihm nach einer Nacht auf dem Boot mit der Bürste den Fischgeruch abschrubbt, bevor sie ihn ins Bett lässt.

»Klar habe ich Narben.«

Crab dreht sich zu ihm um.

»Hier drunter.« Der Vater reißt an seinen verfilzten Haaren.

»Und der Lauf hat dich zum Mann gemacht?«, fragt Crab mit brennend roten Wangen. Er hat getrocknetes Meersalz um die Augen.

Der Vater lacht trocken. »Dafür braucht es bloß harte

Arbeit und ein paar Raufereien.« Er umschließt Crabs dünne Arme mit den Fäusten, als wären sie die Henkel einer Milchkanne. »Mit dreizehn war ich so kräftig wie ein Stier. Ich hatte es nicht nötig, durch ein Ginstergestrüpp zu rennen, um einen Kuss zu ergattern. Ich habe beobachtet, dass du ein Auge auf die Madden Lightfoot geworfen hast. Gut. Wenigstens siehst du ohne deine Locken nicht mehr wie ein Mädchen aus.« Er hebt Crab bei den Armen hoch, läuft mit ihm bis zum Schaumstreifen am Wasser und taucht ihn im Meer unter.

Komm nun wieder zurück, die steilen Uferfelsen hinauf, wo die Männer und Frauen aus Neverness mit ihren Fackeln warten. Über ihnen leuchten die ersten Sterne am Himmel. Die Tür des Tages hat sich fast geschlossen, doch auch das Jahr selbst dreht sich in den Angeln. Die Tage schrumpfen, die Nächte dehnen sich aus.

Schmecke das Feuer und das Salz in der Luft. Das Spiel hat lange genug gedauert. Die Ginstermutter muss brennen. So süß auch der Duft ihrer sonnendurchglühten Blüten, so hilfreich ihre Klammerfinger, mit denen sie die Wäsche zum Trocknen aufspannt: Sie ist jähzornig. Wer ihr etwas Böses tut, dem zieht sie die Haut ab. Die Leute aus Neverness wollen sie knistern hören, wollen sie eingehen sehen, wollen ihren letzten Atemzug atmen.

Ein weißes Hemd kommt aus dem Ginster geschossen. »Wie viele noch?«, ruft einer aus der Reihe der Fackelträger, Gill Skerry, Crabs Vater. »Warten da unten noch Mädchen?« Ein Mädchen für jeden Jungen, einen Pfeil für einen blutigen

Kuss. Oben bei den Fackeln rauscht ohrenbetäubend der Wind. Züngelnd verwandelt er die Flammen in fauchende Drachen. Gill Skerry will sich selbst überzeugen und geht mit gesenkter Fackel um den Saum des Ginsters herum.

Wieder springt ein blutender Junge aus dem Labyrinth, prescht an Gill Skerry vorbei den Berg hinunter. Es ist Pie Oxley. Er schwenkt ein gelbes Band. Es stehen nur noch zwei Mädchen im Heidekraut. Madden Lightfoot hebt die Hand. Der Preis gehört ihr. Werrity Prowd heult wütend auf.

»Wie viele noch?« Gill Skerrys Stimme zerstiebt in der Dunkelheit. Aber Werrity läuft schon Pie Oxley nach, der Madden den Berg hinunter- und durch ein Loch in der Hecke aufs angrenzende Feld zieht.

Höre die Wut in Werritys Stimme. »Das geht doch nicht!«, schreit sie. »Pie Oxley gehört mir!«

Gill Skerry hebt die Fackel und leuchtet in das verlassene Heidekraut. Kein Mädchen mehr in Sicht. Er stapft zurück zum Ginstersaum. »Auf geht's!«, ruft er. Der Wind schleudert seine Stimme hoch in die Luft, wo eine Möwe schreit, ein weißer Geist in der Dunkelheit. Die Fackeln rücken vor, die Flammen greifen nach dem Ginster.

Crab zappelt wie ein Fisch an hundert Haken. Die Arme in der steifen Ochsenhaut sind nach vorn gereckt. Das Band, auf das er es abgesehen hatte, ist nicht mehr zu erkennen. Es ist zu dunkel. Er hat Blut in den Augen. Er hängt mit der Hose fest, mit dem zu großen weißen Hemd. Die Dornen drücken sich hindurch, bohren sich in seine Haut. Er ist am tiefsten ins Dickicht eingedrungen, hat es am längsten darin ausgehalten. Er wird der Blutigste von allen sein.

Heiß und keuchend geht sein Atem. Sein Herz rast. Er

kann nicht hören, was sein Vater den Fackelträgern zuruft. Er kann auch Madden Lightfoot nicht hören, die im benachbarten Feld zu Werrity sagt: »Du kannst ihn haben. Ich wollte sowieso Crab Skerry.«

Crab wird von wabernden Rauchwolken eingehüllt. Er spuckt und hustet. Sein Körper ist klebrig von Schweiß und Blut. Hoffentlich ist er blutig genug. Er hört auf zu zappeln und blinzelt sich die Sicht frei. Der Husten rüttelt seine Schultern, schnürt ihm die Brust zusammen.

In der rauchig glühenden Ginsterhöhle macht er eine Gestalt vor sich aus, begleitet von ihrem eigenen Licht. Eine gezackte schwarze Silhouette vor einem Hintergrund aus dem Orange des Sonnenaufgangs. Sie trägt ein knisterndes Dornengewand. Kerzenhelle Blumen sprühen durch sie hindurch, aus ihr heraus. Ihre Haare sind Dornen. Ihre Augen sind Bernstein. Crab liegt ganz still, die Schmerzen weichen der Wärme. Gelbe Finger lecken wie Flammen. Sie nimmt ihn in ihre stacheligen Arme und hebt ihn hoch. Es ist, als pressten sich zehn Münder auf seinen Bauch. Hitze ergießt sich durch seine Lenden, seine Schenkel. *Ginstermutter*, flüstert Crab. *Friss mich auf.*

FISCHBALG, HASENBALG

Tauklopfer, Tauhopser,
Lämmerfreund,
Flinkfuß, Leichtfuß,
Farnkrauthocker.
Grubensitzer, Furchenflitzer,
Gelb Gefleckter,
Hasenherz, Mümmelmann,
Kornfeldlangohr.

WAS NÜTZT DAS?«, SAGT Turpin, als Ervet den schweren Topf so schnell hochwuchtet und über das Herdfeuer schwenkt, dass das Wasser auf die Steine schwappt. Er greift nach Mütze und Stiefeln, stampft mit den Füßen auf den sandigen Läufer. »Was, frage ich dich. Jetzt kann ich mich noch nicht mal aufwärmen, bevor ich aus dem Haus muss.«

Er klopft sich auf Arme und Schenkel und bückt sich zum Fenster, um in die hartnäckige Nacht hinauszusehen.

»Es ist jetzt einen Monat her. Du kannst das Kind nicht für immer bei der Amme lassen. Versprich mir, dass du Frieden machst und deine Tochter heute nach Hause holst.« Der nicht enden wollende Aprilregen trappelt über das Dach. Tropfen klopfen an die Scheiben, wollen herein. »Hat dir der Fuchs deine Zunge gestohlen, Ervet?«

Ein Hase, würde sie am liebsten antworten. *Ein Hase hat sie*, aber sie schluckt die Bosheit herunter. Das war eine ihrer ersten Lektionen in Turpins Haus: Wenn sie will, dass ihr frisch angetrauter Ehemann heil mit dem Fischerboot heimkehrt, darf sie nicht über Hasen sprechen, ja nicht einmal an sie denken. Ein Hase ist für einen Fischer der schlimmste Unglücksbote. Ganze Nächte, ganze Fänge sind schon verloren gegangen, weil ein Fischer auf dem Weg zu seinem Boot wieder umgekehrt ist, nachdem er einen Hasen zu Gesicht bekommen hat.

Ervet kennt alle Namen für einen Hasen, die es gibt. Damit hat sie Turpin kurz nach der Hochzeit eines Nachts bei sich zu Hause gehalten. »Tauklopfer, Tauhopser, Kornfeldlangohr!«, hat sie gerufen und ihn wieder hinter den Bettvorhang gezogen. Sie ist überzeugt, dass Turpin ihr in jener Nacht, in dem nach Meer stinkenden Bett, den glänzenden Hering eingepflanzt hat, der in ihrem Bauch den Winter über und bis in den Frühling hinein immer größer geworden ist, glitschend und mit seinem fürchterlichen Schwanz peitschend. Wie froh sie den ganzen letzten Monat war, das Ding endlich los zu sein.

Der Topf ist noch kalt. Turpin steht bereits an der Tür.

»Wenn es hell wird, kommt meine Mutter.« Er nimmt ein Robbenfell vom Haken und schüttelt das Salz heraus. »Und am Mittag die Amme.«

Sie beißt sich auf die Lippen.

»Sei nett, Ervet. Meine Mutter will dir doch nur unter die

Arme greifen. Sie meint, dass dir der Frühjahrsputz guttut.« Er wirft sich das Robbenfell um die Schultern. »Ich dachte mir, wir nennen das Kind nach ihr, Iska.« Als er sich zu ihr beugt, um ihr über den Kopf zu streichen, zuckt sie vor dem Fischbalggestank, der schon jetzt an seinen Händen klebt, zurück. Turpin knallt die Tür zu, dass eine feine Gischt hereinweht.

»Grubensitzer, Furchenflitzer, Farnkrauthocker«, murmelt Ervet und schläft wieder ein.

Als jemand ihren Namen brüllt, schreckt sie hoch. Ma Turpin hält in der einen Faust ein Knäuel Putzlumpen, in der anderen den Henkel eines Eimers. Und während jenseits der kalten Steinmauern die fahle Sonne lockt, steckt Ervet schon bald in einem von Ma Turpins Kitteln und muss von ihr lernen, was sie gar nicht lernen will. Wie man mit Sand das Heringsfett vom Herdstein schrubbt. Wie man ein Robbenfell richtig einölt. Wie man die Ausweidemesser schärft. Wie man die Fische ausnimmt und einsalzt und auf Schnüre fädelt, um sie, stinkenden Wäscheleinen gleich, in den Rauch des Kamins zu hängen.

Ma Turpins Hände sind mit Warzen wie mit Seepocken übersät. Wenn sie Ervet ausschimpft, klingt ihre Stimme wie das Bellen einer Robbe. Turpins Sachen sind verkrustet und verdreckt, blafft sie. Turpins Tasse ist nicht gespült, blafft sie. Es gibt nicht genug Seife, es gibt zu viel Schmutz. »Was treibst du den lieben langen Tag, statt für deinen Mann das Haus blitzblank zu putzen?«, fragt sie. Sie stehen im Garten und schütteln die Fischschuppen aus dem Läufer. Ervet blickt über Ma Turpins Schulter zu dem grünen Hügel hinüber. Dahinter liegt das Moor mit seinem süßen Binsenduft. Dorthin hat sie sich im langen, bitteren Winter und im nasskalten Frühling verkrochen, wenn Turpin auf dem Meer war, während sich der Hering in ihr krümmte und immer schwerer wurde. Im Moor steht das verlassene Haus ihres Vaters. Sie hat ihre Aufgaben als Fischersfrau vernachlässigt, um dort die vom Wind verwehten Schindeln und vom Salz zerfressenen Böden auszubessern.

»Mein Sohn ist das eine.« Ma Turpin funkelt Ervet böse an. »Aber das Kind ist seins und damit meins, und ich lasse nicht zu, dass es in diesem Dreck verkommt. Merk dir das.«

Am liebsten würde Ervet ihr den Läufer vor die Füße werfen und geradewegs ins Moor gehen. Stattdessen wirft Ma Turpin ihr den Läufer vor die Füße und rennt an ihr vorbei. Das Mädchen Werrity ist gekommen, auf dem Arm ein Bündel, das in einen Schal gewickelt ist. Ma Turpin nimmt es ihr ab, bringt es zu Ervet und lässt Werrity auf dem Weg stehen.

Aus dem Schal, der ein Schuppenmuster hat und nach Fisch riecht, glänzen die grauen Augen hervor, die sich anscheinend nie schließen wollen und Ervet immer nur anstarren. Das Ding sperrt den Mund auf und nuckelt.

»Siehst du das?«, bellt Ma Turpin, die ihr so dicht auf den Leib gerückt ist, dass Ervet ihren heißen Heringsatem im Mund schmeckt. »Sie will deine Milch. Es ist jetzt einen Monat her, Ervet. Höchste Zeit, dass du Werrity ablöst, sonst denkt deine Kleine noch, die nichtsnutzige Zitzendeern wäre ihre Mutter. Und wir wissen doch alle, dass sie nichts taugt.«

Das Mädchen zieht eine beleidigte Miene. Soll sie doch, denkt Ervet. Soll sie das Kind doch ruhig behalten, mitsamt Fischbalg und allem.

»Ma Turpin!«, ruft Werrity vom Weg herüber. »Oben auf

der High Farm hat's einen Unfall gegeben. Das Stallmädchen Madden ist gebissen worden und kriegt die Wunde nicht gestillt. Sah schlimm aus, und meine Brüder sind weggeritten.« Finster starrt sie auf den Berg hinter dem Dorf. »Können Sie mitkommen und sich drum kümmern?«

Beide Frauen sehen das Bündel an, das Ervet auf dem Arm hat.

»Du weißt, was du zu tun und zu lassen hast«, sagt Ma Turpin. Ihr Ton ist nicht mehr ganz so kläffend. »Du bleibst bei deinem Kind, und ich bin wieder zurück, wenn die Flut einläuft.« Während sie mit Werrity losgeht, will sie von ihr wissen, ob sie Salz hat, ob die Wunde sehr tief ist. Als ihre Stimmen verklungen sind, macht Ervet sich in die entgegengesetzte Richtung auf den Weg, in die Dünen, wo die Fischerhütten das Ufer säumen.

Aus schierer Ratlosigkeit gab ihr Vater schließlich mit einem Kopfnicken seine Zustimmung. Sechs Heringe hatte Turpin ihm am ersten Tag der Brautwerbung gebracht, dann zwölf und zuletzt vierundzwanzig. Als sie auf dem Tisch lagen, hatte Ervets Vater sie angestarrt wie nutzlose silberne Werkzeuge. *So viel ist sie dir wert?*, fragte sein verkniffener Blick. *Dir ist nicht zu helfen.* Ervet war gern aus dem Geruch herausgekommen und mit Turpin mitgegangen, um seine Frau zu werden. Das Leben mit ihm konnte nicht kälter sein als das mit ihrem griesgrämigen Vater. Nur ein Wermutstropfen trübte den Tag, an dem die Brautgabe aus Fischen ihr die Freiheit geschenkt hatte. Sie durfte ihre geliebten Hasen nicht mitnehmen, ihren einzigen Trost in dem toten Haus im

Moor. Ihr Vater hatte sie ihr geschenkt, was er allerdings später bereut hatte. Eines Tages war er mit vollen Taschen von der Jagd heimgekommen. Sie bewegten sich, und Ervet, damals noch ein kleines Mädchen, schrie erschrocken auf, weil sie glaubte, es wären Schlangen darin. Aber als er die drei jungen Häschen herausholte und sie ihr um die Füße sprangen, die Hinterläufe schon so kräftig wie die Federn einer Falle, lachte sie laut.

Ervet braucht nicht durch den Sand zu hetzen wie sonst so oft, zwischen den scharfen Strandhaferbüscheln hindurch. Stattdessen erklimmt sie den Dünenkamm, um die Küste besser sehen zu können. Weit draußen hängen die Wolken tief über der grauen See, zerzaust wie ein plüschiger Fellbauch. Das Bündel an ihrer Schulter strampelt, es zappelt und windet sich wie damals, als das Ding noch in ihr schwamm und sie überzeugt war, dass es silbern glänzte und einen Schwanz besaß. Die Augen sind genauso grau wie das Meer. Wie kann sie es nennen? Sie probiert es mit Iska, stößt den Namen heraus. Dann rutscht sie die Düne hinunter bis auf den nassen Sand. Ihre Füße hinterlassen Dellen, die sich beim Gehen mit Wasser füllen.

Ihr Vater liebte nichts so sehr wie seine Werkzeuge. Die raffinierte Falle, mit der er die blaugraue Mutter der Häschen fing, hatte er selbst gebaut. Bratenduft durchströmte das zugige Haus, als Ervet an jenem Tag die Tiere aus ihren Ecken lockte. Immerhin erlaubte er ihr, sie zu behalten. Sie aß ihr Hasenessen mit den drei kleinen Wollknäueln auf dem Schoß, die sie Mümmler nannte. Ihr Liebling war ein gelb geschecktes Böckchen. Er folgte ihr auf Schritt und Tritt, während sich seine grauen Schwestern wie zufriedene Hunde neben dem Feuer ausstreckten. Wenn sie ihn auf eine bestimmte Weise zwischen den Löffeln kraulte, erschauerte er am ganzen Körper, lag dann vollkommen still und ließ sie in seine tümpeltiefen Augen sehen. Wenn er ihr mit den Pfoten auf die Füße trommelte, ging sie mit ihm über den Bohlenweg hinauf in die Felder, wo er sich eigene Irrgärten trappelte. Aber immer kehrte er zu ihr zurück und legte sich lang und gelb neben sie, und unter seinem nach Sonne duftenden Fell pochte das Herz.

Ervet behielt die drei Mümmler, sie wuchsen mit ihr heran. Einen Tag nachdem Turpin sie mitgenommen hatte, ging sie zurück, um sie zu holen. Sie brauchte ohnehin ihre Kleider, Stricksachen und Schuhe, aber vor allem dachte sie, als sie an jenem strahlend blauen Morgen an die Tür klopfte und ins Haus ging, an ihren gelb gewandeten Freund und seine Schwestern. Vaters geschnitzter Stuhl war leer. Keine Mümmler auf dem Kaminvorleger. Schabende, schrappende Geräusche von Metall auf Holz führten sie in den Werkstattschuppen.

Zwei blaugraue Felle hingen am Trockenhaken, teerschwarzes Blut tropfte in einen Eimer. Auf dem Arbeitstisch lag ein gelb gescheckter Balg mit purpurroten Flecken, daneben der Schädel, noch mit Fleischfetzen daran, noch nass. Ihr Vater blinzelte, als sie in das Licht trat, das durch die Tür hereinfiel.

»Du hast jetzt Turpin«, sagte er. »Du brauchst die alten Karnickel nicht mehr.« Ervet hielt sich rechts und links am Türpfosten fest, das wellige Holz rutschte ihr unter den Fingern durch. »Außerdem sind sie für einen Fischer die schlimmsten Unglücksboten.«

Sie starrte in das breite Dunkel der toten Augenhöhlen, bis sie selbst, der Schuppen und ihr Vater darin versunken waren.

Ervet hockt sich ans Wasser und schöpft Schaum in ihre offene Hand, wo er in sich zusammenfällt. Unverwandt starren die wolken- und meergrauen Augen sie an, blinzeln nur einmal, als auf dem Kopf in dem Bündel ein paar Tropfen landen. Sie lässt das Tuch mit dem Schuppenmuster in den Schaum fallen. Die graue Stoffschicht darunter fühlt sich heiß an. Turpin ist draußen auf diesem ruppigen Meer, fängt die Fische aus ihren unsichtbaren Schwärmen heraus, hievt sie an Deck und trägt ihren Geruch auf der Haut nach Hause.

»Das geht so nicht weiter«, hatte Turpin in einer froststarrenden Nacht hinter dem Bettvorhang hervor zu ihr gesagt, als sie aus der tiefen Dunkelheit zur Tür hereingeschlüpft war. Eigentlich hatte sie gar nicht so lange in dem Haus im Moor bleiben wollen, aber während sie die abgefallenen Schindeln wieder annagelte und die Löcher in den Wänden mit gelbem Lehm verstopfte, war sie von dem beruhigenden Rauschen der Binsen so eingelullt worden, dass sie eine Zeit lang nicht an den schlafenden Fisch in ihrem Bauch denken musste.

»Wir bekommen ein Kind«, sagte er. »Das darfst du nicht vergessen. Wo bist du gewesen?« Sie schwieg. »Herrschaftszeiten, Ervet.«

Der Vorhang wurde aufgerissen, und Turpin schwang sich aus dem Bett. Er trug noch das Hemd, das er am Abend gegen die Kälte angezogen hatte, und als er jetzt auf sie zukam, schien der Gestank nach Fisch und Meer regelrecht durch sie hindurchzugehen.

»Was für ein Gesicht! Bin ich dir so zuwider? Dein eigener Mann?« Er packte sie bei den Schultern. Es würgte sie in der Kehle, ihr Bauch zuckte, der Fisch darin wand sich, und als Turpin sie an sich ziehen wollte, stieß sie ihn weg.

Danach hatte Ervet sich in den Garten gesetzt, um sich abzukühlen, und die Nachtluft eingeatmet, so rein und frisch wie ein Bergbach, bis der Höhepunkt der Nachtkälte überschritten war. Als der Mond über den Himmel gewandert war und sie gar nichts mehr fühlte, nicht einmal das leiseste Zucken eines Fischschwanzes gegen die Rippen, schleppte sie sich zurück ins Haus und machte Feuer. Immerhin etwas, das sie konnte. Sie hatte es tausendmal für ihren Vater gemacht, ohne auch nur ein einziges Dankeschön dafür zu bekommen.

Als sie den Wassertopf hochhob, schlang ihr der Schmerz einen Knoten um den Bauch und zog zu. Sie schnappte nach Luft, aber sie ließ den Topf nicht fallen, sondern bückte sich nach vorne, bis sich der Knoten wieder löste. Nachdem sie den Topf aufgesetzt hatte und das Feuer gleichmäßig brannte, schaffte sie es fast bis zum Bett, bevor sich der Knoten erneut festschnürte.

»Turpin?«, sagte sie. »Turpin?« Er erwachte mit einem Grummeln auf den Lippen und sah an ihr vorbei in den Lichtschein der Flammen.

»So ist es schon besser, Ervet.« Er reckte sich und stand

auf, um sich am Feuer zu wärmen. »Wir machen doch noch eine Fischersfrau aus dir.« Sie ließ sich in die Fischlaken fallen und rollte sich zusammen, während Turpin mit den Füßen stampfte und sich Wasser ins Gesicht spritzte.

»Fahr nicht raus!«, rief sie. »Nicht heute Nacht.« Als sie keine Antwort bekam, wusste sie, dass er zum Fenster hinausspähte.

»Die See ist ruhig, Ervet. Das verspricht einen guten Fang.«

»Bitte. Nicht heute Nacht.« Der Knoten drückte ihr den Atem ab. Wie konnte sie ihn nur dazu bringen, zu bleiben und ihr den Knoten zu lösen, damit sie wieder sie selbst wurde? »Tauklopfer, Tauhopser, Lämmerfreund!«, rief sie laut. »Flinkfuß, Leichtfuß, Farnkrauthocker.«

Das Spritzen und Stampfen hörten auf.

»Du verfluchst deinen eigenen Mann«, stieß Turpin mit halb erstickter Stimme hervor. »So sei es denn. Dann sollen die Fische eben lebend davonschwimmen, und ich bin tot.« Da schlug der Fisch mit dem Schwanz, und das Meerwasser lief aus ihr heraus. Turpin war fort.

Das Bündel quietscht, es dreht und windet sich an Ervets Körper. Sie denkt an die Nacht mit den Knoten zurück, wie die verworrenen Stränge der Zeit erst zum Tag, dann zum Abend wurden. Irgendwann war schließlich Ivy Rincepan zur Tür hereingekommen und hatte sie gefunden. Sie hatte ihren kleinen Wonneproppen auf den Boden gesetzt, mit ihren harten Händen hart zugepackt und Ervet befreit. »Jetzt weißt du selber, was zu machen ist«, sagte Ivy. Sie wollte ihr das schreiende Etwas auf den Körper legen. Aber Ervet schüttelte nur den Kopf und drehte sich weg.

Sie schöpft noch eine Handvoll Schaum, doch als sie aufsieht und den Strand hinunterblickt, lässt sie das Wasser durch ihre Finger laufen. Auf dem schwarzen Felsen, der wie ein verkohltes Rückgrat die Küste entlangläuft, steht ein Hase, den Kopf hoch erhoben und die Nase im Seewind, der ihm das gelbe Fell zerzaust.

»Tauklopfer, Tauhopser, Lämmerfreund«, murmelt Ervet. Der Hase beobachtet sie, während sie auf dem immer schmaler werdenden Streifen zwischen Meer und Seetangsaum auf ihn zukommt, vorbei an der Fischerhütte der Webbe-Brüder. Bis sie den schwarzen Felsen am Ende des Strandes erreicht, überspült das Wasser ihren Weg und schaukelt den Tang auf seinen Schultern auf und ab.

Ervet nimmt das Bündel höher. Der Hase hopst in stockenden Sprüngen auf dem Küstenweg vor ihr her, immer weiter, wo der Sand in festen Boden übergeht, wo das Moor beginnt. Wo der Bohlenweg ins Schilf abzweigt, dreht sich der Hase um und richtet seinen tümpeltiefen Blick auf Ervet.

»Geh nach Hause«, flüstert sie, aber sie ist allein, als sie mit dem grauen Bündel die Bohlen betritt. Ihre Füße finden die sicheren Stellen zwischen den geborstenen Brettern wie von selbst.

Nachdem Ervet den geflochtenen Ring aus Schilfgras an der Tür des Hauses losgehakt hat, atmet sie den Geruch nach windgetrocknetem Holz und kaltem Rauch in tiefen Zügen ein. Der Rosmarinzweig liegt da, wo sie ihn hingelegt hat, die braunen Nadeln abgefallen, auf dem Tisch, den sie gewachst hat. Daneben steht das noch immer unbenutzte

Korbbettchen, das Verlyn, einer der Webbe-Jungen, für sie geflochten hat. Sie lässt die Tür offen stehen, für den Wind, für den Hasen. Die Rosmarinnadeln huschen über den Boden davon. Sie schüttelt sich bei dem Gedanken an Ma Turpins Besen, an Fischschuppen, an das abfällige Schnalzen von Ivy Rincepan, während sie die beiden Säuglinge auf ihrem Schoß bemuttert. Aber als sie ihr Bündel in den Korb legt, fehlt ihr schon bald seine Wärme an ihrer Brust.

Sie beobachtet das Bündel eine Weile. Das Haus im Moor ist wieder heil, die krummen Holzschindeln gerichtet, das Reetdach ausgestopft und abgedichtet. Es gibt nichts mehr zu reparieren. Alles ist noch so wie an dem Tag, als ihr Vater verschwand, eine Woche nach ihrer Hochzeit mit Turpin. Wahrscheinlich war er froh gewesen, sie und ihre Mümmler los zu sein. Vielleicht hatte er bloß darauf gewartet. Kalt fährt der Wind durch ihr meerwasserfeuchtes Kleid. Der Schuppen ist der einzige Teil des Hauses, wo sie nichts angerührt hat.

Die Tür hängt schief in den salzverkrusteten Angeln. Schon auf der Schwelle riecht Ervet den Moder, das grüne Sickerwasser aus dem Moor. Die Werkbank ihres Vaters ist leer, genau wie die Haken und Regalbretter, wo früher seine Werkzeuge glänzten. Hoch oben in einer Ecke hängen noch die drei Bälge, zwei blaugraue und ein gelber. Spinnweben schlingen sich um ihre Finger, als sie eines herunternimmt.

Aus einer Schublade kramt sie Nadel und Faden hervor, das feine Nähzeug für Kleider und Wunden. Fürs Nähen braucht es die mütterliche Hand. Das hatte sogar ihr Vater anerkannt, als Ervet einmal eine Schnittverletzung bei ihm genäht hatte. Damals hat keiner gesagt, sie wäre keine Mutter, damals nicht.

Sie sticht die Nadel ein, aus und durch, und schon bald ist der Balg mit ihrem eigenen Blut gesprenkelt. Bei dieser Arbeit darf man nicht zimperlich sein. Die Haut hat Risse, weil ihr Vater beim Abhäuten so grob war. Als Ervet fertig ist, lutscht sie sich das Blut von den Fingern.

»Tauklopfer, Tauhopser, Lämmerfreund«, flüstert sie, als sie das schlafende Bündel aus dem Korb nimmt und ihm das feuchte graue Leinen vom Leib schält. Um die rosige Haut wickelt sie ein weiches Fell, das ihr, nachdem es von innen heraus warm geworden ist, süßen Trost spendet. Ervet legt sich auf den alten Kaminvorleger und schmiegt sich um ihr Häschen.

DIE OCHSENMÄNNER AUS NEVERNESS

DRINNEN IST ES NASS. Das macht Hark nichts aus. Wenn man in der Ochsenhaut steckt, bekommt man nur ein paar Tropfen ab. Einen Platz zu finden, das ist das Schwierige.

»Wenn sie nass wird, stinkt sie mehr«, hat ihn sein Bruder Dally gewarnt, aber Hark findet, dass ein bisschen Tiergestank nicht schaden kann. Dann kriegen die Mädels weiche Knie und müssen sich die Nase zuhalten.

Seine beiden älteren Brüder haben sich schon oft und ausgiebig gestritten, was man am besten antwortet, wenn die Mädels mit ihren Fragen kommen. Und das sind fast immer die gleichen. Erst letzte Woche haben Dally und Pie sich darüber unterhalten, während sie auf dem Gatter schaukelten, hinter dem der schwarze Ochse in der Mittagshitze die Gänseblümchen aus der Erde riss.

»Hauptsache, man jagt ihnen Angst ein«, sagte Pie. »Denk daran, wie aufgeregt sie beim Ginsterlauf waren.«

»Angstmachen ist gut, aber nicht so wie Crab Skerry. Besser, man bleibt am Leben«, sagte Dally. Harks große Brüder prusteten vor Lachen.

»Das hier ist was ganz anderes«, sagte Hark, der nicht an den verkohlten Jungen im Ginster denken wollte.

»Was du antwortest, hängt auf jeden Fall davon ab, wer kommt«, sagte Dally. »Wenn es eine Hübsche ist, lässt du sie so lange wie möglich zappeln. Als Linnet Lundren bei mir war, hab ich sie so lange reden lassen, bis ihre Goldhaare ganz kraus waren und ihr Kleid pitschnass.«

Daraufhin stieß Pie ihn vom Gatter in die ausgetrocknete Wagenfurche, und Hark schwang sich auf seinen Platz.

»Und wie erschreckt man sie am besten?«

»Sie gehört dir nicht allein«, knurrte Dally und klopfte sich den Staub von den Knien.

»Du musst dir überlegen, was die Mädels sich wünschen.« Pie hielt inne. Er nimmt die Sache sehr ernst, aber er ist auch acht Jahre älter als Hark und macht es schon am längsten.

»Schöne Kleider?«

»Auch. Aber wieso wollen sie schöne Kleider?«

Hark dachte angestrengt nach. »Weil sie es am liebsten hübsch und nett haben? Statt interessant?«

»Dally hat auch was für schöne Kleider übrig, stimmt doch, oder?« Pie wollte Dally einen Fußtritt verpassen, trat aber daneben.

»Wenn sie nass sind«, sagte Dally.

»Sie mögen schöne Sachen«, fuhr Pie fort, »weil sie denken, wenn sie sich rausputzen und wie eine Dame benehmen, kriegen sie schneller einen gut aussehenden Mann zum Heiraten ab, und dann können sie Kinder kriegen wie ihre Mütter. Das wünschen sie sich. Das weiß doch jeder Depp.«

»Kinder?«

»Kinder – und mal so richtig schön nass zu werden.« Dally

packte Hark bei den Füßen und warf ihn in die Luft, dass er mit einem Überschlag nach hinten in den Brennnesseln landete.

Aber jetzt ist Hark hier, allein mit dem Wasserfall und dem Schleim, durch den er durchmuss. Wenn man Hosen anhat und sieht, wohin man tritt, ist es leicht, den grünen Klumpen auszuweichen, aber nicht, wenn man in eine Ochsenhaut eingenäht ist – und so klein, dass man nicht aus den Augenlöchern gucken kann. Es war schon schlimm genug, auf dem Weg durch den Wald gegen die Baumstämme zu prallen und durch das matschige Laub zu stapfen. Weil Hark seinen Körper nicht sehen kann, tastet er mit den Zehen zwischen den nassen Steinen herum, um zu erfühlen, wo er Halt findet und wo es zu glitschig ist.

Wenn er es erst hineingeschafft hat, wird er sich wie in einem Zimmer vorkommen. Sogar zu dieser Jahreszeit fließt so viel Wasser, dass es einen richtigen Vorhang bildet, und das Rauschen und Platschen löschen schon jetzt die meisten anderen Geräusche aus. Noch kann er die ersten Vögel im Wald hören, die einander wecken und sich erzählen, wie viel sie heute zu tun haben, genau wie seine Mutter morgens am Frühstückstisch. Sicher gießt sie Dally und Pie gerade den dampfend heißen Tee ein, während vor Harks Augen nur kalte Schwaden wabern. Bei dem Gedanken an eine Tasse Tee und ein Honigbrot zieht sich sein Magen zusammen. Aber hier in der Höhle würde sich jedes Stück Brot nur in einen vollgesogenen Schwamm verwandeln.

Die Ochsenhaut schabt über das Gestein, während er sich die letzten Schritte über das Felssims voranschiebt, wobei er nur ein einziges Mal in den Schleim tritt. Plötzlich kippt er japsend zur Seite weg, aber zum Glück nach innen, durch den Wasserfall, und nicht nach draußen, in den Strudeltopf.

Sein Fuß wird nass, und das Wasser strömt über die Ochsenhaut, er rutscht aus und stürzt kopfüber in die Höhle.

Als er sich herumwälzt, merkt er, dass er Platz hat, sich bäuchlings auf die ansteigende Schräge zu legen, das Gesicht zur weißen Wasserwand. Mit Mühe bekommt er einen Arm nach oben und reibt sich die lädierte Wange. Ob er wohl lange warten muss?

Ein Klopfen auf die harte Haut des Ochsenschädels lässt Hark aus dem Schlaf fahren. Er blinzelt durch ein Augenloch. Eine schlanke, rosige Hand zieht sich durch den schäumenden Vorhang zurück.

Dahinter Gekicher, Gekabbel.

»Von wem kriegt Gertie Q einen Kuss?«, ruft jemand.

Er erkennt die Stimme. Sie gehört Plum, die weiter oben am Fluss wohnt. Dally hat letzten Sommer für sie geschwärmt. Aber Gertie Q? Hark überlegt krampfhaft.

»Von wem kriegt sie beim nächsten Ginsterlauf einen Kuss? Nun sag schon!« Nach neuerlichem Gekicher kommt Plums Hand wieder durch den Wasservorhang und hämmert auf den Ochsenkopf. Er kann sich gerade noch beherrschen, nicht »He!« zu rufen. Ihm ist so schwummrig im Kopf, dass ihm nicht einfällt, wer Gertie Q ist. Die Mädchen lachen laut, und er will nur noch, dass sie verschwinden.

»Gertie Q kriegt nie einen Kuss ab, weil sie eine hohle Nuss ist.« Hark könnte sich schwarzärgern, er hört sich weder klug noch gefährlich an. Doch auf einmal kommt ihm eine Idee, und er schiebt hinterher: »Da helfen auch alle schönen Kleider nicht, sie ist potthässlich!«

Jetzt kichert keine mehr. Plums Stimme ruft »Gertieeee! Gertie!« Trappelnde Schritte ganz in der Nähe, dann ist Hark wieder allein mit dem weiß fauchenden Wasserfall.

Es kommt niemand mehr. Während Hark in der Ochsenhaut liegt, die immer übler stinkt, je mehr sie sich vollsaugt, zerbricht er sich den Kopf, wer wohl diese Gertie sein könnte. Er kennt jeden, der in Neverness wohnt, und während er im Geiste durch das Dorf wandert, sieht er sie plötzlich vor sich stehen. Gertrude aus der Quirk-Mühle im Moor, kleiner als ihre jüngere Schwester. Gertrude mit den kurzen schwarzen Pinseln auf dem Kopf, weil ihre Mutter ihr die Haare absäbelt, damit sie sich im Wind nicht verknoten. Gertrude mit dem schmalen Rücken, der noch krummer und schiefer ist als der von Verlyn Webbe. Gertrude, die sich in der Schule auf eine Kiste setzen muss, damit sie mit der Nase über die Bücher reicht.

Auf einmal spürt Hark, wie durchgefroren er nach der langen Zeit in den Wasserfallschwaden ist.

Das Rausklettern ist schwieriger als das Reinplumpsen, aber wenigstens wird ihm von der Anstrengung etwas warm. Nicht einmal die Dunkelheit, in der die Bäume verschmelzen, macht ihm etwas aus, denn er ist ja auf dem Heimweg. Er würde auch blind nach Hause finden, aber beim Anblick des gelb leuchtenden kleinen Fensters wird ihm dann doch weh ums Herz.

In der Scheune wirft er sich auf einen Heuhaufen und krabbelt rückwärts aus der Ochsenhaut heraus. Der beißende

Gestank, der ihn von Kopf bis Fuß einhüllt, folgt ihm bis ins Haus, wo ihn alle erwarten, Dally und Pie, Ma und Pa. Er ist stolz wie Oskar, als Ma ihm mit großer Geste einen kleinen Schuss Whisky in den dampfenden Tee gießt und ihm alle auf die Schulter klopfen, auch wenn Pie sich danach die Hand an der Hose abwischt.

Ma bringt den Trinkspruch aus: »Auf Hark, unseren neuen Ochsenmann!« Als sie den Eintopf mit den Würsten, die Hark sich zur Feier des Tages gewünscht hat, auf die Teller schöpft, glühen ihre Wangen noch immer. Während Hark sich das saftige, fette Fleisch schmecken lässt, überlegt er, dass er, nachdem er den Wasserfall nun auch geschafft hat, fast schon ein Mann ist und dass er Dally vielleicht schon bald beim Armdrücken schlagen kann, wenn er weiter übt. Er versucht, nicht an die kleine Gertrude und ihren krummen Rücken zu denken.

Nach der Wurst und dem Whisky ist ihm durch und durch warm, und er ist so schläfrig, dass er sich nicht mal mehr abschrubben lassen kann. Ma lässt ihn so, wie er ist, ins Bett gehen. Beim Eindämmern gehen ihm die klugen Antworten für das nächste Mal, wenn er wieder in der Ochsenhaut steckt, durch den Kopf, alles übers Kinderkriegen und Heiraten und Mädels und Kleider.

Als Hark im Dunkeln aufwacht, glaubt er zuerst, Pies jaulendes oder Dallys pfeifendes Schnarchen hätten ihn geweckt. Während er sich tiefer in die Decken kuschelt, aus denen der eklige Geruch der Ochsenhaut quillt, dringt von unten ein Rumpeln herauf. Stimmen sind zu hören. Mit einem offenen

Auge sieht er, dass der Mond durch die Scheibe zu ihm hereinschaut.

Die Treppe knarrt, und Pas Flüstern huscht zur Tür herein. »Pie, steh auf, und bring deine Stiefel mit.«

Knurrend wälzt Pie sich aus dem Bett und tappt die Treppe hinunter.

Hark, der ans Fenster getreten ist, sieht zwei Laternen, die sich wie Irrlichter vom Haus entfernen. Wieso darf er nicht mit? Er ist doch fast ein Mann, aber auf jeden Fall ein Ochsenmann. Mit Dally kann man sowieso nichts anfangen, aber doch mit ihm!

Ma steht mit dem Rücken zum Kamin, die Fersen fast in der kaum noch glimmenden Glut, und rubbelt sich die Arme, obwohl es dafür, dass es mitten in der Nacht ist, gar nicht so kalt ist.

»Wo wollen die hin?«, fragt Hark, einen möglichst ernsten Ton anschlagend, wie Pa.

Ma seufzt. »Ein Mädelchen ist verschwunden, und man hat einen Suchtrupp zusammengetrommelt. Ich hab ihnen deinen Pa und Pie mitgegeben. Aber es ist bestimmt bloß ein Streich.«

»Und wer ist weg?«

»Die kleine Quirk aus der Mühle. Sie geht mit dir zur Schule, sagt Pie. Nicht Bryony, die andere.«

»Gertrude?«

»Ja, die meine ich.«

Hark bleibt ein wenig die Luft weg. Plötzlich spürt er die bleierne Müdigkeit, die ihm in den Knochen steckt, als ob er eine ganze Nacht und einen ganzen Tag durchschlafen könnte. Aber er wirft sich die Decke von den Schultern und erklärt, dass er bei der Suche mitmachen will.

»Kommt überhaupt nicht in Frage«, knurrt Ma. Manchmal ist sie genau wie ein Bär, und das weiß sie auch.

»Ich muss«, sagt Hark. Er kann ihr nicht von der Angst erzählen, die ihm seit dem Wasserfall wie ein Ei aus Eis im Magen liegt, das immer größer geworden ist. Bis zu diesem Augenblick, in dem er das Gefühl hat, es wäre ein Eisdrache daraus geschlüpft, der in seinen Eingeweiden mit seinem Eiszapfenschwanz um sich schlägt. Er wollte die Mädels doch bloß erschrecken, so wie Pie es gesagt hat. Und sie haben ihn geärgert, die Hände zu ihm reingestreckt, ihm auf den Ochsenkopf geklopft und gekichert, und mit ihrer Frage haben sie ihn überrumpelt, und bevor er die Antwort zu ihnen rausgebrüllt hat, wusste er ja auch gar nicht, wer Gertie war. Nichts davon bringt er über die Lippen.

Schweigend geht er nach oben, und während Dally im Schlaf friedlich vor sich hin pfeift, zieht er still und leise Stiefel und Mütze unter dem Bett hervor. Dann klettert er aufs Bett, drückt die Luke zum Dachboden auf und hievt sich hindurch.

Im hinteren Teil des Hauses besteht das Dach zum großen Teil aus Löchern, und Hark kann die Sterne sehen, die ihn in die Nacht hinauswinken. Er duckt sich durch eine Lücke am unteren Rand, baumelt noch kurz an der Kante in der Luft und lässt sich ins taufeuchte Gras fallen.

Halb um das Haus herum tritt er gegen einen Eimer, der scheppernd umfällt, so laut wie eine Kirchenglocke. Im Gegensatz zu den anderen hat er keine Laterne. Das kann er jetzt auch nicht mehr ändern. Er ist draußen, er muss bei der Suche nach der armen Gertrude Quirk helfen. Seine Füße zeigen ihm den Weg, den er auch blind finden würde, durch den Wald zum Wasserfall.

Die unsichtbaren Bäume am Wegrand sind so still, dass Hark in der Ferne das Wasser flüstern hört. In der tiefen Waldesruhe scheint ihm der Wasserfall mal näher, mal weiter entfernt zu sein, und die altvertrauten Wurzeln und Kehren sind wie verschoben, sodass er mehr als einmal stolpert. Wie soll man in dieser Dunkelheit ein kleines Mädchen finden? Er müsste nach ihr rufen, aber seine Stimme, so dünn und dumpf, wird sofort vom Wald verschluckt.

Auf der Lichtung liegt das Mondlicht wie ein silberner Teich. Harks Wangen sind feucht vom Nebeldunst. Als er sich in das weiche Moos setzt, um nachzudenken, hat er sofort einen nassen Hosenboden.

Das Dunkel ist voller Wassergeräusche: Die Schlingpflanzen tropfen, der Bach kichert wie ein Mädel, das wilde Wasser rauscht über die Höhle hinweg. Er starrt auf die silberschwarzen Wirbel im Strudeltopf, auf die Bänder aus Mondlicht, die sich unter seinen Augen hin und her schlängeln.

Wo kann die kleine Gertrude mit dem krummen Rücken und dem Amselkükenhaar mitten in der Nacht wohl hingegangen sein? Als kleines Mädchen, das womöglich auch noch geweint hat, will man vielleicht dahin, wo noch was anderes fließt als Tränen, damit man sich nicht so allein fühlt.

Aber wenn es schlimmer ist und Flennen nicht mehr hilft, wenn sie so traurig ist und sich so schämt und nie wieder einen Menschen sehen will, damit ihr keiner sagt, dass sie potthässlich ist, kommt sie vielleicht hierher. Hark starrt in das Wasser. Er weiß, wie tief der Strudeltopf ist. Man müsste nicht mal besonders klein sein, um darin zu verschwinden. Die klatschenden, platschenden Geräusche werden immer lauter, bis er es nicht mehr aushält. Ihm fällt nichts Kluges ein, nur nachtschwarze, abgrundtiefe Gedanken machen sich in ihm breit. Er springt auf und tastet sich auf dem schleimigen Sims zum Wasserfall vor.

Hark rutscht aus, hält sich an einer herunterhängenden Schlingpflanze fest, schwingt sich durch die Wasserwand und landet als glitschiges Knäuel auf dem glatten Felsen dahinter. Während er seine Glieder auseinandersortiert, merkt er, dass nicht alle Arme und Beine ihm gehören. Er schreit auf. Etwas schreit zurück, doch es ist kein Echo. Wild strampelnd und so heftig um sich schlagend, dass er sich die Ellenbogen aufschürft, verzweifelt bemüht, das weiche, klumpige Etwas nicht zu berühren, versucht er, sich auf dem rutschigen Stein wieder nach oben zu schieben.

»Au!«, sagt es, und es hört sich sogar noch jämmerlicher an, als Hark sich fühlt. »Hör auf, mich zu treten!«

Er hält den Atem an. »Wer bist du?«, fragt er.

»Und wer bist du?«, schnieft es zurück.

»Hark.«

»Hark und wie weiter?«

»Hark Oxley.«

»Ach«, schnieft es. Das klingt wie ein maulendes Mädel.

»Ich bin auf der Suche nach Gertrude Quirk«, sagt er großspurig.

»Gratuliere. Du hast sie gefunden.«

Hark kneift ein paarmal die Augen zu, aber es ist zu dunkel, um etwas zu sehen. Als er sich die zerschrammten Ellenbogen reiben will, rutscht er den Felsen wieder hinunter und prallt mit den Knien gegen zwei andere, kleinere Knie.

»Au! Lass das sein!«

»Was machst du denn hier?«, fragt er und krabbelt zurück.

»Ich wollte sehen, was sich hinter diesem saudummen Wasserfall versteckt, und ihm gehörig die Meinung geigen.« Sie hört sich ein bisschen wie Harks Mutter an, wenn sie sauer ist.

»Und du bist ganz bestimmt Gertrude Quirk?«

»Was ist das denn für eine saudumme Frage? Aber von einem, der sich in Höhlen rumdrückt, kann man wohl nichts anderes erwarten.«

Hark ärgert sich. So hat er sich die Begegnung nicht vorgestellt. Auch Gertrude Quirk, die in der Schule nie einen Pieps von sich gibt und von der er sich jetzt schon zweimal als dumm bezeichnen lassen musste, hat er anders eingeschätzt. Der Ärger nagt an ihm, bis er nicht mehr an sich halten kann: »Ich bin nicht dumm! Jetzt nicht und vorhin auch nicht. Ich musste was sagen, was den Mädels Angst macht, und du hast es zufällig abbekommen.«

Er schneidet ihr im Dunkeln eine Fratze. Das tut gut, aber nicht lange. »Du? Du warst das, Hark Oxley?« Sie lacht so laut und gackernd, dass Hark das Herz wie ein kalter Stein in die Magengrube sinkt.

»Na dann, kein Wunder«, stößt Gertrude unter weiterem Gegacker hervor. »Kein Wunder, dass es uns kein bisschen Angst gemacht hat.«

»Du darfst das nicht verraten!«, bricht es aus Hark heraus. »Nie, nie, nie, bis der Mond blau wird oder vom Himmel fällt. Niemals!«

Gertrude hört auf zu lachen. »Warum nicht?«

»Das kannst du dir doch denken. Nur ein Oxley darf wissen, wer in der Höhle ist.«

»Ich sehe nicht ein, wieso ich es für mich behalten soll«, sagt sie. »Außerdem kann ich mir bestimmt in der Schule das Lachen nicht verkneifen.«

»Du musst. Bitte, Gertrude. Ich mache alles, was du willst. Ich lass dich auf dem Gaul reiten, und ich zeig dir Dallys Baumhaus, und ich geb dir auch jeden Tag mein Pausenbrot – mit Honig.« Das letzte Angebot würde er gern wieder zurücknehmen, aber dafür ist es zu spät. Was er sich hier eingebrockt hat, ist so schlimm, dass er sein Lebtag sowieso kein Honigbrot mehr kriegt, wenn Ma und Pa es rausfinden.

»Also gut«, sagt Gertrude. »Ich verrate dich nicht, aber nur wenn ich auch mal darf.«

»Wenn du was darfst?« Er hofft, dass sie den Ritt auf dem Ackergaul meint.

»Die Ochsenhaut tragen, hier in der Höhle sitzen und den Leuten ein schreckliches Schicksal vorhersagen. So wie du.«

»Das geht nicht. Ein Mädel kann das nicht, und schon gar nicht, wenn sie keine Oxley ist.«

»Natürlich kann ich das. Und wenn du mich nicht lässt, verpetz ich dich.«

So sitzen sie da, umtost vom endlosen Rauschen und Platschen des Wasserfalls, im bodenlosen Höhlendunkel, und Hark weiß, dass die kleine Gertrude Quirk ihn geschlagen hat.

Erst eine Woche später ist Hark wieder mit dem Wasserfall an der Reihe. Gertrude wartet schon am Strudeltopf auf ihn. Er warnt sie vor dem Gestank, aber sie stellt sich nicht an wie ein Mädchen, weder wegen des Gestanks noch wegen der harten, kratzigen Haut. Sie rutscht noch nicht mal auf dem schleimigen Felsen aus.

Zu zweit ist es sehr eng in der Ochsenhaut, und Gerties Nähe macht Hark nervös. Sie liegen in der Höhle und lauschen dem Tropfen und Plätschern.

»Wenn die Mädels kommen«, sagt er, »musst du ihnen Angst machen, mit Heiraten und Kinderkriegen.«

»Blödsinn«, antwortet Gertrude. »Wieso soll denen das denn Angst machen? Da fällt mir bestimmt was viel Besseres ein. Ich kenne mich aus. Ich hab schon alles an Bryony ausprobiert.« Verschmitzt blickt sie aus ihren kleinen dunklen Augen.

»Aber das wollen sie wissen. Das fragen sie immer«, sagt Hark.

Während sie darüber streiten, ob ein wahrsagender Ochse eher knurren, schnauben oder mit den Zähnen knirschen sollte, sind auf der anderen Seite des Wildwasservorhangs plötzlich Stimmen zu hören.

»Ich frage für dich, und du fragst für mich«, sagt eine säuselige Mädchenstimme.

»Gut, aber frag nichts Blödes, sonst ist die Frage verschwendet. Und ich bin zuerst dran.«

»Nein, ich bin zuerst dran. Ich bin die Ältere.« Sie klingen wie zwei freche Elstern.

»Das ist Plum«, flüstert Hark.

»Und Madden Lightfoot«, raunt Gertie ihm ins Ohr. »Ihre Schwester Clotha sagt, sie ist ein bisschen weich in der Birne.«

»Was sollen wir …«, will Hark fragen, aber da schneidet ihm Gertrude mit einem Brüllen, dass ihm die Ohren dröhnen, das Wort ab. Die Mädchen vor der Höhle kreischen. »Du sollst mir eigentlich nur zuflüstern, was ich antworten soll«, knurrt Hark ärgerlich. »Die Ochsenstimme mache ich.«

»Du hast doch gesagt, du lässt mich.«

»Ochse! Ochse!«, ruft Madden. Gertrude grinst. »Sag uns, o Ochse, von wem kriegt Linnet Lundren beim Ginsterlauf einen Kuss? Wer verliebt sich in sie und heiratet sie? Ist es … Drake Webbe?«

Harks Brüder sind beide in Linnet Lundren und ihr langes blondes Haar verschossen. Und Drake kennt er auch, den schneidigsten der Webbe-Brüder, die wie schwarzköpfige Robben ins Meer tauchen. Wenn irgendwer Linnet Lundren zur Frau bekommt, dann Drake Webbe.

Gertrude brüllt noch einmal, und bevor Hark sie aufhalten kann, röhrt sie aus Leibeskräften:

»Linnet Lundren fallen die Haare aus. Sie kriegt Mundfäule und stinkt aus dem Hals nach faulen Eiern.« Ein Kreischen dringt in die Höhle. »Und Drake Webbe heiratet gar nicht, weil er nämlich vom tiefen Tauchen verrückt wird und glaubt, er wäre wirklich ein Seehund, den ein Walfisch fressen will.«

Hark muss sich das Lachen verbeißen, als Plum und Madden auf der anderen Seite des Wasserfalls laut aufheulen.

Den ganzen Tag denken Gertrude und Hark sich für ihre Besucherinnen neue böse Schicksale aus, die immer gruseliger und wüster werden, je mehr Übung Gertrude bekommt.

Vom vielen Lachen ist es in der Ochsenhaut schon bald schön warm. Gertie erschreckt Hark mit einem Knuff in die

Rippen, und er knufft zurück, aber nicht so fest, wie er es bei Dally oder Pie machen würde. Als sich der Filz der Dunkelheit im Wald ausbreitet, das Auge des Mondes auf die Lichtung fällt und den Wasserfall in einen silbernen Sturzbach verwandelt, sind sie immer noch in der Höhle. Draußen ergießt sich glitzernd die Flut in den tiefen Schwarzwasserteich und versetzt die Oberfläche in zartes Wellengekräusel.

»Wenn du schwörst, dass du es nicht ausplauderst, kannst du heimlich ein Ochsenmann sein«, sagt Hark.

»Ich werde die erste Ochsenfrau«, antwortet Gertie.

»Auch gut. Aber du musst schwören, dass du es meiner Ma nicht erzählst. Und deiner Schwester auch nicht.«

»Solange ich lebe.« Gertie stößt noch ein letztes Gebrüll aus, und als das Echo in der tropfenden Höhle verhallt ist, machen sie sich auf den Heimweg über die rutschigen Felsen, hinein in den Wald.

DIE WAHRE GESCHICHTE VON JACK FROST

ES WAREN EINMAL ZWEI Schwestern«, begann die Geschichtenerzählerin. »Sie waren beide keine besonders braven Mädchen, aber ihre Mutter liebte die Jüngere mehr als die Ältere. So war es denn auch die ältere Schwester, die alle Hausarbeit verrichten musste, auch im Winter, wenn die Federn vom Himmel fielen und das Wasser sich in Glas verwandelte.

›Du hast spitze Ellenbogen‹, sagte die Mutter zu ihr. ›Geh, hack ein Loch ins Eis und hol mir Wasser.‹ Als das Mädchen mit dem vollen Eimer zurückkam, sagte die Mutter: ›Deine Fußnägel sind hart wie Krallen. Geh in den Garten und grab Rüben aus.‹«

Dicht gedrängt saßen die Mädchen aus Neverness im hinteren Teil des Bardenhauses unter den Dachbalken in einer Reihe nebeneinander, um ungestört tuscheln, sich gegenseitig knuffen und ihre Geheimnisse anvertrauen zu können. Zu ihnen gehörte auch Grey, die neben March im dämmrigen Dunkel mit den Knien wippte. Trotz der Entfernung vom

Feuer und der Geschichtenerzählerin glühten die Wangen ihrer älteren Schwester. Grey sah in die Runde, in die andächtig lauschenden Gesichter von Linnet, Plum, Madden und Werrity. Keine erwiderte ihren Blick. Plötzlich zwickte March sie ins Bein und beugte sich zu ihr. »Als das Mädchen mit den Rüben zurückkam«, raunte sie ihr ins Ohr, die Sätze der Erzählerin Wort für Wort mitsprechend, »hatte sie ganz schwarze Finger. Da sagte die Mutter zu ihr: ›Du hast ein Feuer im Kopf. Zünde den Kamin an, dass uns warm wird.‹«

»Pst«, zischte March und gab ihrer Schwester das Zwicken zurück. »Das ist nicht deine Geschichte.«

»Jeden Winter dieselben alten Märchen.« Grey verdrehte die Augen. Madden, die auf der anderen Seite neben ihr saß, verpasste ihr einen Stoß mit dem Ellenbogen.

»Wer war das?«, tönte die Stimme der Erzählerin über das Feuer hinweg herüber. »Wer stört, nachdem ich mit der Geschichte angefangen habe?«

Grey wartete, bis alle Augen auf March und sie gerichtet waren, hinten im Dunkeln neben der Tür. Die anderen Mädchen schlugen die Augen nieder.

»Sie war's.« Grey zeigte auf March. Mit der anderen Hand riss sie den roten Zopf ihrer Schwester so weit nach hinten, dass alle ihr Gesicht sehen konnten.

»Noch ein einziges Mal, und ich setze dich vor die Tür«, sagte die Erzählerin und spähte mit zusammengekniffenen Augen ins Dämmerlicht. »Ich beginne noch mal von vorn. Es ist die Geschichte von Jack Frost.«

»Jetzt hör doch einfach zu«, flüsterte March und drückte sich tiefer in die Ecke. Grey lehnte sich mit dem Rücken an einen Balken und ließ sich von der eisigen Luft, die durch die Türritzen pfiff, die Wangen kühlen. Die anderen Zuhörerinnen sahen wieder ins Feuer und ließen die altbekannten Sätze über sich hinwegspülen. Grey hielt sich die Ohren zu und dachte sich selbst eine Geschichte aus.

Als March ins Haus gelaufen kam und scheppernd den Wassereimer auf den Tisch stellte, sprang Grey sogleich die wunde Röte auf Wangen und Kinn ihrer Schwester ins Auge. Das musste sie sich näher anschauen.

»Als wärst du draußen in der Kälte gewesen«, sagte sie, um sie herumgehend. »Aber in diesem Januar ist es plötzlich so warm wie im Mai.«

March tauchte den Finger in den Eimer und spritzte Grey nass.

»Sag schon, wer hat dich geküsst?« Grey tippte ihr grob auf das gerötete Kinn.

»Ach, bloß Jack Frost«, antwortete March und floh die Treppe hinauf.

»Ich hab dich heute Mittag zum Wasserholen geschickt!«, rief ihre Mutter, die es sich im Schaukelstuhl und mit einer Decke im Garten gemütlich gemacht hatte. Grey sah nach draußen. Die Mutter saß im Schaukelstuhl auf Vaters Schoß. Wo noch vor wenigen Tagen der Schnee auf dem hart gefrorenen Boden geglitzert hatte, versanken die Kufen im Schlamm. Statt mit Raureif war das Rübenbeet grün mit Unkraut gesprenkelt.

Am nächsten Tag spionierte Grey ihrer Schwester nach, als die mit dem leeren Eimer in die falsche Richtung ging. Wie

March die Arme schwang und den Kopf in den Nacken warf! Sie hielt sich keine Sekunde am gluckernden Bach auf, sondern eilte sogleich hinauf in den Wald. Sie hörte Grey nicht hinter sich durch die Schmelzwasserpfützen platschen. Sie drehte sich nicht um, als Grey auf die Tropfen schimpfte, die von den tauenden Bäumen fielen. Immer tiefer in den Wald ging es, wo der Bärlauch am Wegesrand seine grünen Bänder schwenkte. March ließ es jetzt gemächlicher angehen, langsam schlenderte sie durch die vorwitzige Januarsonne.

Als Grey sich hinter eine stämmige Eiche duckte, trat sie auf ein Schneeglöckchen. Kurz darauf stieß ihre Schwester einen spitzen Schrei aus, der sogleich in ein Lachen überging. Grey lugte um den Baumstamm. Lange bleiche Finger hielten Marchs Taille umfasst. Männerarme hoben sie hoch und schwangen sie durch die Luft. Sie blickte in sein schmales weißes Gesicht hinunter. Die Augen der Liebenden glänzten. Um sie herum sprühte die Luft. Grey lief ein kaltes Kribbeln über den Scheitel. Während sie die beiden beobachtete, kroch es ihr durch den Nacken, den Rücken hinunter, durch Gesäß und Bauch, Oberschenkel, Knie, Zehen. Sie presste sich gegen den Eichenstamm und starrte den Mann an, bis er sich in ihr inneres Auge eingefroren hatte, schlank, elegant und hart – und so ungemein blass. Grey schlich sich davon. Auf dem Heimweg genoss sie jeden Tropfen, der ihr über die Kopfhaut rann.

»Ich hab dich heute Mittag zum Wasserholen geschickt«, belferte es aus dem Garten.

»Ich bin's«, sagte Grey. Diesmal saß ihre Mutter allein im Schaukelstuhl. Grey hockte sich auf ihren Schoß und schlang ihr die Arme um den Hals.

»Dein Vater ist auf die Jagd gegangen«, sagte die Mutter. »Solange wir verheiratet sind, hab ich ihn im Januar, dem Schnee sei Dank, immer bei mir zu Hause gehabt. Aber bei diesem Tauwetter hat es ihn in den Fingern gejuckt.«

»Ich will auch einen Liebsten«, sagte Grey, das Gesicht an die mütterliche Schulter gepresst. »Für kindisches Geknutsche im Ginster bin ich zu alt.«

»Macht dir nicht der eine Oxley-Junge den Hof?«

»Pie? Zu pickelig.«

»Und der junge Rincepan?«

»Sandy? Zu moppelig.« Grey schüttelte sich.

»Deine Zeit kommt noch, mein Augenstern«, sagte die Mutter.

»Ich will den Mann, den March hat.«

Die Mutter schob sie ein Stück von sich weg, um ihr besser ins Gesicht sehen zu können.

»Sie geht nicht zum Bach oder zum Brunnen, Mutter. Sie geht in den Wald und wartet auf ihn. Ich hab ihn gesehen. Er ist ein Bild von einem Mann.«

»Das Luder! Wie sieht er denn aus?«

Grey erzählte es ihr.

Die Mutter klopfte mit den Fingern auf die Lehne des Schaukelstuhls. »Gut, du hast mausbraune Locken, und gegen deine Sommersprossen ist kein Kraut gewachsen. Aber du bist immer noch hübscher als March, mein Kind. Ich bin mir sicher, wenn du ihn haben willst, brauchst du bloß an ihrer Stelle auf ihn zu warten.«

»Aber March macht sich doch sofort aus dem Staub, wenn du sie Wasser holen schickst, Mutter.«

»Das wollen wir mal sehen. Als Erstes lasse ich sie den

Keller fegen, und dann klappe ich die Falltür zu. Ich tue so, als hätte ich sie da unten ganz vergessen.«

»Und wenn sie klopft?«

»Sage ich, dass ich nichts gehört habe.«

Grey drückte ihrer Mutter einen Kuss auf die Wange. Gemeinsam aalten sie sich in der wohligen Wintersonne.

Als March zur Tür hereinkam und klappernd den Eimer auf den Tisch stellte, bereiteten sie ihr einen schweigenden Empfang. Grey schwieg auch noch, als March das Haus volldampfte, weil sie das Wasser für ein heißes Bad brauchte, in dem sie den ganzen Abend sitzen blieb, bis es kalt war. Grey malte lange Finger auf die beschlagenen Scheiben und stellte sich vor, dass sie ihre Taille umfingen und sie wie einen Kreisel durch die Luft wirbelten.

Sie beobachtete die Schwester beim Anziehen und bemerkte ihre neuen Strümpfe, neue schwarze Pelzstiefel und neue Handschuhe, so weiß wie Schnee. »Wo hast du die Sachen her?«, fragte sie und versperrte March den Weg zur Treppe.

»Lass mich durch.« March drehte Grey das Ohr um.

»Es ist Abend, Schwesterherz. Bleib schön zu Hause, wo dir nichts passieren kann. Aber nun sag schon, wo hast du die Sachen her?« Sie stupste Marchs flauschige Füße mit den Zehen an.

»Na, von Jack Frost!«, rief March. »Aus dem Weg!« Sie drängte sich an ihrer Schwester vorbei, stolperte über deren ausgestreckten Fuß und purzelte die Treppe hinunter.

Schon war die Mutter zur Stelle. »Hilf mir, sie ins Bett zu schaffen«, sagte sie zu Grey. Auch sie machte wegen der neuen Stiefel und Handschuhe große Augen. Sie hielten

March an den Armen fest und bugsierten sie unter lautem Heulen und Schreien die Treppe wieder hinauf. Nachdem sie das Mädchen mit stramm eingeschlagener Decke buchstäblich ans Bett gefesselt hatten, schlossen sie hinter sich ab und lauschten an der Tür, wie sie schluchzte.

»Das Luder«, sagte die Mutter. »Morgen bleibt sie hier. Die geht mir nicht mehr zum Wasserholen aus dem Haus. Hier, für dich.« Sie gab Grey die weißen Handschuhe und die schwarzen Pelzstiefel, die sie March ausgezogen hatte. »Komm mit, leiste mir Gesellschaft. Dein Vater ist bestimmt bis morgen früh auf der Jagd. Und wir haben Januar, da werden mir seine alten Knochen sehr fehlen.«

Sie krochen unter das dicke Federbett und schwatzten, tuschelten und schnarchten bis tief in die Nacht. In die Daunen vergraben bemerkten sie nicht, wie sich die Luft abkühlte und die Welt draußen still wurde.

Als sie am nächsten Morgen aufwachten, weil March mit den Fäusten gegen die Tür hämmerte, sahen sie, dass Greys Fenstermalereien verschwunden waren und sich auf den Scheiben stattdessen Eisblumen abzeichneten, glitzernde Bäume und bereifte Blätter. Schlotternd liefen sie nach unten, bloß weg von dem Radau. Grey öffnete die Haustür. Der Schnee lag kniehoch, kleine Kristalle wirbelten durch die Luft. Sie konnte ihren Atem sehen, ihre Finger färbten sich rosa.

»Sieht nicht so aus, als ob es bald wieder aufhören will«, sagte die Mutter, die hinter ihr stand. »Und dein Vater ist immer noch im Wald.«

»March wird sich nicht mehr lange bändigen lassen«, sagte Grey.

»Ich helfe dir, so gut ich kann.« Die Mutter hielt ihr die Stiefel und Handschuhe hin. »Er scheint ja ein richtiger Prachtkerl zu sein, und nicht nur wegen der Geschenke.« Nachdem sie Grey aus dem Haus gescheucht hatte, setzte sie sich neben die kalte Feuerstelle, kaute auf den Nägeln und murmelte, während March über ihr wütete und tobte: »Er müsste längst zurück sein, er müsste längst wieder zurück sein.«

Grey stapfte durch den Schnee, dass er hochwirbelte und in fiedrigen Bäuschen wieder zu Boden fiel. Obwohl ihr die mit Eiszapfen behängten Bäume fremder vorkamen als gestern, fand sie den Weg. Ihre Stiefel, die in der tiefen Stille knirschten, sogen sich schnell mit Wasser voll. Und weil sie sich immer wieder den Schnee von den Haaren wischen musste, waren auch die Handschuhe bald nass. Aber dafür leuchteten bestimmt ihre Wangen. Das machte sich gut, wenn sie neben der dicken Eiche wartete.

Sie wartete und wartete, vom Schnee umstöbert. Ihre Zehen wurden taub. Irgendwann war sie es leid, sich dauernd die Flocken aus dem Gesicht zu streichen, und sie ließ sie liegen, bis sie auf ihren Wimpern festfroren. Aber bestimmt strahlten ihre Augen. Sie biss sich auf die Lippen, damit sie schön rosig blieben. Als sie sich an einem Lachen versuchte, wurde nur ein Japsen daraus. Und noch immer wartete sie vergeblich. Sie konnte die Zehen nicht mehr bewegen, genauso wenig wie die Finger in den steif gewordenen Handschuhen.

Um sich aufzuwärmen, marschierte sie los, weiter in den Wald hinein. Sie wollte ihn schnell finden, solange sie noch ein bezauberndes Lächeln zustande brachte. Wie eine

Schneewand rückten die Bäume immer näher an den Weg heran. Er endete im Nichts. Von nun an musste sie sich zwischen Stechpalmen hindurchkämpfen und durch Schneewehen, in denen sich Brombeerranken verbargen, die sie zu Fall bringen wollten. Aber was machte das schon? Denn obwohl ihre Zähne klapperten und Eiskristalle ihr die Augenlider niederdrückten, stieß sie zuletzt auf eine Hütte. Oder war es von der Größe her vielleicht doch eher ein Schuppen? Schwer zu sagen. Er war über und über mit Eiszapfen geschmückt, die vom Dach bis auf die Erde reichten, so dick wie gläserne Baumstämme. Auf dem Dach glitzerte bereifter Schnee.

Grey tappte um die Eishütte herum, bis sie eine Tür fand, mit einem Schlitz als Fenster. Sie drückte die frostkalte Nase dagegen und spähte hinein. Auf einer breiten silbrigen Bank saß kerzengerade der Mann. Die langen weißen Finger lagen unruhig in seinem Schoß. Das schmale weiße Gesicht hielt er zur Tür gewandt.

Als Grey hereingehumpelt kam, reichte er ihr den Arm. Sie lächelte mit geschlossenen Lippen, damit er ihre klappernden Zähne nicht sah. Obwohl es wie von einem warmen Feuer knisterte, war in der Hütte noch nicht einmal eine Feuerstelle zu sehen. Es gab auch keine Teppiche, keine Felle, nur auf der einen Seite die Bank und auf der anderen ein kleines Tischchen. Darauf stand eine Laterne, die ein kaltes blaues Licht verströmte. Grey schwankte auf ihren halb abgefrorenen Füßen, aber der Mann fing sie auf, die langen Finger um ihre Taille gelegt.

»Meine Schöne«, raunte er. Zumindest glaubte Grey, das zu hören. Seine heisere Stimme war wie ein Wattenebel. »Lass mich dir helfen.«

Er zog ihr die weißen Handschuhe aus und warf sie auf das Tischchen, hakte ihren Mantel auf und schälte sie heraus. Mit wenigen Schritten war er bei der Bank, nahm kerzengerade Platz und sah sie an. Seine Augen waren so hell, dass man sie kaum als blau bezeichnen konnte. In der knisternden Hütte ohne Feuer fror Grey wie nie zuvor.

»Deine Stiefel«, flüsterte er. Und Grey watschelte, so gut es eben ging, auf tauben Füßen zu ihm hinüber. Er klopfte auf die Bank und half ihr, sich zu setzen. Ein breites Lächeln lag auf seinem blassen Gesicht. Er beugte sich hinunter und zog ihr die Stiefel von den Füßen, erst den linken, dann den rechten.

»Wer hat dir die geschenkt?«, fragte er. Grey konnte seinen Atem nicht sehen. »Wer?« Der Mann rutschte näher an sie heran. Sein dünner Arm presste sich an ihren, dass sie umso heftiger zitterte.

»Äh, Jack Frost?«, sagte sie.

Die Finger hart auf ihrer Hüfte drehte er sie zu sich um, sein Gesicht so nah, bläulich weiß wie Schnee im Morgengrauen. Er war prachtvoll anzuschauen.

»Jack Frost«, wiederholte Grey und lehnte sich gegen seine Hände ein wenig nach hinten. Sie hatte die Augen weit aufgerissen, als er seinen Mund auf den ihren presste, bis sie die Lippen öffnete. Er verströmte seinen Atem in sie, einen Atem aus Eis, der ihre Lunge mit Reif überzog und ihre Adern gefrieren ließ.

So blieb Grey sitzen, als er sich von ihr gelöst hatte, mit offenem Mund und erschrockenem Blick. Sie lehnte sich ein wenig zurück, gegen die Luft.

Nachdem sie so heftig an der Klinke gerissen hatte, dass sie abgebrochen war, und so wütend gegen die Tür getreten, dass sie sich die Zehen brach, warf March sich auf den Fußboden und heulte sich heiser. Erst nach einer ganzen Weile beruhigte sie sich wieder, lag still da und lauschte dem Pochen ihrer Wunden. Die Tür hing schwer in den dicken schwarzen Angeln. Sie kroch hinüber und nahm sich die unterste Schraube vor, drehte sie mit dem Fingernagel heraus.

Als sie an der neunten und höchsten angelangt war – ein abgerissener Nagel pro Schraube, die Finger schwarz vom Schmierfett –, wurden draußen Stimmen laut. Sie trat ans Fenster. Im noch immer anhaltenden Flockengestöber trampelten drei Männer Fußspuren in die wunderschöne endlose Schneedecke. Sie trugen ihren Vater ins Haus. March riss die Tür aus den Angeln und hastete stolpernd nach unten.

Der Vater lag auf dem Tisch. Die Mutter und die Männer beugten sich über ihn.

»Was ist passiert?«, fragte March, doch von der Mutter war nur ein Stöhnen zu hören.

»Haben ihn am Waldrand gefunden«, sagte einer der Männer. »Der Schneesturm kam so schnell gestern Abend. Vielleicht wollte er ihn aussitzen.«

Das Eis in Vaters Bart und Augenbrauen fing an zu schmelzen. Wasser tropfte auf den Tisch. Die Mutter beugte sich tiefer, bis sie das Wasser mit den Lippen berührte.

March starrte den Vater an, bis die Kälte seines Körpers auch auf sie ausstrahlte.

»Wo ist meine Schwester?«, fragte sie. »Wo ist Grey?«

»Es waren einmal zwei Schwestern. Sie waren beide keine besonders braven Mädchen, aber noch schlimmer war ihre Mutter.«

March sieht über das Feuer im Bardenhaus hinweg in die gespannt auf sie gerichteten Gesichter. So viele Abende hat sie die Geschichten zappelnd und gähnend über sich ergehen lassen, und heute sitzt sie selbst auf dem Platz der Erzählerin. Sie hat feuchte Hände. Sie wirft einen Blick auf den Schatten neben der Tür und atmet tief ein.

»Als es Winter wurde«, fährt sie fort, als von den hinteren Bänken im Bardenhaus ein Flüstern zu ihr dringt. »Wer war das?«, fragt sie. »Wer stört, nachdem ich mit der Geschichte angefangen habe?« Mit zusammengekniffenen Augen späht sie ins Dämmerlicht. Ein schmales bleiches Gesicht beugt sich aus dem Schatten hervor. Es wird von einer blau brennenden Laterne erhellt. March bekommt eine trockene Zunge.

»Ich beginne noch einmal von vorn«, sagt sie, den Blick fest auf das orangefarben flackernde Feuer und auf die rosigen Gesichter vor sich geheftet. »Es ist die Geschichte, die wahre Geschichte von Jack Frost.«

STÖCKE SIND FÜR FEUER

EINEN GEHÄRTETEN STOCK ZUM Rühren. Einen stabilen für einen Besen. Morsche Stöcke als Zunder. Einen grünen Ast, um den Kessel aufzuhängen. Einen gegabelten für Zeremonien.

Ich habe meine Stöcke mit Bedacht ausgesucht. Es war ein grüner Tag, als ich raufging, ein Vogel sang, das weiß ich noch. Wickelte vorsichtig den Efeu ab und achtete darauf, in welche Richtung er sich wand. Mit der Sonne für einen Schönwetterstock, gegen die Sonne für die Nacht. Zwei Gegabelte unter all den Stöcken, die mir gehörten. Und dann die kleinen rosa Hände, die sie hielten, wie Maulwurfspfoten, bevor die Häute getrocknet sind. Eine Maulwurfspfote ist gut für einen Erdfluch, oder um in mondloser Nacht den Weg zu finden. Was für einen Mond haben wir heute? Meine Knochen können es mir nicht sagen. Auch mit verbundenen Augen erkenne ich sonst so gut wie alles, aber jetzt sehe ich gar nichts mehr. Das waren meine eigenen Stöcke in den kleinen rosa Händen. Es waren meine Knochen, mein Schädel, meine Finger. Mit den wenigen Fingern, die ich überhaupt noch bewegen kann, hab ich mich abgetastet, wollte wissen, was die Stöcke angerichtet haben. Alles Matsch und Brei. Was erst nass war, ist inzwischen fast überall verkrustet. Ein paar Finger sind zusammengeklebt. Die Augen fest versiegelt. Falls ich unter den grindig verklumpten Lidern überhaupt noch Augen habe.

»Woher habt ihr die Geschichte?« Wild dreinblickend richtet Shilla Quirk sich auf und schwingt drohend den Spaten, dass ein Hagel Erde über ihren beiden Töchtern niedergeht. »Wer hat euch das erzählt – und wie viel?«

Bryony wirft Gertrude einen wütenden Blick zu, aber die hat mal wieder die Maske aufgesetzt, mit der sie sich in ein Püppchen verwandeln kann, stumm und mit aufgemalten Augen. Zu Füßen der Mutter liegen Steine und aus dem Gemüsebeet gerissene Löwenzahnwurzeln, die wie Hexenfinger aussehen. Bryony denkt an Alraunen und ihre stummen Schreie, denkt an die Schreie, die durch die Geschichte gellten. Sie will mehr, sie will, dass das schattenhafte Grauen ans kalte Tageslicht gebracht wird.

»Das war Guller, der Vogelhändler«, murmelt sie. »Du hast uns doch zum Eierkaufen geschickt, und da hat er uns ein paar schöne Federn geschenkt, und …«

»Es war Guller.« Shilla rammt den Spaten in die klumpige Erde, spaltet knackend eine Wurzel. Sie reibt sich mit ihren großen Händen das Gesicht, und als sie die Arme wieder sinken lässt, hat sich ihre Miene verändert. Ihre vortretenden Augen sehen müde aus. »Man kann sich auf keinen verlassen«, sagt sie, den Blick auf den aufgewühlten Boden gerichtet.

Bryony und Gertrude sind mucksmäuschenstill. Kein Laut ist zu hören, nur das närrische Piepsen aus dem Nest in der Ulme und das Wispern der jungen Blätter. Bryony beißt sich auf den Daumen und stellt sich dabei vor, wie sich ihre Lippen wohl in der Geschichte angefühlt hätten, aufgeplatzt und matschig wie überreife Himbeeren.

»Dann stimmt es also?«, fragt Gertrude. Bryony hätte zu gern gewusst, woher sie, obwohl sie doch so klein ist, den Stein hat, den sie in sich trägt, den Stein, mit dem sie die Angst wie einen Frosch zerquetschen kann – und der sie beide immer wieder in Teufels Küche bringt.

Shilla geht in die Hocke, nimmt eine Handvoll Erde und zerdrückt sie prüfend zwischen den Fingern. »Das ist alles so lange her, dass es schon fast nicht mehr der Rede wert ist, abgesehen davon, dass es euch zwei Naseweisen eine Lektion sein könnte.«

»Was für eine Lektion?«, fragt Gertrude, der das schwarze Haar büschelweise vom Kopf absteht. Bryony muss dabei an Moospolster auf einem kleinen Felsen denken.

Shilla kommt mühsam wieder hoch und sieht die Mädchen an. »Spaten und Forken, alle beide. Zieht eure Schürzen an und bleibt in der Furche hinter mir.«

»Meinst du, sie erzählt es uns?«, flüstert Bryony ihrer Schwester zu, während sie die Werkzeuge in den Garten schleppen.

»Ich krieg sie dazu«, sagt Gertrude. »Oder willst du es nicht wissen?«

»Jedenfalls will ich morgen nicht mit blauen Flecken in die Schule gehen.«

»Stell dich nicht so an. Dafür lohnt es sich. Die das gemacht haben, waren echte Leute. Leute von hier. Und sie war eine echte Hexe. Hark hat mir ihr altes Haus am Waldrand gezeigt, bloß noch ein Haufen Steine.«

»Halt lieber schön die Klappe, wenn sie krötig wird.«

Mit einem verächtlichen Schulterblick auf Bryony folgt Gertrude dem breiten Gesäß der Mutter, die sich immer wieder bückt, um Brombeerranken aus der Erde zu reißen. »Erzähl uns die Geschichte, während wir graben, Ma«, sagt Gertrude. »Wir wollen unbedingt unsere Lektion lernen.«

Bryony schubst sie, dass sie fast das Gleichgewicht verliert, dann machen sie sich mit den Forken an die Arbeit.

Die vielen kleinen Gesichter – und so nah, das fand ich merkwürdig. Kleine Glieder, die aus der Ferne so weich und harmlos aussehen, weil ihre Mütter sie ja immer auf Abstand halten. Hüpfende Füßchen, klatschende Händchen. Das war das Bild, das ich vor mir hatte, wenn ich an Kinder gedacht habe. Den Wunsch nach eigenen hab ich mir schon vor so vielen Jahren ausgetrieben, dass ich nicht mal mehr weiß, wie er sich anfühlt. Man sieht sie überall, wo man auch hingeht, wie sie holtern und poltern, schwatzen und plappern wie die Vögelchen. Von Leben nur so strotzend. Die Großen, die Kindmänner, die nur Unfug anstellen, die sich prügeln und im Wald rumbrüllen, weil sie glauben, dass nur die Kaninchen sie sehen. Aber die kleinen Kröten? Wer hätte gedacht, dass sie solche Kräfte in den dürren Ärmchen haben? Oder was anderes als Federn in ihren Wackelköpfen? Ich habe den Beweis dafür, hier in den verklebten Wunden und den breiigen Löchern, die vielleicht immer noch meine Augen sind.

»Dein Vater und ich, und auch der Guller, wir waren so jung wie ihr zwei beide heute, und bestimmt nicht braver als ihr, aber schlimmer auch nicht. Was richtig und was falsch ist, haben wir in der Schule gelernt, und meine Ma und mein Pa haben immer darauf geachtet, dass ich schön gerade sitze und mich nicht dreckig mache.« Shilla hebt einen Feuerstein auf und wirft ihn auf den Haufen unter der Ulme. »Euer Vater hatte nicht so viel Glück mit seiner Familie, das waren Halunken, obwohl ich das damals nicht wusste, aber er selber war kein übler Kerl. Nein, auch wenn wir vor Hunger manchmal fast verrückt geworden sind und uns im Winter die Kälte das Hirn eingefroren hat, wussten wir, was gut und böse war. Das wussten alle Kinder. Deshalb war das, was passiert ist, ja auch so seltsam.«

Shillas Gesicht ist so rot und breit wie ihre Unterarme, ihre Züge genauso hart. Bryony schafft es nicht, die Mutter im Geist auf Kindergröße schrumpfen zu lassen, die Frau mit der finsteren Stirn und dem Kinn, das sie vorreckt, wenn sie ihre Töchter anbrüllt – also meistens. Sie versucht, den Spaten genau im gleichen Rhythmus wie Shilla in die Erde zu stechen, um nicht aufzufallen und die Geschichte nicht zu unterbrechen, und sie wünscht sich, Gertrude würde es ebenso machen, statt herumzutrödeln.

»In dem Häuschen hinter dem Wald, von dem jetzt bloß noch eine Ruine übrig ist, wohnte damals eine Frau. Wollte am liebsten für sich allein sein, und mit gutem Grund, wie es hieß.«

»Wie hat sie geheißen?«, fragt Gertrude keuchend, so anstrengend ist das Umgraben. Sie ist zwei Jahre älter als Bryony, aber einen Kopf kleiner, so mickrig wie ein aus den letzten Teigresten zusammengekratztes Brötchen.

»Sei nicht so neugierig.« Shilla dreht sich um. Bryony duckt sich unter dem Blick aus ihren verquollenen blauen

Augen weg, der an ihrer Schwester hängen bleibt, aber Gertrude gräbt ungerührt weiter. »Merry. Das war die alte Merry.« Shilla atmet tief durch und setzt den Spaten wieder an. »Sie hatte Haare bis zu den Knien, über den Ohren zu grauen Schnecken hochgedreht, und gerade noch genug Zähne, um das Fleisch von einem Kaninchenknochen zu nagen. Sie hat sich im Dorf nicht oft blicken lassen, und wenn doch, wurde sie natürlich angestarrt, und die Kinder haben sich hinter ihren Müttern versteckt wie Mäuse, wenn eine Katze umherstreift. Mein Bruder und ich waren auch nicht besser, haben gegafft und getuschelt.«

»Was habt ihr denn getuschelt?«, presst Gertrude schnaufend hervor.

»Wahrscheinlich die gleichen Gemeinheiten, die ihr Bälger heute über die alte Winfrid Plait verbreitet. Dass sie Mäuse gegessen hat, damit sie nicht ins Dorf kommen musste, um einzukaufen. Dass sie nur nachts aus dem Haus gegangen ist, damit keiner sah, dass sie keinen Schatten hatte.«

Bryony schüttelt sich bei dem Gedanken an Winfrid Plait, deren Schädel bis auf eine einzige wehende Strähne so kahl ist wie ein Ei. Und ein Kopftuch trägt sie auch nicht. Sie sitzt den ganzen Tag neben dem Teich am Fluss, und wenn man an ihr vorbeigeht, darf man ihren Kopf nicht anstarren oder muss so tun, als ob einem daran nichts auffiele. Während man sich noch überlegt, was man wohl ganz Normales zu ihr sagen könnte, sieht sie einem plötzlich durch die Augen ins Hirn und lacht über das, was man wirklich denkt, nämlich dass sie einen Kopf wie ein Ei hat.

»Eigentlich wussten wir, dass man so was nicht sagen darf, aber sie war einfach so anders. Die Leute hörten auf zu reden, wenn sie in die Nähe kam. Sie wurde nie zu irgendwem eingeladen, im Gottesdienst nie in die Gebete eingeschlossen. Nicht dass sie jemals in der Kirche aufgetaucht wäre.«

»Eine Hexe kann keine Kirche betreten«, sagt Gertrude und wirft mit der Forke die Erde in die Luft. »Wenn sie einen Fuß über die Schwelle setzt, wird sie zu Aschestaub. Piff, paff!«

Ich hab sie kommen hören. Ich dachte, mir wäre was durchgerutscht, ich hätte vielleicht einen Festtag vergessen. Scheppernd und klappernd kamen sie an. Ein Umzug, dachte ich. Die wollen ihren Wahrsageochsen am Wasserfall segnen oder sonst einen Unsinn. Immer diese Rituale, dauernd wird wieder irgendwas anderes gesegnet. Schreie hallten durch den Wald, aber ich ahnte nichts Böses. Wer fürchtet sich schon vor Kinderstimmen, dem Gezwitscher kleiner Piepmätze? Ich ließ mich nicht bei der Arbeit stören. Ich war gerade dabei, aus den frischen Kräutern Sträußchen zum Trocknen zu binden. Wo in anderen Sträußen die Blumen leuchten, glitzern und flirren in meinen die Kräuterkräfte. Schade, dass mir sowohl die Zeit als auch die Weitsicht gefehlt haben, sie gegen sie einzusetzen. Eine mächtigere Frau als ich, eine mit dem wahren Zweiten Gesicht, hätte es vielleicht kommen sehen. Ich habe mit dem Stock in der Asche gescharrt, mit dem gegabelten Stock, der dafür da ist, und sah nur einen Sturm im Kamin.

»Wer hat was von einer Hexe gesagt?« Shilla fährt so plötzlich herum, dass Bryony zurückschreckt und Gertrude mit den Ellenbogen rammt.

»Guller«, antwortet Gertrude ohrfeigenschnell. »Er hat gesagt, sie hätte Böses im Schilde geführt, den Leuten Angst eingejagt. Was hat sie denn gemacht, Ma?«

Weil Bryony zu genau die Mutter im Auge behält, kommt sie nicht dazu, ihre Schwester als Warnung zu kneifen. Auf dem Heimweg hatten sie hin und her überlegt, was dieses Böse wohl gewesen sein mochte. Gertie glaubte, dass sie Verlyn Webbe verflucht und seinen Arm verwandelt hatte. Er ist älter als die beiden Mädchen, deshalb war er damals ein Wickelkind, hatte Gertie gesagt, immer mehr von sich selbst überzeugt. Aber Bryony weiß, dass das nicht stimmen kann. Verlyn ist ein lieber Kerl, kein Verfluchter.

Auf Shillas breitem roten Gesicht wechseln sich Zorn und Trauer und noch etwas anderes ab. Grimmig zieht sie die Augenbrauen zusammen. Bryony rechnet mit einer Strafpredigt, einer schallenden Backpfeife, aber die Mutter dreht sich um und gräbt weiter. »Spielt keine Rolle, was die alte Merry gemacht hat. Kann sein, sie hat die Leute verhext, aber es ist auf jeden Fall schon so lange her, dass es keiner mehr mit Sicherheit sagen könnte. Eins steht allerdings fest: Sie hatte es sich mit Ma Guller verscherzt.«

Der gleichmäßige Rhythmus, mit dem Shilla den Spaten in die Erde sticht, hört nicht auf. Aus dem Baum, der jetzt hinter ihnen ist, kann Bryony gerade noch die Küken hören, ihr leises, jämmerliches Piepen. Ihr kommen die Alraunen wieder in den Sinn, die Schreie, die nur im eigenen Kopf gellen. Was für ein Geräusch macht eine Hexe, wenn sie geschlagen wird? Brüllt sie, oder gibt sie ein fürchterliches Quieken von sich, wie ein Kaninchen, das mit der Pfote in eine Falle geraten ist?

Gertrude stupst sie in den Hintern und raunt, dass Guller genauso spinnt wie seine Ma, aber Bryony schlägt ihre Hand weg. Sie will sich das Gefühl, dass ihr das Blut in den Adern geronnen ist, bewahren, das der Schrei in ihrem Kopf ausgelöst hat.

»Daher kam dann das ganze Verderben. Hört mir gut zu, ihr zwei. Wenn einer gemein zu euch ist, wenn euch die Galle überläuft oder ihr euch die Krätze an den Hals ärgert, setzt euch erst mal ruhig hin, geht in euch und denkt nach. Und wenn das nicht hilft, denkt ihr noch ein bisschen länger nach. Ihr denkt so lange nach, bis eure Wut verdampft ist. Auf keinen Fall stürmt ihr einfach los und lasst eure Wut an anderen aus.«

Shillas Stimme flackert, als hätte sie brennende Blätter in der Kehle. Bryony kann den bösen Gedanken, der ihr kommt, nicht mehr ungedacht machen. Dass es ausgerechnet ihre Mutter ist, die ihnen predigt, einen kühlen Kopf zu behalten, ehe man jemand anderem die Hölle heißmacht. Das passt so gar nicht zu der Frau, die sonst nicht lange fackelt.

»Wie in der Geschichte von der Frau, die ihre Schwester in den Fluss geschubst hat?«, hakt Gertrude ein und grinst ihre eigene Schwester an.

»Das war ein Geheimnis«, faucht Bryony. »Clotha sagt, das weiß keiner.«

Doch Shilla nickt, als ob sie die Geschichte kennt. »Ja, genau so. Aber Ma Gullers Schwäche war nicht der Neid. Sie war bloß wütend. Keine Frau in Neverness konnte so gut schnitzen wie sie, das fanden eigentlich alle. Umso schlimmer für sie, als sie beim Fest zur Jahreswende einmal nicht den

Preis für die beste Schnitzerei gewonnen hat. Das konnte sie nicht verknusen. Sie hat der alten Merry die Schuld gegeben, die hätte den Preisrichter behext. Was hat sie sich nicht alles ausgedacht, bloß damit keiner auf die Idee verfiel, sie hätte den Dreh nicht mehr raus. Die Leute haben gelacht und es damit nur noch schlimmer gemacht. Es hat in ihr gekocht und gebrodelt, bis sie sich nicht mehr einkriegen konnte. Bei jedem, der ihr zuhörte, hat sie sich ausgeweint, und vor allem bei uns Kindern, weil wir jedes Lügenmärchen geglaubt haben. Ihre brennende Wut war für uns etwas ganz Neues. Obwohl sie uns auch Angst gemacht hat, hingen wir an ihren Lippen, wie im Bardenhaus, wenn im Winter die gruseligen Geschichten erzählt werden. Wir hörten ihr zu, und weil wir so begierig die Ohren aufsperrten, dachte Ma Guller sich immer wildere Sachen aus, bis wir alle im Bann ihrer Wut standen. Wie hohlköpfige Marionetten tanzten wir für sie, nur um weiter ihren feurigen Zorn zu spüren, dessen Macht uns heiß durchströmte.«

Shillas Stimme flackert, sie knistert, bis sie bricht. Mit einem schweren Schritt tritt die Mutter aus der Furche und lässt sich auf den Haufen mit dem ausgerissenen Unkraut sacken. Sie sieht erschöpft aus, als hätte ihr das viele Gerede über Feuer und Wut das rote Leben ausgesogen. Schwer atmend starrt sie mit ihren großen runden Augen auf die Erde, die sie umgegraben hat, aber Bryony merkt ihr an, dass sie eigentlich etwas ganz anderes sieht.

Ganz in der Nähe miaut Kelpie. Vielleicht hat sie ihren Bruder gefunden. Ich hab ihn nach einem Jungen genannt, den ich mal kannte, als ich selber noch ein kleines Mädel war. Hunter, der Jäger. Vom Namen und vom Wesen her, denn er hat mir jede Nacht einen Fang gebracht, der Räuber. Da hab ich nach ihm gerufen. Meine Augen waren schon blind vom Blut, aber hören konnte ich noch. Durch den ganzen Krach, durch das Gebrüll und Geschepper gellte sein Schrei. Der Schrei war schlimmer als alle Schmerzen in meinen Knochen. Das konnte ich nicht ertragen, da bin ich ohnmächtig geworden. Als ich wieder zu mir kam, war alles still. Nur ich war noch da, nur ein Haufen Brei. Der Anblick von meinem Hunter ist mir erspart geblieben, aber wenn seine Schwester miaut, pirscht er durch meinen Kopf. Sie schleckt meine Wange ab, ihre Zunge ist heiß, sie brennt. Wie eine Nessel. Liebe Katze, lieber als die Menschen. Nicht miauen. Leck mir die Krusten von den Augen, damit ich sehe, was von ihnen noch übrig ist.

Am liebsten würde Bryony sich neben ihre Mutter setzen und an ihre breite Schulter lehnen, aber irgendwie scheint der Bann noch nachzuwirken. Während Gewitterwolken über das Gesicht der Mutter hinwegziehen, bemüht sich Gertrude, die reglos neben ihrer Schwester steht, nicht so laut zu japsen.

»Wir haben nach ihrer Pfeife getanzt. Die Kraft ihres Willens trieb uns aus dem Dorf, durch den Wald, trieb uns mit solcher Macht, dass unsere Seelen wohl nicht mehr mitkamen. Ma Guller wollte die alte Merry tot sehen. Und sie hat ihren Willen gekriegt, ohne dass ihr hinterher Merrys Blut an den Händen klebte.«

Shilla hat die großen, schmutzigen Hände vors Gesicht

geschlagen, ihre Töchter lauschen dem Wispern der jungen Ulmenblätter und dem leisen Piepsen aus dem Vogelnest.

Ihre Mutter spricht weiter, als könne sie die Fragen hören, die ihnen auf der Zunge brennen. »Mit Stöcken haben sie es gemacht, mit Stöcken, die da rumlagen. Mit Steinen aus der bröckelnden Hauswand. Wir waren so viele und so voll von Ma Gullers Wut, dass wir wie ein Starensturm durch das Haus getobt sind. Hinterher war alles besudelt vom Blut der alten Merry und von ihren Schreien, auch bei uns in den Köpfen, dass sie das Haus niedergebrannt haben. Mit der alten Merry drinnen. Keiner hat sich drum gekümmert, ob sie noch geatmet hat oder ob sich da noch ein Funken Leben rührte. Sie haben einfach rundherum die Stöcke aufgeschichtet und das Reetdach angesteckt.«

Der starke Bergwind verwandelt die flatternden grünen Blätter in leckende Flammen. Aus den Rufen der Vogelkinder wird das Miauen einer einsamen Katze – denn eine Hexe besitzt immer eine Katze –, die mit ansehen muss, wie ihr Heim in Flammen aufgeht. Bryony überläuft es kalt, denn in der Mitte des Feuers sieht sie das breiige, klebrige Bündel, die alte Merry, nach den glühenden Reetbrocken tappen, die auf ihren zerschlagenen Körper fallen. Sie erhält von Gertrude einen tüchtigen Stoß in die Rippen, der Rauch und die Flammen vor ihren Augen lichten sich. Quer durch das lehmige Beet kommt ihr Vater auf sie zugestapft.

»Was ist hier los? Shilla? Mädchen, was hat eure Mutter?« Shillas Schultern zucken, ihre großen Hände bedecken das ganze Gesicht. Vaters Schatten fällt über sie, während er den Blick von einer Tochter zur anderen wandern lässt. »Was habt ihr eurer Ma angetan, ihr Früchtchen?« Er macht einen Satz auf die Mädchen zu. Gertrude kann sich gerade noch wegducken, aber er erwischt Bryony im Genick und packt sie so fest, dass sie keine Luft mehr kriegt. Sie hat keinen Boden mehr unter den Füßen, die Forke fällt ihr aus den Fingern.

»Lass sie runter«, schnieft Shilla. »Sie können nichts dafür. Sie haben nichts gemacht, bloß zugehört.« Stolpernd landet Bryony wieder auf der Erde und kippt in die Furche, mit der Wange in den Dreck.

»Zugehört? Wieso? Was hast du ihnen denn erzählt?«, will Pa wissen.

»Sie haben was über die Sache mit Merry Mort aufgeschnappt. Da hab ich ihnen den Rest erzählt, damit es ihnen eine Lehre ist.«

»Du hast es ihnen erzählt? Alles?«

»Nur das, was wichtig ist.«

»Sie sind hier nicht die Einzigen, die eine Lehre nötig haben.« Vaters Stiefel schwingt über Bryony hinweg, und als sie aus der Furche zu ihm hochspäht, sieht sie auch schon, wie der Kopf der Mutter durch die Wucht seiner Faust zur Seite geschleudert wird.

»Diese Geschichte ist nicht für anderer Leute Ohren bestimmt, und schon gar nicht für deine eigenen Töchter.« Drohend steht er vor Shilla, die den Bick zu Boden gesenkt hat. »Für niemanden und niemals. Schreib dir das ein für alle Mal hinter die Ohren, Shilla.« Als er in seinen schweren Stiefeln davonstapft, finden Shillas blaue Augen über die aufgebrochene Erde hinweg die Augen von Bryony. Der kommt es einen Moment lang so vor, als starre sie in ihre eigenen Augen, als sähe sie ein Mädchen genau wie sie selbst. Das

Mädchen hat Angst, noch mehr Angst als Bryony, aber vor allem schämt es sich.

Bryony kann den Blick nicht ertragen. Sie schließt die Augen und lauscht dem Baum, den raschelnden Blättern und dem traurigen, traurigen Klagen der Katze einer einsamen Hexe.

DIE BRAUT DES WASSERBULLEN

DER WIND TROMMELT SEIN Lied die ganze Nacht an die Tür, ein Tanzlied für den Teufel, der rings um das Haus seine Hufabdrücke hinterlässt. Winfrid zieht ihre Stiche stramm, damit er nicht hereinkann. Während meine Nadel durch das Gewebe gleitet – rein und raus, rein und raus –, träume ich von Mustern, die ich niemals sticken werde, von geheimen Rhythmen. Kreuzchen für Küsse, die stickt jedes Mädchen. Ich habe meinen Namen auf ein Band gestickt und in den Ginster geschossen, genau wie die anderen. Aber mir prickelt es unter der Haut nach mehr als Küssen, und dafür gibt es kein Muster.

Winfrid, meine liebe alte Granny Win, näht meine Aussteuer. Mit Hexenstichen pflanzt sie Glück in die Bettwäsche. Sie lässt sich kein Wort entlocken, weder über den Wind noch über das Regenrauschen auf dem Dach. Weder über das, was in ihrem Herzen, noch über das, was in meinem ist. Wir können froh sein, dass wir im Trocknen sitzen, auf einer Seite vom Feuer gewärmt, das sich glänzend in meiner Nadel spiegelt, während die Welt draußen kurz und klein geschlagen wird.

Unter dem Klatschen der Teufelshand, unter dem sich unsere nasse Tür verzieht, ist noch ein anderes Pochen zu hören, schneller und pulsierend wie Blut. Ich nehme die Stickerei vom Schoß und gehe hinüber, um zu lauschen. Poch, poch, poch. Das Geräusch verheißt nichts Böses, und es klingt auch nicht nach einem Tier. Ich fange die Tür auf, die mir entgegenschwingt. Vor der Wand aus Wasser und Wind steht ein Mann, wie ich noch nie einen gesehen habe. Diese Haare und die Haut, die sich straff über seine Gesichtsknochen spannt, stramm über Arme und Beine. Er trägt lediglich einen Stofffetzen um die Hüften. Ich denke an die Nadel, die durch das Gewebe gleitet, rein und raus.

»Obdach, bitte«, sagt er, mehr nicht. Und nachdem ich ihm den Platz neben mir auf dem Sofa angeboten habe, sinkt mir wie selbstverständlich sein Kopf in den Schoß.

Ein Kopf ist zum Streicheln da, das Haar so weich wie Nixenkraut, das Streicheln so sanft wie nur möglich. Was bleibt mir sonst übrig? Der lange, magere Körper fest auf dem Sofa zusammengerollt, seine Wärme auf meinen Schenkeln, was kann ich da anderes machen als ihn streicheln? Es kribbelt mir immer stärker in den Fingern.

Obwohl der Unterteller in Wins klauenartigen alten Händen klappert, als sie dem Fremden eine Tasse Tee bringt, rührt er sich nicht. Sie bückt sich, um seinem knurrenden Atem nachzuhorchen, und runzelt die Stirn. Ich habe die Hände in seinen Haaren vergraben.

»Wühl weiter«, flüstert sie. Aus der Tiefe seiner Haare fördere ich winzige Muscheln zutage. Wie Sandkörner sitzen sie unter meinen Nägeln, mit unmöglich kleinen, unmöglich tiefen Gewinden. Ich ernte Hunderte davon, rosa-weiße und spangrüne, manche auch mit einem hauchfeinen Härchen. Als ich Win eine Handvoll hinhalte, schüttelt sie den Kopf, in ihren feuchten Augen steht die Angst.

»Wasserbulle«, sagt sie.

Jetzt müsste mir vor Angst eiskalt werden, denn das ist die Geschichte, die Win am häufigsten erzählt, ob im Bardenhaus oder hier auf dem Sofa. Damit hält sie mich in Nächten wie dieser, wenn die Dunkelheit schnell hereinbricht, bei sich gefangen, sicher vor dem Fluss, der sich wie ein Aal um das Haus windet, sicher vor der wild schäumenden See. Der Wasserbulle, so geht die Geschichte, springt in rauen Nächten mit der Brandung an Land und schwimmt, weil er Seelen wittert, flussaufwärts. Dann schüttelt er seine Bullenhaut ab und will sich eine Jungfrau jagen. Die kann sich nur vor ihm retten, wenn sie ein Gewässer überquert.

Ich soll zum Fluss rennen, beschwört Win mich, die Röcke fest um mich raffen, damit er mich nicht packen kann, wenn er mich verfolgt. Ganz langsam schiebt sie ein Büschel Wolle zwischen seinen Kopf und meine Beine, und ich rutsche vorsichtig unter seiner schweren Wärme hervor. Der Blick in Wins Augen sagt: *Wenn du nicht gehorchst, ist dein Schicksal besiegelt.* Nur deshalb stehe ich auf, denn mit einem Mal tut es mir unendlich weh, mich von ihm zu lösen. Ich sehne mich danach, den dunklen Flaum auf seinen Armen und Schultern zu kraulen. Zwischen meinen Fingern hängt der Geruch seiner Haare. So könnte ein Robbenjunges riechen. Ich möchte mein Gesicht hineindrücken und ihn atmen. Aber Win schiebt mich mit nie gekannter Kraft zu der klappernden Tür und schleudert mich in das Unwetter hinaus. Als ich mich an der Lücke in der Mauer noch einmal umdrehe, um mir den Regen aus den Augen zu reiben, steht Win auf der Schwelle, ihr runzliges Gesicht überragt von dem seltsamen, breiten Gesicht des Mannes.

»Lauf, Mädchen!«, brüllt sie, und ich weiß: Er kommt. Ich renne los, nehme die Knie hoch und platsche durch den Schlamm, der mal der Weg war. Kalt spritzt es mir an den Beinen hoch, und der Wind wickelt mir die Röcke um die Beine, dass ich stolpere. Vor den Wolken am Nachthimmel beugen sich die Bäume tief herab, dreschen im rasenden Sturm mit den Ästen um sich, während ich mich, büschelweise das Gras ausreißend, die Böschung hinaufkämpfe, dahin, wo sich der Fluss am Teich verengt. Obwohl nur das Brausen und Tosen des Windes zu hören sind, weiß ich, dass er hinter mir ist, das merke ich an dem Dröhnen in meinem Bauch, an dem Gefühl, dass silberne Augen auf mir haften. Mit seinen fein gedrechselten Gliedern, seiner tierischen Kraft kann er bestimmt sehr viel schneller laufen als ich in dem wasserschweren Kleid. Oben bleibe ich stehen, schwer atmend, heiß atmend, der ganze Leib ein einziges Frösteln. Der Wind peitscht mich nass, als befände ich mich im Maul eines speienden Ungeheuers, aber als ich mich umdrehe, sehe ich die silbernen Augen, die dunklen Schultern, von denen glänzende Rinnsale hinabfließen.

Es sind nur noch wenige Schritte bis zum Fluss, aber ich kann mich von seinem Anblick nicht losreißen. Je näher er mir kommt, desto lauter dröhnt es in mir. Ihm entfährt ein Laut, ein wildes Schnauben wie von einem Bullen, und ich laufe weiter – doch ich werde immer langsamer, wie in einem Albtraum. Und als ich den Fluss erreiche, ist er über die Ufer getreten. Zwischen mir und der gegenüberliegenden

Böschung, einer Verwüstung aus Schlamm und Wurzeln, fließt eine reißende Strömung. Wenn ich hineinwate, werde ich bestimmt sofort vom Wasser weggespült, das krachend über die Felskante in die Tiefe stürzt.

Während ich noch ratlos in die Wirbel und Strudel starre, umfasst mich plötzlich ein pelziger Arm, legt sich stark und schwer um meine Taille.

Ich wehre mich nicht. Der von hinten fest an mich gepresste Körper macht mich schlaff und stumm. Ich falle nicht. Nein, wir springen. Der vom Wind verwehte mächtige Satz trägt uns über den Wasserfall hinaus, hinab in das tosende Becken. Jäh schießt mir die Kälte in die Ohren.

Leise schaukelnd dreht er mich im Wasserdunkel mit leichter Hand zu sich herum und küsst mich. Es ist ein harter, drängender Kuss, mein erster. Als er endet, entströmt mir mit meinem Seufzen blubbernd der letzte Atem, die letzten Reste Wärme weichen aus meinen Gliedern. Danach ist kein Atem, ist keine Wärme mehr. Ich brauche sie nicht. Jetzt kann ich mich auch bewegen, nicht wie ein strampelndes Mädchen, das in ein verdrecktes Kleid verheddert ist, sondern wie Nixenkraut, das in der Strömung treibt. Als der Wasserbulle nach mir greift, schweben wir wie im Tanz tief unter dem Wasserfall in seine noch tiefere Höhle. Ich streichle seinen emporwallenden dunklen Flaum. Er erbebt, und die Kälte, die mich durchdringt, verwandelt sich in den süßesten Schmerz.

Wie ein Lumpen trieb sie im Wasser, als ich sie gefunden habe, meine arme Plum, ein armes Hühnchen im schwarzen

Höllenpfuhl. Das Waisenkind, dessen Eltern das Meer geholt hat. Es war nicht zu ertragen. Keine Menschenseele hat mein lautes Klagen gehört, und ich musste sie selbst aus dem Wasser holen, ganz vorsichtig, weil ich ja wusste, wer sie geraubt hatte. Ich riss einen tief hängenden Haselnusszweig ab, verhakte ihn in ihrem Kleid und zog sie ans Ufer hoch. Ich wagte kaum hinzusehen. Weil ich bei dem mühseligen Hauruck so weinte, hätte ich fast nicht gesehen, dass ihr, als ich sie halb oben auf den Felsen hatte, das Wasser aus dem Mund geschossen kam und sie die Augen aufmachte. Beim ersten würgenden Husten hab ich erschrocken aufgeschrien, mich dann aber schnell gefasst und angefangen, ihr mit den Fäusten das braune, sandige Wasser aus dem Leib zu trommeln. Sie spie wie ein Welpe, der zu früh festes Futter gefressen hat.

Dass sie nicht mehr ganz bei Sinnen war, hab ich erst gemerkt, als ich sie auf den Beinen hatte. Sie fuhr herum und wollte sich mit einem Satz wieder in den Strudeltopf stürzen. Sie heulte, als ich sie festhielt und an mich zog, nass, wie sie war, und so kalt, dass meine Finger taub wurden. Es war ein schweres Stück Arbeit, sie vom Berg wieder runterzukriegen, denn sie sträubte sich mit aller Kraft. Sie stemmte die Beine in den Boden, zerkratzte meine armen roten Hände und schrie die ganze Zeit, dass sie zurückwollte. Wenn ich sie erst zu Hause hätte, könnte ich sie beruhigen. Mollig warm wie ein Pfannkuchen würde sie schon wieder zur Vernunft kommen.

So lange wiegte ich sie vor dem Kamin in den Armen, dass das Feuer in sich zusammensank. Aber ich traute mich nicht, sie loszulassen, obwohl mir die Arme wehtaten und mir ihre Kälte in die Knochen kroch. Obwohl ihre Schreie mit der Zeit zum Wimmern herabsanken, obwohl das Echo noch lange in meinen Ohren nachhallte, sogar dann noch, als sie sich mit einem letzten Schniefen in ihr Schicksal ergab. Ich schuckelte und schuckelte sie, bis ihr Atem schwer und gleichmäßig ging, dann ließ ich sie sanft auf den Teppich rutschen. Ich schlug sie darin ein wie in eine Pastetenhülle und ließ sie nicht aus den Augen. Ich schürte das Feuer, bis der Morgen zum Fenster hereindämmerte.

Von einem Tanz mit einem Wasserbullen kommt keiner wieder zurück. Das habe ich jedenfalls noch nie gehört. Von einer wilden Gier getrieben steigen sie nur sehr selten aus dem Meer. Sie gieren nach einer Seele. Das erkennt man an der leeren Hülle, die sie zurücklassen.

Auf dem Hocker neben ihrem Bett hab ich an den Kleidern für ihre Aussteuer weitergearbeitet, auch wenn es wohl nicht mehr viel Sinn hatte. Ich konnte sie nicht halb fertig liegen lassen. Im Geiste plante ich dabei ganz andere Fadenmuster. Die sollten sie in meinem Haus behüten, sicher vor Mensch und Tier. Bei meiner Tochter war es mir nicht gelungen, aber bei meiner Enkelin würde ich alles geben, um sie zu retten, koste es, was es wolle.

Während ich stickte, schlug Plum einmal im Fieberwahn die Augen auf, und als sie sah, womit ich beschäftigt war, bat sie mich um ein Hochzeitskleid aus Nixenkraut.

Winfrid stickt ihren Segen in die Muster, aber sie kann auch Flüche sticken. Darum kommt mein Wasserbulle nicht, um mich heimzuholen. Wie ein klebriges Spinnengewebe hängt ein von ihr gesponnenes Netz über dem Haus und hält ihn fern.

Ich liege eingeknotet in ihr segendurchseuchtes Laken im Bett, als es an der Tür klopft. Diesmal kündigt das Pochen Linnet Lundren mit dem butterseidenen Haar an, die neben meinem Kopf ihre sommerbraunen Beine übereinanderschlägt und sich sittsam das Kleid glatt streicht.

»Ach, du arme Plum, du armer Plumpudding«, trällert sie laut, damit Win sie hört, während sie mich mit ihren heißen Fingern in den Ellenbogen kneift. Sie mustert mich von oben bis unten, obwohl ich von Kopf bis Fuß in Leintücher gewickelt bin.

»Wie war es, Plum?«, flüstert Linnet mit ihrem Strohpüppchenlächeln, das ich zwei Abende vor dem Unwetter zuletzt gesehen habe, zwei Abende bevor mich mein Wasserbulle geholt hat. Wir saßen alle zusammen im Wollemief des Bardenhauses, während Quayle, der Geiger, uns was vorfiedelte, und warteten auf die Geschichtenerzählerin. Es war gerammelt voll, lauter alte Leuten mit verschrumpelten Ohren und weich gekochten Köpfen, die so andächtig lauschten, als ob sie die Melodien noch nie gehört hätten. Linnet saß mit Madden Lightfoot in der Ecke, und ich pflanzte mich genau neben sie. Ich verbarg die Schlangen in meinen Augen und war lieb und nett zu ihr, wie zu einer Freundin. Mein Plan ging auf. Während sich die Musik dahinschleppte, drehte Linnet sich von Madden weg und tuschelte stattdessen mit mir. Sie nahm mich bei der Hand und zog mich raus auf die Straße, zum Fadenspiel.

Unter der Liebesherzeneiche, die auf der gegenüberliegenden Böschung steht, rangelten Dally Oxley und sein Bruder Pie im Dreck. Der eine schrammte das Gesicht des anderen am Eichenstamm entlang, aber als Linnet sie rief und auf ihre güldene Art kicherte, bei der ich am liebsten losfauchen würde, sprangen sie auf und schauten ernst drein. Sie sind zwar schon ziemlich groß, aber keiner von ihnen ist ein schöner Prinz, nicht mal ein schneidiger Holzfäller, der für eine Maid einen ganzen Wald umhacken oder aus Liebe einen Wolf erschlagen würde. Pie hilft manchmal als Stallbursche aus, und ich habe ihn einmal auf dem Hengstfohlen des Farmers am Strand entlangpreschen sehen, im Galopp gegen den Wind, wie im Flug, und danach habe ich oft davon geträumt.

Bis dahin war es in meinen Träumen bloß um die aufgestickten Küsse gegangen, um aufeinandergepresste, aber nicht blutig gebissene Lippen, um Seufzer ohne Seele dahinter. Auch als ich noch beim Ginsterspiel mitgemacht habe, war ein Schmatzer von Sandy Rincepan das höchste der Gefühle. Aber wenn ich einen richtigen Kuss haben wollte, einen feuchten, warmen, musste ich mit Linnet das Fadenspiel spielen.

Sie verteilte die Fäden, dort unter der Liebesherzeneiche, rief »Hopp«, und wir rissen gleichzeitig die Hände hoch. Ganz kurz nur sah ich im Schein der Laterne die Fäden, die wir in die Luft geworfen hatten, wie sie rostrot, grün, orange und graubraun zu Boden segelten. Dann lenkte Linnet das Licht nach unten, schürzte die Röcke, damit auch ihre langen braunen Beine angeleuchtet wurden, und wir sahen gespannt auf die Erde.

Mein rostroter Faden überkreuzte sich mit Pies graubraunem, Linnets orangefarbener schlang sich um Dallys grünen.

»Alle verkuppelt!«, sagte Linnet. »Plum und Pie, ah, Plum-Pie, lecker, lecker! Dann los!« Sie knuffte mich, Dally anlächelnd, in die Seite. Der machte ein Gesicht, als hätte er einen ganzen Sommer Sahne gewonnen.

Ich stolperte aus dem Laternenlicht zu der Baumhöhle auf der Rückseite der Eiche. Es war ein Kampf, mich hineinzuquetschen, weil sich mein Kleid in der rauen Borke verfing, und es ist mir heute noch peinlich, dass ich mir in die Lippen gebissen habe, um sie voller zu machen. Wie ich mir diesen Kuss wünschte und den Jungengeruch nach Stall und Schweiß, so nah. Ich war mir sicher, dass ich mich verlieben würde, in der Liebesherzeneiche. Ich wartete.

»Da küsse ich doch lieber einen Schäferhund«, kam Pies Stimme durch den Spalt. Und dann brüllte er: »Da küsse ich doch lieber Dally!« Seine Stiefel stapften die Böschung wieder hinunter, und Linnet quietschte, als wäre sie tüchtig gezwickt worden, und Pie sagte: »Wann darf ich bei dir mal ran, Linnet Lundren? Dally sieht vielleicht besser aus, aber ich bin der mit den geschickten Händen.«

Linnet kreischte und lachte. Ich weiß nicht, wohin die drei dann gelaufen sind, denn ich bin noch sehr, sehr lange in der Eiche geblieben.

An all das erinnere ich mich, während Linnet bei mir am Bett sitzt.

»Wie war es, Plum? Plumpudding?«, fragt sie noch einmal hinter Wins Rücken und kneift mich wieder in den Ellenbogen, aber diesmal lasse ich sie die Schlangen in meinen Augen sehen. Denn Strohpüppchen-Linnet soll nie erfahren, wie es ist, einen Wasserbullen zu lieben. Kreuzstichküsschen, Liebesherzeneiche und Ginsterlauf sind was für Kindsköpfe. Eine Aussteuer aus Bettwäsche und Rüschenkleidern ist was für hohlköpfige Mädel. Es sind bestickte Bürden, denn Ehe und Liebe sind nicht dasselbe. Einen Stallburschen als Mann, der nach Pferdeäpfeln riecht, ein Haufen krabbelnder Kinder, das ist keine Liebe. Liebe ist ein Tanz mit einem Wasserbullen, es ist die Lust, die aus seinen Fingern in mich geströmt ist.

Win kann den Wasserbullen zwar mit ihren Stichen aussperren, aber mich kann sie nicht einsperren. Seit drei Tagen wird das Dröhnen, das er in mir ausgelöst hat, immer heftiger und tiefer, lauter als mein Herzschlag. Es sagt mir, was ich tun muss.

Ich habe es mir mit den Albträumen erklärt, die wohl jeden umnachten, der fast ertrunken wäre, denn Plum sah mich aus dem Bett nur ausdrucklos an, wenn ich versucht habe, die Wahrheit über jenen verfluchten Abend aus ihr herauszulocken. Kein Wort hat sie über die schreckliche Verfolgungsjagd gesagt, oder wie er sie unter Wasser gezogen hat. Aber wer dem Tod so nahe gewesen ist, vergisst oft.

Beim Garnspinnen spinne ich auch Geschichten, und weil zum Sticken nichts besser passt als eine Geschichte, war Plum mit Warnungen immer gut eingedeckt. Es gibt für jedes Unheil die passende Geschichte, und die vom Wasserbullen habe ich ihr öfter als jede andere erzählt, seit sie alt genug dafür war. Als ich an dem Abend, bevor das Unwetter heraufzog, gerade mit meinen müden Knochen aufstehen wollte, um sie im Bardenhaus zum Besten zu geben, hat Plum sich rausgeschlichen. Sie glaubt, ich hätte es nicht bemerkt, aber sie ist wie mit einem Faden so fest mit meinem Herzen verbunden, dass ich den ziehenden Schmerz schon fühlte, bevor ich gesehen habe, dass sie weg war – sicher, um irgendeine Dummheit anzustellen.

Drei Tage habe ich ihr heiße Milch ans Bett gebracht und mich in Geduld geübt, ohne ein Wort von ihr, ohne eine Träne. Sie lag nur da und knotete sich die Haare um die Finger, und wenn ich ihre Decke glatt strich, sammelten sich winzige Muscheln in meinen Handfurchen, kleiner als Senfkörner.

Ich habe mich gefreut, als Linnet Lundren zu Besuch kam, dachte, ein Schwätzchen mit einer Freundin würde ihr guttun. Und es schien sie tatsächlich aufzuheitern, denn kaum war Linnet wieder gegangen, bat Plum mich mit erdbeersüßer Stimme: »Kann ich ein anderes Kleid anziehen, Win? Ich möchte so gern nach draußen, ein bisschen Seeluft schnuppern. Holst du mir eins aus der Truhe? Dann machen wir einen Spaziergang.« Es wurde schon langsam dunkel, aber ich war so dusselig vor Glück, weil ihr wieder ein Funke Leben aus den dunklen Augen sah, dass ich auf den Speicher gestiegen bin. Ich wusste genau, welches Wollkleid ich für sie heraussuchen wollte, damit sie nicht fror. Während ich unter den Dachbalken noch bis zu den Ellenbogen in der Kleidertruhe steckte, knarrte es unten, und als ich mich umdrehte, hatte sie die Leiter umgekippt.

Ich lasse Wins Geheul und das Haus hinter mir und folge der Aalbiegung des Flusses, weil dort so viel Wasser in der Luft hängt. Es soll sich in meine Haut saugen und meine Augen so dunkel wie den tiefsten Tümpel machen.

Ich komme an dem anderen Wasserfall vorbei, wo ich den

Wahrsagebullen nach meinem Schicksal befragt habe, aber jetzt kenne ich mein Schicksal, und mein Schicksal ist der Wasserbulle. Ich gehe einen zwischen Schlehen versteckten und immer dämmeriger werdenden Trampelpfad hinunter. Dornenfinger reißen an meinen Haaren. Am Waldrand steht das Haus der Oxleys. Holz kracht und splittert. Es ist nicht Pie, der auf der Lichtung, zu der sich der Pfad verbreitert, die Axt schwingt und mit verzerrtem Gesicht niedersausen lässt, sondern Dally.

Ich wickle mir die Haare um die Finger. In meinem Nachthemd gehe ich, im Halblicht weiß wie ein Gespenst, auf ihn zu. Mit gespitzten Lippen betrachtet er mich von oben bis unten, und diesmal verbergen mich keine Leintücher. Wie Efeu schlinge ich meinen Arm um den seinen. Wie Efeu winde ich mich um ihn. Sein Herz trommelt gegen meine Brust. Ihm fällt die Axt aus der Hand.

Es ist nicht wie das Untertauchen mit meinem Wasserbullen. Ich muss Dally mit Gewalt zu Boden drücken, und mein Atem wird nicht zu Wasser, meine Adern werden nicht zu wehenden Wasserpflanzen. Dally weiß noch nicht, was mein Wasserbulle und ich so sicher wissen – wofür mein Körper da ist. Er tut mir leid. Als ich von unserem Blätterlager aufstehe, sieht er mich mit einem ebenso erstaunten Blick an wie in dem Moment, als ich im Dämmerlicht ganz in Weiß über die Lichtung auf ihn zugekommen bin. Und warum? Weil ich ihm etwas gezeigt habe, was Butterseide-Linnet ihm niemals zeigen könnte.

Ich lasse Dally stehen und gehe durch die Bäume davon. Mein Nachthemd ist schmutzig. Mir ist warm. Ich habe keine Angst vor der Dunkelheit. In der geheimen Höhle meines Wasserbullen gibt es kein Licht. Als Ranken mich kitzeln und necken, denke ich an Wasserpflanzen und Strömungen. Es ist gar nicht weit bis zum Ende des Waldes, wo das Licht aus der Schenke fällt.

Sie leuchtet zwischen Wald und Strand, buntes Stimmengewirr und die wirbelnden Klänge von Quayles Fiedel dringen heraus. Ich fliege daran vorbei, hinunter auf den Sand. Leise flüstert das Meer, die Sterne verwandeln es in Milch, die so frisch ist, dass sie noch schäumt. Ich wate in die Gischt und gehe in die Hocke, um mich zu waschen. Die Kälte kribbelt, und die Geigenmusik aus der Schenke kräuselt sich in meinen Ohren, und ich sehne mich nach meinem Wasserbullen, der meinetwegen aus diesem Meer gestiegen und so weit flussaufwärts geschwommen ist. Vielleicht kann er mich im Wasser schmecken. Also wasche ich mich und plansche und warte auf den Arm um meine Hüften. Aber da ist nichts, nur das Lecken der Wellen an den Strand, die traurige Weise der Fiedel und der Waldwind von der Küste.

Der Wind trägt auch Stimmen heran, der Trubel hinter mir wird lauter, es wird gelacht, Becher klirren. Alles junge Burschen in der Schenke, unter Ma Prowds wachsamen Eulenaugen. Ich muss an Ma Prowds Brüder denken, Trick und Robin, beide hochgewachsen, der eine so breit wie ein Ochse. Manchmal prügeln sie sich in der Schenke. Während ich mich vorsichtig durch die Dünen wieder zurücktaste, erinnere ich mich an ihre großen, ringenden Körper, ihre schweißnassen Rücken. Die Tür schwingt auf, Gebrüll und ein Streifen Lampenlicht fallen heraus, und im nächsten Augenblick hocken sich auch schon drei Jungen auf die Fässer neben der Schenke. Im Dunkeln sehen sie mich nicht. Trick und Robin sind nicht dabei, aber Dally Oxley. Er muss mir nachgelaufen sein. Darüber muss ich lächeln, und lächelnd gehe ich auf sie zu. Erst als ich ihnen schon so nah bin, dass ich den Bierdunst riechen kann, der von ihnen ausgeht, blickt einer von ihnen hoch, prallt erschrocken zurück und fällt vom Fass. Wie einfach es doch ist.

»Ich hab's euch ja gesagt«, sagt Dally. »Seht ihr? Sie war bei uns vorm Haus.«

Ich würdige ihn keines Blickes. Ich starre den Jungen an, der nur Augen für mich hat. Es ist Sandy Rincepan. Früher war er eine Tonne, aber heute ist er braun gebrannt und so kräftig wie ein Brauereipferd. Ich streichle seine Wange, lege ihm die Hand in den Nacken.

»Jetzt kannst du dich satt küssen, Sandy«, sagt Dally. Er packt den anderen Burschen beim Schlafittchen, und sie schieben sich wieder in die Schenke.

Wir sinken hinter die Fässer, Sandy und ich. Er kann stärker stoßen als Dally, es ist schon ganz nah dran an dem Dröhnen, das der Wasserbulle in mir auslöst, aber er winselt dabei wie ein junges Hündchen, und ich lache ihn aus. Ich setze mich auf das Fass. »Ich werde einen Bullen als Mann haben«, flüstere ich zu ihm runter, während er an seinen Hosenknöpfen nestelt, und ich lache immer noch, als er hinter Dally her durch die Tür poltert.

Das Dröhnen weckt die Sehnsucht nach meinen Wasserbullen. Was soll ich mit diesen tapsigen Kindern? Vielleicht gehe ich wieder runter zum Meer und schwimme so lange, bis ich ihn finde. Während ich noch überlege, fliegt krachend die Tür der Schenke auf, und ein Hüne von einem Mann kommt heraus. Bevor ich sein Gesicht erkennen kann, hat er mich schon mit seinen riesigen Pranken bei den Schenkeln gepackt und wie einen Sack über seine Schulter geworfen. Mit großen, rumpelnden Schritten rennt er los, sodass mein Kopf gegen seinen Rücken schlägt. Er riecht nach Grassoden, Malz und Schweiß.

Dallys Stimme schallt hinter uns her. »Lass sie in Ruhe, Trick. Sie ist doch nur ein dummes Gänschen.« Aber da biegen wir schon auf den Weg ein, der an der Aalbiegung des Flusses entlangführt. Hinter Winfrids Haus kommt mir der Gedanke, dass sie auf dem Dachboden gefangen ist, aber als ich laut rufen will, klatscht mir der Mann seine stinkende Hand auf den Mund.

»Suchen wir uns ein lauschiges Plätzchen«, sagt er schwer atmend. »Wo uns keiner stört.« Ich trete ihn gegen die Brust, und er schlägt mir mit solcher Wucht auf den Rücken, dass mir die Luft wegbleibt. Ich keuche, bis mir schwarz vor Augen wird, aber seine Stimme dringt noch zu mir durch. »Das gefällt dir, was? Japs du nur, das macht mich geil.« Als ich endlich wieder freier atmen kann, verpasst er mir den nächsten Hieb.

Ich sehe zwar nichts mehr, aber ich höre den Wasserfall, und ich weiß, dass wir dem Fluss bis zum Strudeltopf gefolgt sein müssen. Krachend pralle ich mit dem Rücken auf den wurzelknotigen Boden. Er ist nur ein Schatten vor dem gesprenkelten Himmel, und als er mir das Nachthemd über den Kopf zieht, verschwimmen die Sterne wie Schneeflocken. Ich schreie, als er in mich dringt, aber er dreht mich um und stößt ein zweites Mal zu. Erde und Blätter stopfen sich in meinen Mund.

»Lass hören, wie es dir gefällt«, sagt er und schlägt mir noch einmal auf den Rücken.

In Gedanken bin ich wieder bei unserem Sprung in die Tiefe, der mir den Atem geraubt hat. Aber ich hatte sowieso keine Verwendung mehr dafür, denn es gab nur noch das Wasser und meinen Wasserbullen. Da ist auch schon sein gestromter Arm, der mich hochhebt, der mich fest an seine glatte Haut presst, in seinen Geruch nach junger Robbe. Mit sanfter Tierkraft trägt er mich ans Wasser, springt mit mir hinein und rettet mich. Hier unten brauchst du keinen Atem, Liebste. Er hüllt mich in Wasserpflanzen und küsst mich, und in seinen Armen schwebe ich wie im Tanz heim mit ihm in unsere Höhle.

Die ganze Nacht saß ich, verzweifelt wie eine Maus in der Falle, auf dem vom Wind gerüttelten Dachboden fest. Ich habe mich nicht getraut zu springen, weil ich Angst hatte, mir etwas zu brechen – und bald konnte ich auch nicht mehr um Hilfe rufen, weil ich zu heiser dafür war. Als es Nacht geworden war und mir das Herz schwer wurde, habe ich gebetet, dass Plum nichts zustößt und dass sie wieder zu Verstand kommt. Was taten mir die Knochen weh, weil der Faden zwischen meiner Plum und mir gerissen war. Ich weinte mich wund, und ich glaube, ich hatte Visionen, denn als ich unter der Kante des Reetdachs auf das Nadelkissen aus Sternen hinausspähte, stampfte ein Mann, so groß wie ein Wasserbulle, am Fluss entlang, auf dem Rücken einen Sack. Meine Augen gaukelten mir vor, es wäre Plum. Die Ängste, die mich da überkamen, schüttelte ich ab, aus Angst, über Nacht wahnsinnig zu werden.

Als der Morgen graute, zitterte ich vor Kälte, obwohl die

Truhe direkt neben mir stand. Ich hatte nicht das Herz gehabt, mir die Kleider auch nur anzusehen, die ich für mein verlorenes Mädchen genäht hatte. Dann hörte ich Schritte auf dem Weg, es klopfte an der Tür, und mir fiel wieder ein, dass Ivy Rincepan vorbeischauen wollte, um Eier zu holen. Ich weiß bis heute nicht, wo ich die Kräfte hernahm, aber ich schrie und trampelte, bis Ivy Rincepan die Tür aufdrückte, die Leiter entdeckte und mich befreite, auch wenn meine armen tauben Füße von jeder Sprosse abrutschten. Ich blieb nicht stehen, sondern rief ihr nur schnell ein Dankeschön zu und stürzte an ihr vorbei nach draußen, die taufeuchte Böschung hinauf und durch die tropfenden Bäume zum Wasserfall.

Wie Sauermilchquark auf der Molke schwamm ihr Nachthemd im Teich. Im Schlamm waren die Abdrücke ihrer kleinen nackten Füße zu sehen. Angestrengt starrte ich in das dunkle Wasser, hielt Ausschau nach Bläschen, nach Atem, nach irgendeiner Spur von ihr. Vergeblich.

Tagein, tagaus sitze ich nun am Wasser und warte, dass meine süße Plum zu mir zurückkehrt. Und während ich sitze und warte, fische ich die in der Strömung wehenden Wasserpflanzen heraus. Mit Nadel und Faden nähe ich ihr ein Hochzeitskleid aus Nixenkraut. Ich lasse es im flachen Wasser liegen, damit es weich bleibt und sie es sehen kann. Hin und wieder verziere ich es mit grünen Pflanzenbändern, schön genug für eine Wasserbullenbraut.

DAS NEUGEBORENE IM ARM kriecht Sil über den Boden. Sie stößt den Atem abgehackt hervor, ihre Knie schleifen über die Dielen. Den Blick hat sie starr auf die Truhe in der Ecke gerichtet. Sie bäumt sich auf und kippt zur Seite weg.

»Du musst mir helfen, Gad«, keucht sie. »Hol die Feuerzange.«

Ihre Tochter versteht nicht, wozu sie jetzt die Feuerzange braucht. Aber weil Gad in den letzten Stunden so vieles nicht verstanden hat – Sils Flüche, Vaters Gang in die Schenke bei diesem Sturm, das blaue, runzelige Ding, das aus ihrer Mutter herausgeschossen kam –, springt sie schnell die Treppe hinunter und holt die schwere Zange.

»Mach die Truhe auf. Das Kästchen ganz unten.«

Unter den Bergen von Wolldecken und Schals, die Sil ununterbrochen strickt, hievt Gad das Kästchen hervor, schwarz und rissig wie ein alter Stiefel. Sie stellt es neben die Mutter, aber die hat wegen dem schrumpeligen Kind keine Hand frei.

»Nimm die Zange.«

Gad klappt den Deckel auf. In dem Kästchen liegt etwas Graues, Wallendes, wie ein Spinnengewebe im Wind.

Die Mutter nickt, das Gesicht nicht mehr zur Fratze verzerrt. »Vorsichtig jetzt.«

Gad taucht die Zange hinein. Der graue Spinnwebfetzen, den sie heraushebt, ist so leicht wie Luft. Sofort wird es kälter im Zimmer. Fäden wehen ihr ins Gesicht. Mit dem gekrümmten Finger zieht Sil das Gewebe zu sich heran und breitet es mit einer einzigen fließenden Bewegung über das Kind. Seufzend dreht sie sich auf den Rücken. Eingehüllt in den Wolkenschal liegt das Kind auf ihrer Brust.

Gads Mutter stammt nicht aus Neverness. Ihr Vater, genauso zerfurcht und wettergegerbt wie die Insel, ist hier geboren. Sil ist anders, sogar ihr Geruch ist ein wenig fremd. Bei ihnen zu Hause riecht es warm, nach angebranntem Haferbrei, Schafwolle und Ruß, und es riecht kalt, nach Vaters regennassen Stiefeln, schlammigen Steinfliesen und dem durchgeweichten Reetdach. Aber wo auch immer Sil gewesen ist, hängt ein Hauch von Seetang in der Luft, von salzigem Seenebel und dem Inneren einer Muschel.

Wenn Gad ihre Mutter fragt, wo sie herkommt, antwortet sie bloß: »Nicht von hier«, knallt einen Topf auf den Tisch oder lässt schnell eine Tür zukrachen.

Sil ist noch nicht mal ihr richtiger Name. Den hat ihr Gads Vater gegeben. Wegen ihrer Silberhaare und ihrer silberseidigen Haut.

»Ein Spitzname?«, wollte Gad wissen, als sie das Wort gelernt hatte.

»Das kann man so sagen.«

Manchmal kann sie kaum verstehen, was die Mutter meint. Manchmal kann sie sie kaum erkennen. Sil hat die Fähigkeit, sich so sacht aus dem Haus zu stehlen, dass niemand etwas merkt. Auf genauso leisen Sohlen kommt sie Stunden oder auch erst Tage später wieder zurück, feuchte Fußabdrücke auf dem Boden hinterlassend. Wenn dicker, dichter Nebel vom Meer aufsteigt wie der Rauch aus der Pfeife eines Fischers und die Inselbewohner sich gegen die Kälte fest einmummeln, leuchten Sils Augen auf. Dann folgt Gad ihr bibbernd in die verschleierte Welt, wo Sil auf der Hügelkuppe ihre Hängematte aus Fischnetzgarn zwischen zwei Hainbuchen spannt, hineinklettert und verschwunden ist, ihre silberne Erscheinung verschluckt vom wabernden Weiß.

Aus dem schrumpelblauen Ding, dessen erste Decke der kalte Nebelschal war, wird allmählich ein grauer Quengler. Es ist nicht das rosige Kind mit den strahlenden Augen, das Gad sich gewünscht hat. Was hatte sie vor ihrer Freundin May, die auch keine Geschwister hat, damit angegeben, dass sie eine große Schwester sein würde. Sie spielten gern Schwestern und taten so, als wären sie die Lightfoots. Weil Gad älter war, durfte sie immer Madden Lightfoot sein und May, die Clotha spielen musste, etwas beibringen, das Reiten zum Beispiel, und mit ihr schimpfen, wenn sie im Galopp nicht mithalten konnte. »Jetzt bin ich bald eine richtige große Schwester«, hatte Gad gesagt, als sie zusammen in der Hainbuche saßen. »Dann spiele ich lieber mit meiner eigenen kleinen Schwester.« Aber Gad hat noch nicht ein einziges Mal mit dem Kind gespielt. Es hinterlässt nasse Flecken, wenn Sil es ablegt. Wenn es nicht schreit, gluckst es nicht, sondern quengelt nur. Es streckt seine winzigen Sternchenhändchen und die eingerollten Füßchen von sich, die nach regennassem Sand riechen.

Gads Vater ist mit dem Kind auch nicht warm geworden. Als er aus der Schenke nach Hause getorkelt kam, hat er das Kleine einmal angesehen und zu Sil gesagt: »Dann machst du dich sicher bald davon.« Als Sil darauf nicht antwortete, murmelte er etwas davon, dass er die Schafe auf eine höher gelegene Weide treiben müsse. Seitdem hat Gad ihn nicht mehr gesehen. Als sie wissen wollte, wo denn die höhere Weide war, hat Sil nur »weit weg« gesagt und sich wieder um das plärrende Bündel gekümmert.

Gad beobachtet ihre Mutter und das Kind durch den Riss in der Schlafzimmertür. Sil ist krank, grau und aufgedunsen, wie sonst nur bei warmem Wetter, bloß noch schlimmer. Sie quetscht sich auf den Fenstersitz, das untere Schiebefenster weit offen, sodass die Herbstblätter hereinfliegen. Gad zieht die Kälte ins Auge. Das Kind hört erst auf zu weinen, als Sil den seltsamen Fetzen kalten Rauchs aus der Truhe kramt und ihm über den Kopf breitet.

»Hast du mich auch mit dem Spinnengewebe zugedeckt, als ich klein war?«, fragt Gad, als sie Sil das kalte Wasser bringt, das sie holen sollte.

»Das ist kein Spinnengewebe.«

»Was dann?«

Aber Sil hört nicht mehr hin. Die Füße in der Wasserschüssel sitzt sie da und atmet mit geschlossenen Augen, so tief, als wäre Luft nicht genug.

Wie so oft, wenn ihre Mutter nicht mehr ganz da ist, verkeilt Gad ihre Zimmertür und kriecht in das staubige Dunkel unter dem Bett. In der finstersten Ecke steht ihr alter Deckelkorb, das Geflecht zerbrochen und splitterig. Sie bindet den unlösbaren Knoten auf, den sie selbst erfunden hat, und streckt die Hand hinein. In dem Korb bewahrt Gad alle zusammengetragenen Beweise dafür auf, dass Sil seit acht Jahren hier und ihre Mutter ist. Fast Gads ganzes Leben.

Gad ist nicht silberig und seidig wie Sil. Sie hat die dunkle Haut und das strohbüschelige Haar ihres Vaters und befürchtet wie er, dass Sil nicht bleiben wird. Seine Frage schwingt in ihr nach: »Dann machst du dich sicher bald davon?« Sie weiß nicht, warum er es gesagt hat, als das Neugeborene hustend an der Brust der Mutter lag. Aber sie weiß, dass Sil nicht schon immer bei ihnen gewesen ist. Sie glaubt sich daran zu erinnern, wie Sil sie zum ersten Mal in den Arm nahm, und an die Kälte, die von ihr ausging. Wenn es davor eine andere Mutter gegeben hat, als Gad noch so klein war wie das quengelige Würmchen heute, muss sie weggegangen und nicht wiedergekommen sein. Ihre Freundin May hat schon immer dieselbe Mutter, mit denselben dunklen Augen. Gad hat ihr nie verraten, dass Sil nicht ganz ihr gehört.

Wenn Sil nicht zu Hause ist, sucht Gad sich irgendeinen Beweis, dass es sie wirklich gibt, und versteckt ihn in dem Korb. Da ist die Tasse mit der langen Schnur, die Sil an ihr festgebunden hat, als sie noch klein war, damit sie ihr nicht aus den Patschehändchen fiel. Da ist der Kopf der Strohpuppe, die sie zusammen gebastelt haben und deren Körper längst verrottet ist. Vor allem sind es Sachen, die Sil aus der Wolle von Vaters Schafen gestrickt hat: eine Socke, eine Haube, ein halb fertiger Fäustling.

Mit der Hand im Korb streichelt Gad jedes noch so kleine Stück von Sil. Sie kann nicht mit Sicherheit sagen, ob es nicht doch ihr Vater war, der die Schnur an die Tasse gebunden hat. Vielleicht war sogar die Puppe seine Idee. Dagegen ist das kalte, rauchige Ding, das Spinnengewebe, irgendwie ganz und gar Sil. Wenn Gad doch nur wüsste, was es ist, wenn sie es halten und haben könnte, wäre sie sich ihrer Mutter sehr viel sicherer.

Gad schleicht zur Schlafzimmertür. Sie wartet, bis der Luftzug noch kälter geworden und das Kind eingeschlafen ist. Unter Sils Seufzern ist rasselnd sein Atem zu hören. Sie huscht hinein, pirscht sich ans Kinderbettchen und klemmt sich den Spinnwebschal unter den Arm. Dann läuft sie so leise und so schnell wie möglich aus dem Haus, den Hügelkamm entlang bis zur ersten Hainbuche. Im Rennen stopft sie sich das kalte Spinnengewebe ins Kleid. Es klebt sich an ihre Haut, und als sie auf den Baum klettert, hat sie eine nasse Stelle auf der Brust.

Sie klettert auf einen knorrigen Ast und späht in ihr Kleid. Nur noch ein feuchter gräulicher Fleck ist zu sehen. Aus dem Haus gellt immer lauter das Weinen des Kindes herüber, und dann ruft auch noch Sil nach ihr. Gad hält sich die Ohren zu.

»Was hast du gemacht, Gad?«, brüllt Sil.

Gad fröstelt in dem Wind, der ihr durch das nasse Kleid fährt, und die wütende Stimme ihrer Mutter lässt die Kälte noch tiefer eindringen.

»Gad. Komm sofort her.«

Sie rutscht vom Ast und landet so schwer auf der Erde, dass ihr die Füße wehtun.

Sil winkt sie ins Schlafzimmer. Ihr Gesicht ist nass verwischt, grau wie eine Regenwolke. Sie wirft einen Blick auf Gads nasses Kleid und schließt die Augen.

»Das war mein letzter Rest.«

»Der letzte Rest wovon? Was ist das?«, fragt Gad.

»Wir brauchen mehr. Du musst mir helfen.«

Gad verschränkt die Arme vor der Brust. Aber das Kleine hustet so erbärmlich und das Gesicht ihrer Mutter ist so seltsam verschwommen, dass sie nicht nein sagen kann. Als Sil aufsteht, bietet Gad ihr die Schulter als Stütze an.

»Die musst du mitnehmen«, sagt Sil und stößt mit dem Fuß die Feuerzange an, die noch auf dem Boden liegt. Sie verlassen das Haus, und Gad fühlt, wie die Mutter bei jedem Schritt zusammenzuckt.

Sil hat in der Wasserschüssel ein Tuch nass gemacht und sich das Kind damit vor die Brust gebunden. Es gibt ein trockenes Quäken von sich, wie ein Frosch, der zu weit von einem Teich entfernt ist. Sie nehmen den seewärtigen Weg den Berg hinunter, wo der Wind, der über die Felsen vom Meer heraufkommt, die kahlen Bäume niedergebeugt hat. Hier sind sie noch nie zusammen hergegangen.

Obwohl Gad das Ginsterlabyrinth auf der ebenso hohen Landspitze betreten darf, ist diese Steilküste für sie eigentlich streng verboten, und sie weiß auch warum: wegen der Kluft. An der gefältelten Küste der Insel tun sich fünf Klüfte auf, tiefe Einschnitte, die oben im trockenen Bergmoos beginnen und sich durch das Gestein bis zum Meer ziehen. Regenwasser aus den Felsen rieselt darin hinunter, aber es rutschen auch Bäume hinein, und Schafe stürzen über die steilen Kanten ab. Jede Kluft hat ihre eigene traurige Geschichte, die man im Bardenhaus erzählt, um Kinder und Narren abzuschrecken. So gibt es am Fuß der einen Spalte einen vom Meer überfluteten Turm, in dem Gold vergraben ist, über dem aber auch ein fürchterlicher Fluch hängt. Eine andere soll angeblich der Wasserbulle nehmen, wenn er aus dem Meer steigt, um ein schönes Mädchen zu rauben. Alle haben spannende Namen, von denen Gad eine Gänsehaut bekommt: Rätsel-, Sturz-, Grimm-, Demutkluft. Die Kluft, die jetzt unter ihnen liegt, während sie den Berg hinunterschlittern, heißt Schwadenkluft. Man sagt, der Nebel darin wäre so zäh und dick, dass schon manch leichtsinniger Wanderer darin ertrunken sein soll.

Sil wird langsamer und langsamer, ihr Arm lastet immer schwerer auf Gads Schultern. Sie bleibt stehen und lehnt sich an einen windschiefen Baum.

»Nicht weiter«, flüstert Sil. Sie schwankt im Wind. »Ihr müsst allein gehen. Ihr zwei.«

»Ich weiß doch gar nicht, wohin.«

Sil zeigt den Abhang hinunter.

»Aber Vater sagt, da darf ich nicht hin.«

Sil bindet sich bereits das Tuch los. Sie küsst das Kind auf die aschgrauen Wangen. In Gad steigt Neid auf.

»Wenn du nicht gehst, bedeutet es für das arme Würmchen das Ende, Gad.«

Seit Gad in die Schwadenkluft steigen soll, kommen ihr die Schauergeschichten viel wahrer vor. Sie stellt sich vor, wie sie über Knochen stolpert, im Nebel ertrinkt, abstürzt. Sil bindet ihr das Kind vor den Bauch. Nicht nur das nasse Tuch ist kalt.

»Wenn du fällst, lass dich nach hinten fallen«, sagt Sil. »Unten gehst du nach rechts. Bring so viel mit, wie du kannst. Nimm die Zange dafür.« Sie zieht Gad kurz an der Hand zu sich, dann gibt sie ihr einen sanften Schubs in Richtung des Weges. »Ich warte.«

Sils Gesicht ist so grimmig und müde, dass Gad sich nicht traut, nein zu sagen. Sie lässt sich von ihren Füßen tragen, immer schneller, je steiler der Weg wird, bis sie rutschend zum Stehen kommt und auf die Nebelgirlanden hinunterblickt, die schwer im Schlund der Kluft hängen. Sie kann Sil nicht mehr sehen. Das quäkende Weinen des Kindes weht ihr um die Ohren. Tief atmet Gad noch einmal die grasige Luft ein und tritt hinunter ins Grau.

Sogleich legt sich der Dunst auf ihr Gesicht. Als Gad ihn wegwischt, rollt er sich wie lose Schafwolle auf und bildet um ihren Kopf einen Hohlraum. Indem sie mit den Armen rudert, gelingt es ihr, diesen Raum, in dem sie atmen kann, vor sich herzuschieben. Dünne Fäden fließen von ihren Händen.

Je tiefer sie in die Schwadenkluft hinuntersteigt, desto klebriger und kälter wird der Nebel. Er kriecht ihr in die Ohren und dämpft ihre Schritte. Sie weiß nicht, ob sie auf Moos, Steine oder Sand tritt. Auf einer endlosen, unsichtbaren Treppe geht es immer tiefer hinab. Ihre Haut ist nebelnass, und sie schlottert vor Kälte, als der Pfad plötzlich im Nichts endet. Sie kann den Nebel nicht gut genug verscheuchen, um zu erkennen, was unter ihr ist. Sie beißt die Zähne zusammen, dreht sich um und rutscht mit den Füßen voraus weiter. An Steinen und Efeuranken findet sie Halt, klammert sich, die Arme um das keuchende Kind herum, fest, ohne dabei die Zange loszulassen.

Hinter ihr rauscht und tost das Meer, und als sie endlich wieder festen Boden unter den Füßen hat und sich umdreht, liegt es vor ihr. Sie steht am Fuß der Schwadenkluft. Hier unten, unter der Wolke, ist die Luft hell und klar. Der graue Sand und die schiebenden, ziehenden Wellen glitzern.

Dicke Nebeltaue hängen wie Schlingpflanzen von dem Sims, das sie überwunden hat. Wie Taurollen liegt der Nebel auf den Steinen. Das Kind an Gads Brust weint nicht mehr, es atmet leise seufzend im Schlaf. Sie geht bis ans Ende der kleinen grauen Bucht. Wo sich der Efeu über die Felsen herunterrankt, sind seine Blätter weiß. Gad findet Girlanden aus dichtem Nebel, aufgespannt wie die Hängematte ihrer Mutter, und Nebelhaufen, die so aussehen, als hätte jemand achtlos graue Kleider auf den Boden fallen lassen.

Gad wickelt das Kind aus dem Tuch und legt es vorsichtig in eine Hängematte. Es öffnet die Augen und gluckst sie an. Als Gad ihm einen Finger hinhält, damit es danach greifen kann, lacht es. Auf einmal ist es fast das Geschwisterchen, das sie sich gewünscht hat. Es wird nicht nass, wo der Nebel es berührt, sondern wälzt sich zufrieden hin und her, wie auf einen Schafspelz gebettet. Sil würde sich hier wohlfühlen, denkt Gad. Hier wäre sie wie zu Hause. Bei diesem Gedanken erfasst Gad ein silbriges Frösteln.

Hinter den Hängematten hängt ein Nebelvorhang. Gad lässt das Kind liegen und geht ihn sich näher ansehen. Er scheint den Eingang einer Höhle zu verdecken. Sie will ihn gerade beiseiteschieben, als sie von drinnen ein leises Klappern hört. Sie kennt das Geräusch. Gad überlegt, benebelt von der dunstigen Luft. Es ist das gleiche Geräusch, das die Nadeln ihrer Mutter beim Stricken machen, nur leiser, wie

Bläschen, die aus dem Wasser aufsteigen. Jemand singt, flimmernd rauscht das Echo durch die Höhle, wie das Meer in einer Muschelschale. Sie kennt das Lied. Sil hat es ihr vorgesungen, als sie noch klein war, und dem Würmchen auch. Sie denkt an ihre Mutter dort oben auf dem windigen Berg und an den Fetzen Nebel, den sie ihr gestohlen hat. Das Singen und das sanfte Klappern beruhigen sie. Den Rücken an einen Felsen gelehnt setzt sie sich in den grauen Sand und dämmert ein.

Ruckartig wacht Gad wieder auf, das Kind plappert in der Hängematte vor sich hin. Sie springt auf, um es herauszuheben. Seine Sternenhändchen tappen nach dem Dunst. Sie hätte nicht so lange bleiben dürfen. Neben dem Kind liegt ein großes Bündel Nebel, wie weiche Wollkleider gefaltet und gestapelt, mit Efeuzwirn verschnürt.

Mit dem Kind vor der Brust stellt Gad sich neben den Höhlenvorhang. »Danke«, flüstert sie, nicht sicher, ob sie gehört werden möchte. Dann eilt sie zu der Stelle, wo der weiße Efeu am tiefsten herabhängt, und fängt an zu klettern, das Bündel mit der Zange von sich abhaltend, damit es sie nicht berührt.

Auf dem Weg ist von Sil keine Spur zu sehen. Obwohl Gad aus dem Nebel heraus ist, zittert sie. Die Kälte hat sich tief in sie eingesenkt. Obwohl ihr das Kind jetzt viel schwerer vorkommt, läuft sie, so schnell sie kann, keuchend bergauf, um ihrer Mutter das Nebelbündel zu bringen.

Zu Hause sitzt Sil neben einem offenen Fenster, die Füße in der Wasserschüssel. Als sie Gad sieht, blinzelt sie ungläubig, dann beugt sie sich aufatmend vor und zieht sie an sich. Gad verbirgt ihr Frösteln in der kalten Umarmung der Mutter.

Während Sil das Kind aus dem Tragetuch wickelt und ihr das Bündel abnimmt, bemerkt Gad, dass sie den Sessel mit Schafpelzen und Decken zu einem wolligen Nest ausgepolstert hat.

»Wärm dich auf«, sagt Sil und führt sie hinüber. Sie deckt Gad mit den Schafpelzen zu, breitet eine gestrickte Schicht nach der anderen über sie und drückt ihr durch die Wolle einen Kuss aufs Knie.

Gads Frösteln verebbt allmählich. Nachdem Sil das Bündel aufgebunden hat, hüllt sie sich und das Kind in die dunstigen Kleider. Aus ihrem nebligen Nest auf der Fensterbank lächelt sie Gad zu.

»Warum wohnst du nicht da?«, fragt Gad nach einer Weile. Mit dem Kind an der Brust ist ihre Mutter eingedöst.

»Wo?«

»In der Schwadenkluft.«

»Wegen dir«, sagt Sil.

Gads Wangen glühen.

»Dein Vater«, beginnt Sil und sieht aus dem Fenster, als ob er jeden Augenblick auftauchen könnte, zurück von der höher gelegenen Weide. »Er ist eines Tages auf der Suche nach einem dummen Schaf mit dir auf dem Rücken in die Kluft abgestiegen. Du warst noch ganz klein und hast herzzerreißend geschrien, während er nach dem Schaf gesucht hat.« Ohne den schläfrigen Blick von Gad zu nehmen, legt sie sich das Kind in den anderen Arm. »Ich bin ihm und deinem Geschrei gefolgt, bis hierher.«

»Aber du bist geblieben?«

»Ein Würmchen braucht eine Mutter. Du brauchtest mich. Und dein Vater? Nun ja, der brauchte mich auch. Ist dir jetzt warm?«

Gad nickt. Sil schmiegt sich tiefer in ihren Wolkenhaufen. Im Fenster hinter ihr zieht Nebel auf. Ein kalter Luftzug weht durch das Zimmer, aber Gad ist es warm unter Sils Strickdecken. Sie atmet die salzige Seeluft, während das Kind mit seinen Sternchenhänden nach den wallenden Schwaden tappt.

DONNERSCHLAG

ES HEISST, EIN STARKER Wind könne einem Mann den Verstand aus dem Kopf wehen. So ist es auf jeden Fall bei Pferden. Vielleicht kann ein richtiger Sturm, einer von der Sorte, der ganze Bäume verschiebt und neue Höhlen ausbläst, noch Schlimmeres anrichten. Ein Sturm wie der, den wir in jenem Herbst hatten, könnte sich eines Menschen womöglich ganz bemächtigen. Er könnte einem Mädchen den Verstand aus dem Kopf jagen und Donner hineinpflanzen. Das wäre mal eine Geschichte. Aber ich habe gesagt, dass ich sie nicht erzähle. Ich habe es versprochen und das Versprechen gehalten. Es würde nichts Gutes dabei herauskommen, denn jeder würde sie so hören, wie er sie hören will. Madden Lightfoot, mein junges Stallmädchen, die jetzt so unendlich geduldig mit den Pferden umgeht. Die von einem Tag auf den anderen die Pflichten ihres Vaters übernehmen musste.

Ich habe gesagt, dass ich nichts erzähle, aber ich würde sie gern fragen: »Erinnerst du dich, Madden? Oder war dir der Donner in den Kopf gekrochen?«

Es war Mittag, Madden arbeitete mit ihrem Vater Pike auf der High Farm der Prowds, als sich der Himmel verfinsterte und das Unwetter losbrach. Bis sie den Berg hinuntergelaufen waren, hatte sich das von den Hängen und Wegen strömende Wasser in Bäche verwandelt, die dem zähnefletschenden Meer entgegeneilten. Madden schauderte es vor der Macht des Wassers, vor dem Wind, der sie ihm entgegentrieb. Es wurde den ganzen Tag nicht mehr hell. Der wütende Westwind schleuderte den Himmel in nassen Brocken auf die Erde, bis sie kein Wasser mehr aufnehmen konnte.

Madden und ihre kleine Schwester Clotha, Mutter und Vater blieben die ganze Nacht wach und passten auf, ob das Dach ins Rutschen geriet oder die Feuchtigkeit durch die Wände drang. Der Sturm erfüllte sie mit einer solchen Angstlust, dass sie gar nicht daran dachten, ins Bett zu gehen.

Doch nachdem Madden den ganzen nächsten Tag im Haus festgesessen hat, sind ihre Sinne durch den Schlafmangel abgestumpft, auch wenn sie noch immer unruhig ist, das Tosen, das der Wind in ihr ausgelöst hat, genauso laut wie der Sturm draußen. Der Abend kommt, aber er dämmert nicht, weil es ohnehin nicht richtig hell geworden ist. Heute hat es keine Schatten gegeben. Das Brüllen, das nach wie vor um das Haus braust, wirkt einschläfernd. Clotha hat nicht mal mehr Lust, die Schwester mit ihren knochigen Füßen anzustupsen.

Ihre Mutter hat sich wieder und wieder vor die Tür gewagt, um den Nachbarn im tiefer gelegenen Dorf zu helfen, ihr Hab und Gut vor dem Sturzbach zu retten oder festzuzurren, was nicht davongeweht werden soll. Man munkelt, dass sich die Wellen in Ungeheuer aus schmutzigem Schaum und zerschmetterten Fischen verwandelt haben und das Ufer aufwühlen, sodass die Felsen, falls sie überhaupt zum Vorschein kommen, alle an der falschen Stelle liegen. Wie gern würde Madden das sehen, wie gern die zerstörerische Kraft des Meers fühlen.

Das Unwetter hat nicht nur die Küste zerpeitscht. Die Erde hat sich zu Schlamm verflüssigt, die Bäume sind ins Rutschen geraten. Das Wäldchen an der Flussbiegung steht zusammengedrängt am Ufer, erzählt ihre Ma. Bald werden die Bäume in den reißenden Strom wandern, einer nach dem anderen, wie Pferde, die sich sträuben, durch eine Furt zu waten. Auch das möchte Madden sehen. Sogar Galushens mächtige Eiche ist umgestürzt und hat die Schornsteine seines großen Hauses gekappt, hat die Mutter mit einem Funkeln in den Augen berichtet. »Stell dir bloß die Miene seiner hochnäsigen Frau vor«, hat Ma gegrinst. »Im Auge des Sturms sind wir alle gleich.«

Andererseits ist Madden froh, dass ihr der Anblick der Landzunge erspart bleibt. Erst vor einer Woche haben die Dorfbewohner den Ginster abgeflämmt, und Ma hat gesagt, dass der Regen den Ruß bis runter auf die Felsen gespült und die ganze Gegend schwarz gefärbt hat. Madden hat beim Ginsterlauf nicht mitgemacht, weil sie noch um Crab Skerry trauert, der vor vier langen Jahren im Feuer geblieben ist. Sie erinnert sich nur heimlich an ihn, genau wie an den Kuss, den sie ihm nie gegeben hat.

Clotha, die jede Neuigkeit über den Sturm gespannt aufgeschnappt hat, drückt sich im Haus herum wie ein unruhiger Hund, drückt das Ohr an die Wände, streckt die Hand aus, als hoffte sie, dass es durch das Dach tropft. Madden sitzt zusammengerollt im Sessel. Über das Brüllen und Krachen von Wind und Regen kann sie noch nicht einmal das Meer hören, dabei will sie unbedingt in die Höhle am Ende des Ufers kriechen, um nachzusehen, welche Gänge sich neu gebildet haben, welche nun verschlossen sind. Ihr Vater hat ihr die Höhle gezeigt, ein Versteck, das bei jedem Besuch anders ist. Als die Mutter Clotha noch stillte, hat er Madden oft dahin mitgenommen und hineingeschickt, während er draußen den Stand der Flut im Auge behielt.

»Was hast du gefunden?«, fragte er sie, wenn sie blinzelnd wieder herauskam, und er ließ sie die Form der Höhle in den Sand malen, weil er wissen wollte, wie sie sich seit dem letzten Mal verändert hatte. Als das Bild im Sand nach einer besonders heftigen Springflut eines Tages einen Hohlraum zeigte, der noch nie zuvor da gewesen war, schickte er sie ein zweites Mal hinein. »Warte ab«, sagte er, »bis sich deine Augen an die Dunkelheit gewöhnt haben.«

Sie hockte in der Grotte und lauschte dem Echo ihres Atems, bis sie es an der Felswand entdeckte: ein Pferd, das von einem Jungen geführt wurde. Klein, aber keine Sinnestäuschung, in das Gestein geritzt. Dann war auch ihr Vater da, neben ihr.

»Rutsch rüber«, flüsterte er und zog einen Meißel aus der Tasche. Er fing an, um den Kopf des Jungen herum zu meißeln, dass das Gestein unter den Hammerschlägen nur so dröhnte. »Komm, sieh mal.«

Statt des Jungen führte nun ein Mädchen das Pferd über die Höhlenwand. Sie hatte langes, lockiges Haar, wie Madden selbst.

»Sobald du alt genug bist«, sagte der Vater, »bringe ich

dir bei, so gut mit Pferden umzugehen wie jeder Junge. Und wenn ich mal nicht mehr da bin, kannst du meine Arbeit übernehmen und für deine Ma und Clotha sorgen.«

Jetzt stellt Madden sich vor, wie das aufgewühlte Meer den Sand aus der Höhle spült, sodass die Grotte mit dem Pferd und dem Mädchen an der Wand wieder betretbar ist. Und dann sieht sie, wie das tosende Wasser sie vom Felsen schrubbt.

»Bleib wach«, zischelt Clotha ihr ins Ohr und kneift sie in den Arm. Madden reibt sich die Augen. Das Sturmesbrausen, das einen Augenblick lang abgeflaut war, schwillt erneut an. Sie darf nicht einschlafen. Clotha jagt wieder nach Tropfen, aber Madden sorgt sich um etwas ganz anderes als um das Dach.

An jenem Tag in der Höhle hatte sich in ihrem Bauch ein Eisklumpen gebildet, denn schon damals fürchtete sie sich vor Pferden. Jetzt, mit sechzehn, ist sie seit vier Jahren Lehrmädchen auf der High Farm, wo ihr Vater wilde Pferde zu Arbeitstieren abrichtet und den auf der Farm geborenen den letzten Schliff gibt. Sie ist nicht der Sohn, den er sich gewünscht hat, aber sein ältestes Kind, und er hat keine Ahnung, was es sie kostet, nicht vor den Bestien Reißaus zu nehmen, sondern still dazustehen, wenn sie in ihre rollenden Augen sieht, auf ihre zuckenden Schultern. Sie besitzt nicht das Geschick des Vaters, ihre Kraft zu bändigen.

Jede Nacht träumt sie von Pferden, von donnernden Hufen, die auf sie zugeprescht kommen, und wacht um sich schlagend auf, kurz bevor sie niedergetrampelt wird. Aber noch schlimmer als dieser Schrecken: Seit dem Ginsterfeuer, dem Crab zum Opfer gefallen ist, wandelt sie wieder im Schlaf. Das hat sie zuletzt gemacht, als sie noch ein Kind war.

Erst in der vergangenen Woche hat Robin Prowd, der schlaksige Mann mit den struppigen Haaren, für den Madden und ihr Vater auf der High Farm arbeiten, eines Morgens schon am Tor auf sie gewartet.

»Auf ein Wort, Pike. Im Haus«, sagte er. Als der Vater wieder herauskam, brannten seine Wangen wie glühende Kohlen.

»Siehst du das hier?« Ihr Vater zeigte auf die schwere Eisenstange, mit der normalerweise die Stalltür verriegelt wurde, damit die Pferde nicht entlaufen konnten. Sie lag auf der Erde. »Nachdem du sie runtergenommen hast, kannst du sie auch wieder vorlegen.«

Madden machte große Augen. Die Stange war so lang wie sie. »Das kann ich nicht«, sagte sie.

»Du hast es einmal gekonnt, dann kannst du es jetzt auch. Das Fohlen ist weg, mitsamt seiner Mutter.«

Nachdem sie sich so lange mit der schweren Stange abgemüht hatte, bis sie in Schweiß gebadet war, brennend vor Schmach, obwohl sie sich keiner Schuld bewusst war, hatte er die Stange gepackt und weggeschleift. »Wenn die Pferde nicht von selber wiederkommen und wir sie auch nicht finden, wird das ein teurer Spaß für uns. Robin hat es mit eigenen Augen gesehen, wie du es gemacht hast, gestern Nacht.«

Sie hatte ihm nicht geglaubt, doch als sie am Abend ins Bett ging, fand sie den Lehm auf den Laken, und die Scham, die sie seit Jahren nicht mehr empfunden hatte, schlich sich wieder an sie heran.

Als sie noch klein war, hatte die Mutter sie getröstet und gesagt: »Er macht sich doch bloß Sorgen um dich.« Pike schüttelte den Kopf. Sein Schweigen, sein steinerner Blick verrieten etwas anderes.

Sie darf nicht einschlafen.

Wieder kracht der Donner, ein knallendes Bersten, als wäre ein Stück von einer Wolke abgebrochen, und irgendwo in der Nähe splittert Holz. Die Höhle am Ende des Ufers brüllt.

Ich hab gesagt, dass ich es nicht herumerzähle. Diesmal nicht. Schlimm genug, dass ich Pike Lightfoot verraten habe, dass seine Tochter nachts auf der Farm die Pferde rausgelassen hat. Mir kam das einfach komisch vor, und ich hab nur gemeint, er soll gut auf sie aufpassen. Aber er? Baut sich vor ihr auf und brüllt sie zusammen, dass alle Knechte es hören konnten. Sie hatte was Seltsames an sich, so langsam schleppte sie sich dahin, war aber stark genug, die Eisenstange runterzuheben. Und wie sie mich angesehen hat – ohne mich zu sehen.

Trotzdem hab ich dann erst mal kaum noch daran gedacht. Und in der Nacht von dem Unwetter hat der Sturm den Zaun umgeweht, und die Pferde sind durchgegangen, und Trick hatte eine Stinkwut und hat allen außer sich selber die Schuld dafür gegeben. Ich hab schon viele Stürme erlebt, wie sie aufziehen, wüten und wieder abziehen. So ein Sturm kann sogar was Gutes haben. Er raspelt die Erde blank, wäscht alles an Muff und Mief weg, was sich angesammelt hat, und hinterher sind wir so frisch und sauber wie geschälte Äpfel. Aber es gibt solche und solche Stürme. Dieser war gnadenlos und hörte einfach nicht mehr auf. Und so stark, dass er jedem den Donner in den Kopf hätte pflanzen können.

Während ich draußen rumgestapft bin, um die Pferde zu

suchen, hab ich sie oben auf dem Berg entdeckt. Ich dachte, es wäre ein Wäschestück, das da mitten auf Murnons Schafweide flatternd auf einem Felsen hing, und wollte es für seinen Besitzer einsammeln. Aber als ich näher kam, hab ich gesehen, dass es ein Nachthemd war und dass Madden Lightfoot darin steckte. Sie wirkte so friedlich, als läge sie an einem schönen Frühlingstag in der Sonne.

Ich rief, so laut ich konnte, gegen den Sturm und den schrägen Regen. Sie kam von dem Felsen runter, schaute hoch und marschierte los, in die entgegengesetzte Richtung. Ich rief noch ein paarmal, aber sie ging einfach weiter, als ob sie mich nicht gehört hätte. Da fiel mir wieder ein, wie sie sich in der Nacht verhalten hatte, als ich sie beim Stall entdeckt hatte. Als ob mit ihr etwas nicht stimmte. Und ich musste an Plum denken, das Mädchen, das damals bei dem Unwetter nachts aus dem Haus gegangen war und mit dem es dann ein böses Ende genommen hatte. Trick hat nie zugegeben, dass er etwas damit zu tun hatte. Jetzt streifte mein Bruder irgendwo hier draußen rum. Das wenigste, was ich tun kann, ist, dafür zu sorgen, dass diesem Mädchen nichts passiert.

Madden nahm einen merkwürdigen Weg über Murnons Weide, tastete sich mit den Füßen durch den Schlamm. Auf der anderen Seite kletterte sie über die Mauer, obwohl es nur ein paar Schritte weiter einen Übertritt gibt, sprang runter und lief weiter. Ohne sie aus den Augen zu lassen, folgte ich ihr, aber ich nahm den Übertritt. Trotz der Regenböen, die sie durchschüttelten, behielt sie ein langsames, aber gleichmäßiges Tempo bei. Auf diese Weise überquerte sie noch zwei weitere Felder, immer schnurgerade über die Mauern weg, als ob sie sie kaum bemerkte.

Ich war nass bis auf die Knochen, und sie hatte sich noch nicht ein einziges Mal nach mir umgedreht. Ich wusste nicht, was ich machen sollte. Sie einfangen und mit Gewalt nach Hause schleppen? Während ich noch überlegte, bog sie in den Wald ab, schob sich furchtlos durch das Stechpalmendickicht. Im Bachbett, bis zu den Knien in Laub und schwarzem Schlamm stehend, fand sie meine Stute.

Es war wie ein Segen, wie eine Wiedergutmachung, nachdem sie dasselbe Pferd erst freigelassen hatte. Es war nicht einfach, der Stute in die Mähne zu greifen und sie zu beruhigen.

»Läufst du deswegen draußen rum, um meine ausgebüxten Pferde zu suchen?«, fragte ich. Sie starrte mich an, ohne zu antworten. Ihr Blick schien durch mich durchzugehen. »Wird wohl langsam Zeit, dass du wieder nach Hause kommst, ins Warme.« Allmählich kam ich mir wie ein Trottel vor, der mit sich selbst redet. Aber dann krachte der Donner, die arme Stute wieherte, und das Mädchen, das so still dagestanden hatte, schüttelte sich, stürzte urplötzlich auf mich zu und packte meine Hand. Sie schrie wirres Zeug und riss so fest an mir, dass ich überrumpelt die Mähne losließ. Sie zog mich von der Stute weg. Was war das für eine Quälerei, in dem Mulch hinter dem Pferd herzurennen. Madden Lightfoot marschierte einfach weiter, und ich holte sie erst auf der Hälfte der Weide wieder ein.

Sie drehte sich zu mir um. Wir sahen aus wie zwei durch den Dreck gezogene Trolle, aber ihr seltsamer leerer Blick war verschwunden, und sie schien mich wieder zu erkennen.

»Du hast mir sehr geholfen«, sagte ich. »Dafür möchte ich dich heil nach Hause bringen.«

Aber sie sah die Stute an und schüttelte den Kopf. »Bitte verraten Sie meinem Vater nicht, dass ich draußen war.« Damit ließ sie mich stehen und lief davon.

Erst als Clotha kreischt, entdeckt Madden die schlammigen Fußabdrücke, die sie auf dem Boden hinterlassen hat. Eine dicke Schicht Blätter klebt um ihre Knöchel, und ihr Kleid ist so braun, als wäre es aus einem Sack genäht. Aber es ist zu spät, sich herzurichten, denn schon hört sie Stimmen vor der Tür, und im nächsten Augenblick kommt aus dem Wirbel von Wasser und Wind auch schon ihre Ma hereingefegt, den Kopf zwischen den Schultern. Sie gleicht selbst einer Jammergestalt, das Haar zu einem nassen Nest verzwirbelt, das bläuliche Gesicht zerkratzt, klatschnass von oben bis unten.

»Wo warst du, und wie hast du dich so dreckig gemacht?«, fährt sie Madden kopfschüttelnd an. »Dein Vater hat gesehen, wie du von der Schafweide runtergekommen bist. Überleg dir schon mal eine Erklärung. Und jetzt sieh zu, dass du das Feuer ans Brennen kriegst. Für heißes Wasser würde ich meine Finger und Zehen hergeben, wenn ich sie bloß fühlen könnte.«

Während Madden sich noch schnell die Stiefel anzieht, damit man den Schlamm nicht sieht, tritt ihr Vater durch die Tür und wirft seine durchgeweichte Mütze auf den Boden. Madden kann nur an das Pferd denken und an Robin, der plötzlich bei ihr auf der Weide stand. Was hat sie wohl diesmal angestellt? Ob es wohl schlimmer wäre zuzugeben, dass sie geschlafwandelt ist, oder so zu tun, als wäre sie absichtlich ungehorsam gewesen? Der Vater stemmt sich mit der Schulter gegen den großen Eichentisch und schiebt ihn ächzend bis zur Tür. Als er ihn festgekeilt hat, beugt er sich zu ihr. »Das war das letzte Mal«, sagt er, sonst nichts.

Madden schweigt. Wenigstens kann sie so nicht mehr aus dem Haus.

»Aber das Dach, Pike!«, ruft ihre Ma, die vor dem Schrank steht und trockene Sachen heraussucht. »Wenn es abrutscht, sitzen wir unter dem nassen Berg von Reet in der Falle.«

»Früher oder später muss der Sturm auch mal wieder aufhören«, antwortet Pike. »Hier drin ist es sicherer als draußen.« Dabei würdigt er Madden keines Blickes.

»Also, ich bleibe wach, auch wenn du es keine Nacht mehr aushältst.«

»Ich auch«, sagt Madden. Sie kriegt das Pferd nicht aus dem Kopf und hat Angst, dass es sich in einen ganzen Himmel voller Pferde verwandelt, die donnernd in ihre Träume galoppiert kommen und sie zu Tode erschrecken. Wenn sie wach bleibt, kann sie nicht träumen. Und nicht schlafwandeln.

Pike steigt als Einziger auf den Schlafboden, noch immer in seinen nassen Sachen. Die Mutter sitzt mit Clotha zwischen den Knien vor der Herdstelle und stochert in der Glut nach Funken.

»Was sollen wir singen, damit wir nicht einschlafen?« Ma stimmt summend eine kleine Melodie an.

Dahinter kann Maddden das Tick, Tick des tropfenden Reets hören, das immer wieder andere Klangmuster annimmt, mal das Ticken einer Uhr, mal Fußgetrappel. Das Zimmer ist neblig von Rauch, weil das Wasser durch den

Kamin ins Feuer herunterspritzt. Sie denkt an Crab, gefangen im brennenden, qualmenden Ginster. Dann versucht sie, an etwas anderes zu denken, an die Höhle am Ende des Ufers, wo sich bestimmt neue tiefe, dunkle Räume aufgetan haben und das Meer das Mädchen mit dem Pferd vielleicht von der Wand geschmettert hat.

Mas Gesang ist erst in ein Murmeln und dann in ein pfeifendes Schnarchen übergegangen. Clothas Kopf ruht auf ihrem Knie, ihr Mund steht offen. Der Wind knurrt die Wände an. Maddens Augenlider werden schwer, so schwer wie der Eichentisch, den sie unmöglich wegschieben kann, zu schwer, um eine Wolke Pferde zurückzudrängen. Rings um das Haus kracht der Donner.

Ich weiß noch, dass ich, als die Stute wieder im Stall stand und in Sicherheit war, an Madden Lightfoot dachte. Sie war mir ein Rätsel. *Verraten Sie es meinem Vater nicht*, hatte sie mich gebeten. Aber mir war nicht wohl dabei, es Pike zu verschweigen, denn womöglich wanderte sie wieder umher, und bei dem Sturm konnte ihr leicht etwas zustoßen. Er tobte immer noch. Auf dem Rückweg zur Farm hatte ich gesehen, dass alles auf den Kopf gestellt war. Bäume waren umgestürzt oder standen an Stellen, wo es noch nie welche gegeben hatte. Straßen waren weggespült, Hecken mitgerissen, alle Orientierungspunkte, die es überhaupt noch gab, so verändert, dass sich das Auge nicht daran festhalten konnte. Der Gedanke an sie, ganz allein da draußen, ließ mich nicht los. Und dieser unheimliche Blick, als ob hinter ihren Augen ein anderes Geschöpf hauste. Trick hatte das Fohlen nicht gefunden und sich in die Schenke verabschiedet. Um nachzuschauen, ob es unserer Schwester gut geht, hat er gesagt, dabei interessiert er sich nur für ihren Schnaps und nicht für ihre Gesundheit. Nachdem ich also sowieso noch ein Pferd zu suchen hatte, beschloss ich, bei den Lightfoots vorbeizugehen und mit Pike zu sprechen.

Inzwischen war es Nacht geworden, und obwohl das Mondlicht nur spärlich hinter den eilenden Wolken hervorschien, schaffte ich es den Berg hinunter bis zu ihrem Haus. Während ich überlegte, was ich sagen sollte, ließ ein Donnerschlag die Erde erbeben, die Tür öffnete sich einen Spaltbreit, und der Schein des Feuers fiel heraus. Sie ging noch ein wenig weiter auf, Madden Lightfoot schlüpfte hindurch und wanderte in die Nacht davon.

Ich sagte irgendetwas wie »Bei dem Wetter bleibt man besser im Haus«, als sie dicht an mir vorbeiging. Es war wie beim ersten Mal: Sie schien mich nicht zu hören. Sie hat mich auch wieder so merkwürdig ausdruckslos angesehen. Ich wollte nicht laut rufen, weil sie, als die Stute im Wald gewiehert hatte, vor Schreck zusammengefahren war und sich so fest an mich geklammert hatte, dass ich ausgerutscht war. Angst hatte ich keine, aber auf der Hut war ich schon. Ich folgte ihr.

Obwohl der Regen nachgelassen hatte, peitschte der Wind noch immer auf uns ein. Anscheinend machte ihr das nichts aus. Wenn sich der Mond zwischen den Wolken zeigte, spendete er ihr ein wenig Licht. Diesmal ging sie nicht in den Wald, sondern in Richtung des Dorfes. Ohne zu zögern trottete sie über die Brücke, obwohl der Fluss ganze Bäume vom Ufer weggerissen hatte. Das Dorf war ein einziger Morast, und die verrammelten Häuser sahen aus, als wollten sie darin versinken. Keine Menschenseele war zu sehen. Immer weiter ging sie, bis ans Meer.

Bitterkalt war es dort, und es stank nach den Fischen, die das Meer auf den Felsen zerschmettert hatte. Der Schaum auf den hohen Wellen leuchtete fahl, und es toste, dass es einem erwachsenen Mann grauste. Aber sie ging unbeirrt weiter, obwohl vom Küstenweg nur noch ein Schlachtfeld aus Steinen und geschundenen Grassoden übrig war. Auf der Hälfte des Pfades entdeckte ich eine flatternde Gestalt, die am Strand kauerte. Als wir vorbeikamen, stand sie auf, es war Guller, der Vogelhändler, in jeder Faust einen toten Kormoran. Er rief etwas über fette Beute, und mich schauderte, aber Madden hatte sich nicht mal umgedreht.

Am Ende des Küstenpfads kletterte sie zu dem Felsvorsprung über der Höhle empor. Ich hatte auf den nassen Steinen, die mit raufgeschleudertem Seetang und runtergespültem Lehm bedeckt waren, ganz schön zu kämpfen, aber sie stieg behände wie eine Ziege hinauf, und als ich mich neben ihr hochhievte, erwartete mich ein wüster Anblick, den ich nie vergessen werde.

Die Mitte des Felssimses war weggebrochen, und aus der Höhle quoll stoßweise die Gischt wie Pfeifenrauch hervor. Da unten dröhnten und klatschten die Wellen, und ich habe geschrien, dass sie aufpassen soll, aber sie beachtete mich nicht. Sie beugte sich über die Kante, und ich lief zu ihr. Über das Rauschen des Wassers hinweg hörte ich ein panisches Wiehern. Es war kaum zu erkennen, aber da unten in der Höhle war eins von meinen Pferden, verzweifelt im Wasser strampelnd. Ich konnte nichts für das arme Tier tun. Ich hielt das Mädchen fest, damit sie nicht abstürzte, und zusammen starrten wir in die Tiefe.

Plötzlich erschollen hinter uns Schreie, und ein Mann kam den Felsen raufgeklettert. Es war Pike Lightfoot.

»Madden!«, brüllte er.

Er konnte sich auf den rutschigen schwarzen Steinen kaum halten. Es wäre ein Segen gewesen, wenn er es gar nicht bis zu uns herauf geschafft hätte.

»Pass auf, wo du hintrittst!«, rief ich, doch das spornte ihn nur noch mehr an, und dann stand er auch schon vor uns. Das Mädchen sagte kein Wort.

»Madden!«, brüllte er noch mal, starrte aber mich dabei an. »Her mit ihr!«

Ich hätte ihn gern gewarnt, nicht zu schreien, um sie nicht zu erschrecken. »Ich bin nur hinter ihr hergegangen«, sagte ich, »damit ihr nichts passiert.« So dicht neben ihr kam es mir nicht richtig vor, ihm zu sagen, dass mit ihr offenbar was nicht stimmte. Dass sie Donner im Kopf hatte.

Pike stand genau vor uns, hinter uns war nur das Loch im Sims. Der Wind schlug nach uns wie eine Hand. In der Sekunde, als Pike mich packte, ergoss sich krachend eine Welle in die Höhle, so laut, als wollte sie uns in den Himmel befördern. Gleichzeitig barst die Luft. Madden schrie auf und stieß uns mit solcher Kraft weg, mich und Pike, dass wir stürzten. Ich knallte auf den Felsen, aber Pike? Taumelte einmal schwer und war verschwunden.

Ich blickte nach unten, sah aber nur den tückischen Strudel.

Eine ganze Weile kauerte ich da, zwischen dem Mädchen mit dem starren Blick und der seltsam ausdruckslosen Miene und dem Tosen, das aus der Höhle kam. Welches Pferd auch immer da unten um sein Leben gekämpft hatte, es war fort, genau wie Pike Lightfoot. Als ich noch mal runterschaute, legte sie mir die Hand auf die Schulter. Sie musterte die Felsen und die Küste, die schäumenden Wellen, und ich erkannte, dass ihr Blick wieder der einer Sehenden war. Und es lag Angst darin. Sie sagte: »Bitte, Robin, verraten Sie meinem Vater nicht, dass ich nachts draußen war. Bitte. Dass ich die Pferde rausgelassen habe, mache ich irgendwie wieder gut. Aber Sie dürfen es ihm nicht sagen.«

Sie bebte wie eine angeschlagene Glocke.

»Ich sage nichts«, antwortete ich.

Und ich habe geschwiegen. Was wäre schon Gutes dabei herausgekommen?

Die Mutter schnarcht noch, als Madden sich zurück ins Haus schleicht, und Clotha zuckt neben ihr im Schlaf. Der große Eichentisch steht nicht mehr vor der Tür. Sie klemmt sie mit einem Stuhl fest, damit sie nicht auffliegen kann. Sie wird behaupten, dass es der Wind gewesen ist, sie sei im Dunkeln vom Türklappern aufgewacht. Ihr Vater schläft tief und fest auf dem Schlafboden. Niemand braucht zu erfahren, dass sie in der Nacht gewandelt ist.

Vom Dach und im Kamin tropft es nicht mehr. Auch der Wind hat sich ausgeheult und wispert nur noch müde durchs Haus.

Madden hockt sich vor das niedergebrannte Feuer und legt Kleinholz nach, damit es schön warm ist, wenn die drei Schlafenden aufwachen.

ERDE ISST MAN NICHT

ISKA HOCKT ZWISCHEN DEN grauen Bohnenpflanzen und beobachtet ihre Ma, die sich eine Prise Erde nach der anderen in den Mund bröckelt, wie Brotkrümel. Sie sitzt auf dem Boden, die Beine von sich gestreckt, dass man ihre dreckigen Fußsohlen sehen kann, isst und kaut und reibt sich dabei den Bauch.

Iska hat oft genug die Kohlköpfe für sie gewaschen, um zu wissen, dass man Erde nicht essen kann. Beim Anblick ihrer Ma vergeht ihr das Magenknurren.

Erst heute Morgen hat sie der Mutter das Frühstück ans Bett gebracht, das letzte Ei, noch warm und schön weich, wie sie es von ihr gelernt hat. Als sie den Bettvorhang aufzog und ihrer Ma der gesunde Duft des Eis in die Nase stieg, wachte sie auf. Ein Blick genügte, und sie schubste Iska weg, blähte die Backen und sprang, die Hand vorm Mund, zum Nachttopf. Skipper schlabberte den gelben Dotter mit seiner langen Hundezunge in einem Rutsch auf.

Und jetzt futtert sie Erde wie den besten Fisch eines großen Fangs, den allerbesten der Fische, die sie schon so lange nicht mehr gegessen haben, dass Iska sich nicht mehr erinnern kann, wann ihr Vater aufs Meer hinausgefahren ist. Mittlerweile muss das Boot voll sein, schaukelnd unter einem Berg fetter silberner Leiber, die bei jedem Wellenberg durcheinanderglitschen. Zwischen den schlapp runterhängenden Bohnen denkt sie an die Worte, die ihre Mutter immer vor dem Abendessen gesagt hat: »Möge die See ruhig sein und die Flut den Fischer schnell wieder nach Hause bringen.« Obwohl es ein heißer Tag ist, kriecht ihr unter den Rippen die Kälte hoch, als sie merkt, dass sie sich auch nicht mehr daran erinnern kann, wann Ma das mit ihrer sanften Singsangstimme das letzte Mal gesagt hat.

An diesem Morgen hat Iska auf Granny Turpin gewartet. Sie wollte, dass sie kommt und die Mutter ausschimpft, wie früher, damit sie sich und das Haus auf Vordermann bringt. Sie hat gehofft, Granny Turpin würde sie davon abhalten, Erde zu essen, das hofft sie nun schon so viele Morgen. Aber ihre Oma ist nicht gekommen und hat nicht am Gartentor nach ihr gebrüllt.

Iska kriecht rückwärts durch die Bohnenpflanzen und trödelt durch die Dünen, den warmen Sand unter den Zehen. Sie spielt nicht gern allein in der Höhle am Ende des Ufers, weil Ma gesagt hat, dass es da spukt. Sie geht in die andere Richtung, den Schafpfad hinauf, zum weiß getünchten Haus der Rincepans.

Ihr Freund Pud sitzt vor der Tür in der Sonne, knackt Haselnüsse vom letzten Jahr und puhlt die verschrumpelten Herzen aus den Schalen. Als Iska ihm erzählt, was sie beobachtet hat, kaut er nachdenklich vor sich hin.

»Dann kannst du ja deiner Ma einen Sandkuchen backen«, meint er. »Oder einen Schneckeneintopf kochen.«

Als Pud genug gekichert hat, sagt Iska: »Sie macht mir auch nichts Richtiges mehr zu essen. Ich krieg bloß Pampe aus grünen Blättern und noch nicht mal einen Fisch dazu.«

Pud starrt auf Iskas knochige Knie, die wie dicke geröstete Kartoffeln aussehen. Er schluckt. »Aber sie sieht so aus wie immer? Sie ist nicht plötzlich runzlig oder hässlich geworden?«

»Selber hässlich.« Iska wirft ihm die Nuss, die sie nicht knacken kann, an den Kopf. Dabei sieht Ma tatsächlich ein bisschen komisch aus. Von dem grünen Schleim und der Erde hat sie einen dicken Bierbauch bekommen. Und sie zieht auch ihre Mutterkleider nicht mehr an, auch nicht, als Iskas Amme Werrity zu Besuch gekommen ist und sich halb totgelacht hat, dass sie ein Hemd von Vater anhatte.

»Erinnerst du dich an die Geschichte, die uns deine Amme Werrity mal erzählt hat?«, fragt Pud. »Wie das kleine Kind in der Wiege von den Feen gegen ein grässliches, gefräßiges Kind ausgetauscht wird?«

»Der Wechselbalg«, sagt Iska.

Pud zerstampft eine Nuss. »Du hast eine Wechselmama.« Er sieht Iska von der Seite an. »Weißt du noch, was Werrity gesagt hat, woran man sie erkennen kann? Die Wechselbälger tun nur so, als ob sie Kinder sind, aber sie können es nicht richtig. Sie sind potthässlich und machen alles falsch und wollen immer nur Wechselbalgessen. Wenn du aus einem Berg kommen tätest, wo es bloß Lehm und Wurzeln gibt, würdest du auch nichts anderes essen wollen.«

»Das war doch nur eine Geschichte. Außerdem ging es darin um ein kleines Kind und nicht um eine Mutter.«

»Es müssen nicht immer Kinder sein. Hast du dir mal

Gads Mutter angesehen? Die ist bestimmt auch eine Wechselmama. Immer so kalt und nebelig, als ob sie lieber in einem Feenhügel voll Nebel wohnen würde als hier. Und gut verstellen kann sie sich auch nicht.«

»Meine Mutter ist nicht nebelig«, sagt Iska. »Sie war immer schön.«

»Aber schlammig«, sagt Pud und kneift die Augen zusammen. »Sie hat doch erzählt, dass sie Moorwanderungen macht, auf die sie dich nicht mitnimmt.«

»Und?«

»Da gibt es jede Menge Schlamm. Bestimmt geht sie ihre Feenkinder besuchen. Dabei kann sie dich nicht gebrauchen.«

Iska rafft eine Handvoll Nussschalen zusammen und lässt sie auf Puds braunen Kopf niederprasseln.

Die Essensdüfte aus Ma Rincepans Küche, die durch die offene Tür kommen, sind so fleischig lecker, dass Iska noch bleibt und sich so viele Nussschalenspiele wie möglich ausdenkt. Hoffentlich reichen ihre Ideen, bis Pud ins Haus muss. Die ganze Zeit denkt sie daran, wie sich so ein Wechselmensch wohl verrät, wenn er sich verstellt. Es stimmt schon, ihre Mutter singt ihr keine Lieder mehr vor wie früher, wenn Vater an einem düsteren Abend daheim und nicht auf See war. Sie flüstert kaum ein Wort, höchstens, um zu schimpfen. Im Haus ist es so still, dass Iska nur noch das Winseln von Skipper hört, wenn er mit der Nase in der Feuerstelle stöbert. Am allerschlimmsten war es, als Ma den Hasenpelz ins Feuer geworfen hat. Es war ein altes Fell, abgewetzt und mit ausgefransten Ohren, in das die Mutter sie jeden Abend im Bett eingewickelt hat, auch wenn sie jetzt schon so groß ist, dass es nur noch um ihre Schultern reicht. Der Hasenpelz roch nach ihrer richtigen Mutter. Er war die einzige Sache im Haus, die nicht nach Fisch und Meer stank, und jetzt ist er weg.

Während sie noch überlegt, ob wohl alle Wechselmenschen Felle hassen, weil sie Schlamm lieben, ruft Ma Rincepan Pud und sie ins Haus. Sie klatscht Iska die Hand auf den Kopf und dreht sie einmal ganz herum.

»Jetzt aber dalli, nach Hause mit dir. Und wir nehmen deiner armen Mutter einen Teller mit. Sie muss ja halb verhungert sein, und das in ihrem Zustand.« Ma Rincepan hält Iskas Hand ein bisschen zu fest in ihrer rauen roten Faust, als sie so schnell losmarschiert, dass Iska immer wieder ein paar Schritte rennen muss, um mit ihr mitzuhalten. Der dampfende Teller riecht so gut, dass Iska innen drin alles wehtut, und sie darf gar nicht daran denken, dass sie ihre paar Fitzelchen Fleisch womöglich an Skipper verlieren könnte.

»Bitte, Ma Rincepan«, sagt sie, als sie vom Berg runter und schon an den Dünen sind. »Weiter brauchen wir nicht gehen. Ma isst gerade sowieso nicht gern Fleisch.«

»Blödsinn«, raunzt Ma Rincepan, und dann ist sie auch schon in dem dunklen Haus und an der kalten Feuerstelle vorbei. Ein paar Schritte über die knarrenden Dielen, und sie steht vor dem Bett. Von Skipper ist keine Spur zu sehen.

Als Ma Rincepan den Vorhang aufzieht, kann Iska gerade eben den Hügel erkennen, der ihre schlafende Mutter ist, die Decken ordentlich um sie geschlagen wie Pastetenteig. Sie sieht zu ihrem Bett hinüber, einem kleinen Boot unter den Dachbalken, an denen eine Holzmöwe hängt, die sich im Luftzug leise dreht. Sie geht einen Schritt näher heran. Das Bettzeug zuckt, und zwei glühende Hundeaugen blicken zu ihr auf. Hat die Mutter an ihrer Stelle Skipper ins Bett gelegt? Während Iska den Hund böse anfunkelt, steigt ein Gedanke in ihr auf, so kalt und schrecklich wie Meerwasser im Dezember. Nur eine Wechselmutter würde statt einem Mädchen einen Hund ins Bett legen. Pud sagt, sie könnten sich nicht gut verstellen. Sie würden es selber gar nicht merken. Die Wechselmutter muss Skipper ein Küsschen auf die feuchte Nase gegeben, das kleine Boot geschaukelt und das Segel gesetzt haben, ganz so, als läge sie darin. Oder weiß diese Erde-und-Blätterbrei-Mutter etwa gar nicht, wie das geht?

Ma Rincepan erlaubt ihr, leise mit dem warmen Teller in den Garten zu gehen. Während sie das saftige Fleisch futtert und die fettigen Kartoffeln in ihrem Mund herumpurzeln lässt, hört sie von drinnen das Gemurmel der Frauen. Es graust sie, wenn sie dran denkt, dass dieses schlampige, schlammige Wechselding ihren Dreck in Mas Bett schleppt.

Am nächsten Tag findet Pud sie an ihrer beider Lieblingsdüne. Sie sitzt in der warmen Morgensonne und kaut rohe Bohnen. »Schmecken die?«, fragt er und beäugt die Schoten, die im Sand verstreut liegen.

Iska schluckt krampfhaft. Rohe Bohnen schmecken überhaupt nicht, und ihr tut die Kehle davon weh, aber sie waren das Einzige im Garten, was essbar aussah. »Du hast doch gesagt, ich hätte eine Wechselmutter«, sagt sie und lässt sich von Pud die letzte Bohne aus der Hand nehmen.

»Und?«

»Sie hat den Hund in mein Bett gelegt.«

»Das ist übel.«

»Und sie hat seit Ewigkeiten keine große Wäsche mehr gemacht. Meine richtige Mutter wollte immer den Fischgeruch aus dem Haus haben.«

Pud plustert sich wichtigtuerisch auf, wie der Schulmeister. »Und redet sie manchmal über deinen Vater? Oder wünscht sie ihn euch zurück?«

Iska schüttelt den Kopf.

»Dann ist es klar wie Kloßbrühe. Eine Wechselmutter würde den Fischgeruch nicht bemerken, und sie wüsste auch überhaupt nicht, dass du einen Vater hast. Wenn er schon weg war, als sie eingezogen ist.«

Iska beißt sich auf die Lippen, damit sie nicht zittern.

»Los, komm mit, die muss ich mir ansehen.« Pud zieht Iska aus dem Strandhafer auf die Beine, und schon stapfen sie den Weg hinunter. Als das Haus in Sicht kommt, ducken sie sich.

Sie kauern sich unter das Fenster der Stube, die Knie im Kies und im grün färbenden Unkraut. Pud schiebt langsam den Kopf hoch, bis er über die Fensterbank lugen kann, und späht mit zusammengekniffenen Augen durch die Scheibe.

»Fett wie 'ne Kuh«, flüstert er.

Iska denkt an die Teller mit dem grünen Schleim, an die Erde unter den Fingernägeln der Mutter.

»Sie strickt«, sagt Pud, »ohne dabei auf die Nadeln zu gucken.«

Iska kniet sich hin und sieht ins Dunkel. Es stimmt, die Nadeln in den Händen der Wechselmutter tanzen auf und ab, während sie durch das Fenster gegenüber versonnen aufs Meer rausblickt. Über ihrem dickem Mondbauch hängt die weiche blaue Wolle, die ihre richtige Ma gehortet hat, seit

Iska in der Wiege lag. Die Wolle wäre für besonders zarte Haut bestimmt, hat sie gesagt und sie in der Seemannskiste eingeschlossen. Sie hat noch nie was daraus gestrickt, auch nicht, als Pa für die kältesten Wintertage eine neue Weste brauchte.

»Was strickt sie denn?«, fragt Iska.

Unter den hüpfenden Nadeln hängt ein blaues Söckchen, so klein, dass es für eine große Zehe gedacht sein könnte.

»Für ihr Feenkind unter dem Moor, wo sie hergekommen ist«, haucht Pud. Vor seinem Mund beschlägt die Scheibe.

Iska sucht sich einen schwarzen Felsen am Hafen, von dem sie nach ihrem Vater Ausschau halten will, nach seinem blauen Boot mit dem silbrigen Berg an Bord. Sobald sie ihm geholfen hat, den riesigen Fang an Land zu bringen, wird sie ihm alles erzählen. Pa weiß bestimmt, wie sie ihre richtige Ma wieder zurückholen kann.

An den langen weißen Sommertagen verbrennt der Wind ihr das Gesicht. Zu Hause liegt Skipper wie eine Matte in der kühlen Feuerstelle, und die Seemannskiste füllt sich mit winzigen Stricksachen für das Feenkind. Die Wechselmutter rührt sich kaum noch aus ihrem dreckigen Bett. Die letzten Reste des Fischgestanks verfliegen.

Eines Nachmittags setzt sich am Hafen ein Küstenfischer zu Iska. Er sagt ihr, dass er Gill Skerry heißt, und will ihr einen Wels schenken. Sein Gesicht ist hinter dem buschigen Bart nicht zu erkennen, aber er hat eine freundliche Stimme und zeigt ihr, wie man den Fisch über einem Feuerchen aus trockenem Strandhafer an einem Stock braten kann. Das heiße Fleisch, das sie von den Gräten kratzen, schmeckt nach Rauch.

»Schaust du nach den Booten?«, fragt er.

Iska nickt.

»Und auf welches wartest du besonders?«

Iska kennt den Namen, weil es derselbe wie der ihrer richtigen Mutter ist. »Die *Ervet*«, antwortet sie.

Der Fischer schweigt. Dann fragt er: »Weißt du das genau?« Seine Stimme hat alles Gemütliche verloren.

»Das ist das Boot von meinem Vater. Er hat es auf meine Mutter getauft und gesagt, das nächste nennt er nach mir.« Sobald Iska es ausgesprochen hat, fühlt sie sich gestärkt.

Er dreht eine dünne Spule Angelschnur in den Händen, die genauso schrundig sind wie der Felsen, auf dem sie sitzen. Der Wind scheint sie nicht zu berühren. »Es tut mir leid, Iska«, sagt er knarzend. »Kommt deine Mutter zurecht?«

In ihr kriecht wieder die Kälte hoch. Sie kann ihm wohl kaum von der Wechselmutter erzählen, die sich stumm mit Erde mästet.

»Wie wär's, wenn ich sie mal besuche, Iska? Heute habe ich viel mehr in meinem Korb, als ich brauchen kann, und vielleicht würde sie sich ja über ein paar Fische freuen.«

»Nein«, sagt sie schnell. »Nein, sie schläft. Da lässt man sie lieber in Ruhe.«

»Gut, aber nimm wenigstens die beiden hier mit.« Der Küstenfischer öffnet den Korb zu seinen Füßen und angelt zwei silberne, rot verschmierte Glitschdinger heraus.

Die kalten Fische in den Händen vergisst Iska ihren Ausguckplan. Einen für sie, einen für Skipper, und je schneller sie wieder zu Hause ist, desto schneller kann sie das Feuer schüren, so wie es die Mutter macht, und sie auf dem Rost schön knusprig braten.

»Alles Gute!«, ruft der Fischer ihr nach, als sie über die schwarzen Felsen und durch die Dünen davonläuft.

»Skipper!«, ruft sie erst auf dem Weg und dann an der Tür. Doch sie erntet nicht mal ein Jaulen. »Skipper!« Da sieht sie, dass die Stube leer ist.

Hinter dem Bettvorhang dringt ein langer, schriller Schrei hervor. Als Iska näher herangeht, merkt sie, dass der Steinboden unter ihren Füßen rutschig ist. Rötlich verfärbt hängt der dünne blaue Wollfaden vom Sessel auf den Läufer. Überall ist es rot, auch auf den Platten vor dem Bett. Etwas bäumt sich auf, etwas wimmert. Und Iska rennt davon, weg von der Wolle, weg von den Geräuschen, weg von der plötzlichen Gewissheit, die furchtbarer ist als ihre schlimmsten Gedanken.

Bis sie bei den Rincepans vor dem Haus steht, sind ihre glitschigen Hände leer, und sie hinterlässt einen roten Handabdruck auf der Tür. Die ganze Familie sitzt am Tisch, Ma und Pa Rincepan und Puds erwachsener Bruder Sandy. Mit ihren braunen Armen reichen sie sich Schüsseln und Brot, aber Iska hat nur Augen für Pud.

»Sie hat Skipper«, ächzt sie. »Sie hat ihn.« Die restlichen Wörter sind ihr irgendwo unterwegs verloren gegangen, genau wie die beiden Fische.

»Was hast du denn da?«, fragt Ma Rincepan. Sie hat sie gepackt hat und tippt ihr mit dem Zeigefinger in die offene Hand. »Ist es angekommen?«

Iska starrt in ihr grimmiges Gesicht.

»Mein Gott, was macht man nur mit diesem Mädchen?«,

schnaubt sie, dreht sich um und kramt Betttücher und Waschlappen aus dem Schrank.

Im Sog von Ma Rincepans bauschigem Rock wird Iska zur Tür hinausgeweht. Sie sind schon vom Berg herunter und stolpern schwitzend den Küstenweg entlang, als wieder ein lang gezogener Schrei aus dem Haus gellt. Iska reißt Ma Rincepan die Hand weg und macht sich in die Dünen davon, den rutschenden Sand so hastig hinaufkraxelnd, dass sie die peitschenden Halme des Strandhafers ausreißt. Ihr Vater wird helfen, vielleicht läuft gerade sein Boot ein, wenn sie es schnell genug zum Hafen schafft. Sie schlittert die nächste Düne hinab und prallt gegen die Beine des Küstenfischers.

Sie hat seine felsigen Hände auf den Schultern und sieht direkt in den buschigen braunen Bart, als der Fischer sich vor sie hockt.

»Iska«, sagt die gemütliche Stimme. »Bleib mal kurz stehen.«

Ihre Beine schlottern, aber unter seinen Händen fängt sie sich ein wenig. Sie setzen sich in den Sand. Der Wind trägt noch immer das Geheul aus dem Haus herüber. Iska will dem Fischer sagen, dass das nicht ihre richtige Mutter ist, dass dort ein Ungeheuer aus dem Moor wohnt, aber ihre Kehle ist wie zugeschnürt, und sie bekommt kein Wort über die zitternden Lippen.

»Was für einen Krach eine Fischersfrau machen kann, was?«, sagt der Mann. »Wir gehen erst, wenn wieder ein bisschen Frieden eingekehrt ist.«

Iska atmet seine unendliche Ruhe ein, und auch ihr Beben lässt nach. Unverwandt starrt sie auf die Furchen in seinem

Gesicht, die weißen Stellen in seinem Bart, die Hände, die so still sind wie Felsen.

Der Wind wird schwächer, genau wie die Schreie. Noch immer warten sie.

»Du brauchst keine Angst zu haben«, sagt der Küstenfischer, als Iska sich schließlich umdreht. Aus dem Haus dringt ein leises Wimmern, und sie erschrickt bei dem Gedanken an Skipper. Auf dem Weg über die sich absenkenden Sandhügel hält sie sich ein paar Schritte hinter dem Mann und bleibt, als er an die Tür klopft, beim Bohnenfeld weit zurück. Granny Turpin blafft: »Herein.«

In dem großen Bett, eingehüllt in Ma Rincepans Betttücher, über sich die freundlich ernste Miene von Granny Turpin, die sich zu ihr niederbeugt, liegt ihre Ma. Iska erkennt sie sogleich an dem weichen Singsangsummen, und als sie zu ihr aufschaut, kräuselt ein leises Lächeln ihre Lippen. Iska blickt verstohlen auf das Bündel, das auf ihrem Schoß liegt und die wimmernden Geräusche von sich gibt. Es hat ein verschrumpeltes Gesichtchen, wie eine zerdrückte rote Blume, und am rötesten ist sein geöffneter Mund. Sie sieht kleine Füße, wie zusammengerollte rote Blätter, die unter der Decke hervorlugen. Iska denkt an das winzige blaue Söckchen. War es für dieses hässliche Ding bestimmt? Wo kommt es her, wo ist die Wechselmutter hin? Iska hat Tränen in den Augen, und sie sieht zu dem Küstenfischer hoch, aber diesmal nimmt ihre richtige Mutter sie in den Arm.

»Danke, Gill«, sagt Ma, und der Fischer lächelt und verbeugt sich. »Komm, schau her, Iska. Du hast ein Brüderchen bekommen.«

Die Mutter streichelt das faltige Gesichtchen.

»Pass gut auf ihn auf«, sagt Granny Turpin. »Er ist der Einzige, den wir haben.«

Iska starrt in ihr trauriges Gesicht und in das strahlende Gesicht ihrer Mutter und fragt sich, was sie damit wohl meinen kann.

DER SINGENDE KNOCHEN

GALUSHEN STEHT VOR DEM Spiegel und zählt. Achtzehn Jahre ist es nun her, dass Oline ertrunken ist. Seine Liebe, vom Fluss mitgerissen, ihre Schwester Vina tatenlos am Ufer. Siebzehn Jahre, dass Galushen und Vina geheiratet haben. Und morgen sind es auf den Tag genau sechzehn Jahre, dass ihre Tochter May geboren wurde. Ab morgen wird alles anders.

»Wieso du den Spiegel behältst, ist mir schleierhaft.« Vinas Stimme reißt ihn aus seinen Gedanken. Sie rauscht in der Diele an ihm vorbei, auf dem Arm ganze Bahnen von grünem Stoff, der im Licht schimmert, als sie ihn ausschüttelt, um ihn Galushen zu zeigen.

»Für May?«, fragt er.

»Für mein neues Kleid. Sie bekommt auch so genug Geschenke«, sagt Vina, über den Stoff streichend, und raschelt die Treppe hinauf.

Galushen hat sich bemüht, seine Frau zu lieben. Er hat ihr Gold und Silber geschenkt, einen Berg an Schmuck, kostbare Steine in allen Regenbogenfarben. Überall in dem Haus, das er ihnen gebaut hat, hat er Spiegel aufhängen lassen, damit

Vina sich jederzeit bewundern kann. Der Spiegel, vor dem er jetzt steht, im Dunkel unter der Treppe, ist altersfleckig, das einzige Stück des Mobiliars, das nicht speziell für seine Frau angefertigt wurde. Zwischen der Rückseite und dem Glas ist das Bild von Oline versteckt.

Er sieht an seinem Spiegelbild vorbei, an der zerfurchten Stirn und dem grau gesprenkelten schwarzen Bart, auf die Stelle, von wo ihm in seiner Vorstellung Oline entgegenblickt. Achtzehn Jahre. Während sich das Haus mit Geschenken anfüllte, die das Echo nicht dämpften und nur die Leere zustellten, während seine Tochter heranwuchs und seine Frau ihren Juwelengeschmack verfeinerte, hat Galushen heimlich vor diesem Spiegel getrauert. Das Einzige, was er Oline schenkt, sind Geschichten. Wäre die Strömung doch damals nicht so reißend gewesen. Hätte sie am Ufer nur besser aufgepasst. Hätte Vina ihre Hand ergreifen können. Wären die Schwestern an jenem Tag gar nicht erst aus dem Haus gegangen. Alle Geschichten enden auf die gleiche Weise: Er heiratet Oline, sein Herz ist heil, er ist sich der Welt und seiner Liebe sicher. Vina hätte bald andere Verehrer gefunden und ihre Eifersucht vergessen. Denn sie war schön, das ließ sich nicht leugnen.

Gerade will er sein stummes Gespräch mit Oline beginnen, als er Mays Geige hört, Tonleiter um Tonleiter, hurtig und perfekt. Die Klänge stimmen ihn froh. Er lächelt sich im Spiegel zu. May, hochgewachsen, lebhaft und mit dichtem schwarzem Haar, ähnelt Oline von Jahr zu Jahr mehr. Aber ihre Leidenschaft für das Geigenspiel unterscheidet sie von ihr. Jetzt stampft sie mit dem Fuß auf, treibt ihre Finger zu noch größerer Schnelligkeit an. Sie schließt die Übung mit einem durchdringend hohen Ton ab und spielt einen wilden Tanz. Sie muss nicht ein einziges Mal neu ansetzen. Ihr Spiel ist tadellos. Trotzdem schnaubt sie unzufrieden, als das Stück zu Ende ist.

In der Stille fällt ihm wieder ein, was er Oline erzählen wollte. Morgen hat seine Tochter Geburtstag. May weiß nichts von ihrer Tante. Er hat sich auf diesen Pakt mit Vina eingelassen, als sie behauptete, dass sie es nicht ertragen würde, durch die taktlosen Fragen eines Kindes womöglich jederzeit an ihre verlorene Schwester erinnert zu werden. Galushen hat allein getrauert, allein seinen Gedanken nachgehangen, und je mehr seine Tochter dem Alter entgegenwuchs, in dem Oline den Tod fand, desto schwerer hat das Geheimnis auf ihm gelastet. Aber die Abmachung gilt nur, bis sie sechzehn wird. Abgesehen von den Geschenken, der Fröhlichkeit und dem stolzen Gesicht seiner Tochter freut er sich am meisten darauf, sich dieser Bürde entledigen zu können. Wenn Vina die Erinnerung an Oline nicht mit ihm teilen will, ist May sicher gern bereit dazu, und sei es auch nur aus Neugier. Sie findet es bestimmt schön, dass sie ihr so ähnlich sieht. Wäre Oline nicht gestorben, hätte May ihre Tochter sein können. Das hat er schon oft gedacht.

Beim Abendessen sitzen Galushens Frau und Tochter mit wunderschönen, maskenhaften Gesichtern rechts und links von ihm am Tisch und mustern einander mit finsteren Blicken. Vina zieht May mit ihrem Backfischspeck auf. May zählt Vinas Falten. Galushen isst, während sie streiten. Er lässt sich Zeit dabei, damit das Essen langsam auf seiner Zunge zergehen kann. Heute gibt es Fasan, gut abgehangen. Er genießt das dunkle Fleisch und das Schweineschmalz, in dem er den Vogel gebraten hat. Seit achtzehn Jahren versucht er, seinen Speisen zwei Bissen Freude abzugewinnen. Frau und Tochter kauen nur so lange, wie sie brauchen, um die nächsten Pfeile zu spitzen, die sie aufeinander abschießen wollen.

»Irgendwann wächst du aus dem Gefiedel wieder heraus. Du spielst ja auch nicht mehr mit Puppen oder verkleidest dich mit den Sachen deines Vaters als Jäger«, sagt Vina.

»Aus dem Geigespielen wachse ich niemals raus«, faucht May. »Wenn es geht, sterbe ich mit der Geige in der Hand. Und genau darum muss ich es auch machen.«

Galushen wischt sich die Lippen. »Musst du *was* machen?«

»Sie sagt, sie spielt noch zu seelenlos«, nimmt Vina ihr das Wort aus dem Mund. »Quayle, der Geigenmeister, hat verkündet, dass sie ihre Seele finden muss. Was für mich nach einem grässlichen Kinderspiel klingt.«

»Neben ihm hört sich mein Spiel leer und hohl an. Das halte ich nicht aus. Und es ist auch kein Kinderspiel.«

Vina lacht. »Ach, nein? Verstecken ist kein Kinderspiel?«

»Ich bin kein Kind!«, brüllt May und schiebt heftig ihren Stuhl zurück.

»Na, auf jeden Fall noch bis morgen.«

»Bleib«, sagt Galushen zu seiner Tochter. »Sie will dich doch nur aufziehen.« Aber May holt einen langen Kasten unter dem Tisch hervor.

Sie öffnet ihn wie Vina ihr Schmuckkästchen, um sich am Anblick ihrer Schätze zu laben. »Ist nur das Probestück«, sagt May, als sie die Geige heraushebt. Das Holz ist blass und rau, als wäre es verwittert, aber die Form ist perfekt, jede Zarge, jede Wölbung. »Alle Lehrlinge von Quayle müssen eine bauen. Ich habe in seiner Werkstatt einen Monat daran gearbeitet.« Sie nimmt die Geige ans Kinn und führt einen imaginären Bogen über die Saiten. »Quayle sagt, sie ist gut genug. Sie beweist, dass ich so weit bin.«

»Und was meint er damit?«, fragt Galushen.

»Dass ich jetzt auf Wanderschaft gehen darf, um meine Geigenseele zu finden. Das machen die wahren Geiger alle so. Neun Tage reichen, sagt Quayle. Wenn ich sie gefunden habe, baue ich mir meine eigene Geige, so wie er früher. Und dann kann ich genauso gut spielen.«

Vina verdreht die Augen. »Aber du spielst doch schon ganz hervorragend.«

»Da hast du recht. Deshalb muss es jetzt sein. Quayle sagt, ich soll morgen aufbrechen.«

»Morgen hast du Geburtstag«, wendet Galushen ein. Seine Tochter sieht ihn flehend an. »Neun Tage?«

May nickt. »Und dann muss ich ja auch noch die Geige bauen.«

Galushen zählt noch einmal. Wie viele Tage muss er noch warten, bevor er ihr von Oline erzählen kann? Bis dahin zerspringt ihm das Herz. »Ich rede morgen früh mit Quayle«, sagt er.

May sackt auf ihren Stuhl, und Vina dreht lächelnd die silbernen Ringe an ihren langen Fingern.

Galushen steht früh auf, während seine Tochter noch schläft. Vina sitzt bereits vor dem breiten Fenster in der Diele, die Hände nass vom Ton. Das Töpfern ist ihr einziger Zeitvertreib, wenn sie nicht an ihren Ringen rückt, an ihren Kleidern oder Flechten zupft. Eigenhändig sticht sie den Ton am Flussufer – ein seltsamer Anblick, könnte Galushen sich vorstellen – und formt daraus kleine, runde Töpfchen, die sie versiegelt. Sie stehen überall im Haus wie zu groß geratene Samenkapseln, die rasseln, wenn man sie schüttelt. Galushen rührt sie nur selten an. Diese Gefäße, die man nicht benutzen kann, ärgern ihn. Sie haben einen Beigeschmack von Aufsässigkeit.

»Hast du ihre Geschenke?«, fragt Vina, als er hinter sie ans Fenster tritt, um zum wolkenschweren Morgenhimmel hinauszusehen. Nach wochenlangem Regen liegen Feuchtigkeit und Kälte in der Luft, eher wie am ersten März als wie am ersten Mai.

»Es ist alles für sie bereit«, sagt er. Er hat Vina verschwiegen, dass er May nicht nur ein Jagdkleid gekauft hat, sondern auch das prächtigste Pferd, das im Stall der High Farm zu haben war.

»Du bist zu großzügig«, sagt sie, und Galushen denkt an ihre Abmachung, sechzehn Jahre Schweigen – sein Geschenk an Vina.

»Ich habe nur die eine Tochter«, sagt er. Sie reagiert gereizt. An dem Tag, als May geboren wurde, hatten sie, als sie in das zornrote Gesichtchen ihrer Tochter starrten, im selben Augenblick gemerkt, dass beide auf einen Sohn gehofft hatten. Galushen hatte sich einen Jagdgefährten gewünscht, einen Mitstreiter nach seinem Abbild, und er nahm an, dass Vina kein Kind wollte, das vielleicht irgendwann schöner war als sie und damit an ihrer Eitelkeit kratzte. Oder das zu viel Ähnlichkeit mit Oline hatte. Vor dem brüllenden kleinen Mädchen stehend, hatte Galushen, ohne zu überlegen, vorgeschlagen, sie in Erinnerung an Vinas Schwester auf den Namen Oline zu taufen. Vina drehte sich mit dem Gesicht zur Wand. In den folgenden Tagen und Wochen versicherte er ihr ein ums andere Mal, dass er Oline nie so sehr geliebt hatte wie sie. Es hätte nicht genügt, lediglich zu beteuern, dass er sie auf eine andere Art liebte. Trotzdem lehnte Vina das Kind ab, sie nahm die Kleine nicht auf den Arm und würdigte sie keines Blickes, als wollte sie Galushen für seinen Fehler bestrafen. Der trug die Tochter, um Vina zu schonen, in die laue Frühlingsluft hinaus, wenn sie weinte, und wanderte mit ihr durch die blühenden Maiwiesen. Er gab ihr den Namen ihres Geburtsmonats und lernte die erste Regel für sein Leben als Vater: Sosehr er May liebte, musste er Vina immer das Gefühl geben, am meisten geliebt zu werden.

»Du hast auch nur die eine Frau«, gibt Vina zurück, den Klumpen Ton und ein nasses Tuch auf den Tisch werfend.

Galushen setzt seine Fuchspelzmütze auf und geht den Berg hinunter ins Dorf Neverness. Der Himmel ist düster, und die letzten Regenreste der vergangenen Nacht prickeln ihm im Gesicht. Er nimmt eine Abkürzung durch den Obstgarten, wo es hier und da noch von den Bäumen tropft. Im hohen Gras haben sich seine Stiefel bald vollgesogen.

Bei den Werkstätten am Rande des Dorfs bleibt er stehen und lauscht dem Hämmern und Klirren der Werkzeuge. Die erste Werkstatt gehört den Frauen von Neverness. Vor Jahren hat er versucht, Vina zu überzeugen, sich ihrem Kreis anzuschließen, um über den Verlust der Schwester in weiblicher Gesellschaft vielleicht leichter hinwegzukommen. Die Frauen fertigen Holzschnitzereien an, was in Galushens

Augen dem Arbeiten mit Ton gar nicht einmal so unähnlich ist. Aber Vina wollte nicht, sie war lieber allein.

Die Tür der letzten Werkstatt steht offen, Quayle, der Geigenmeister, hat die kleinen Füße auf die Werkbank hochgelegt. Immer wieder wirft er einen Geigenbogen in die Luft und fängt ihn am Griff wieder auf. Er lässt sich dabei auch durch Galushens Erscheinen nicht unterbrechen, den er mit einem Kopfnicken begrüßt.

»Du willst meine Tochter allein in die Wildnis schicken«, sagt Galushen.

Quayle wirft den Bogen so geschickt, dass er über ihm an einem Haken hängen bleibt. »Sie ist so weit«, sagt er. »Du hast sie spielen hören. Ich kann ihr nichts mehr beibringen.«

»Dann ist sie in einem Monat oder in einem Jahr noch genauso weit.«

Quayle schüttelt den Kopf. »Wenn man länger wartet, schlägt ihr das Leben die ersten Wunden und verhärtet sie. Oder die Liebe trifft ihr junges Herz und bricht es entzwei.« Angewidert schüttelt er die schmalen Schultern.

»Neun Tage da draußen werden sie sicher nicht besser machen. Spielt sie denn nicht schon gut genug?«

»Sie spielt so gut, dass sie es zur Geigenmeisterin bringen kann, wenn sie ihre Seele findet. Sie hat den Willen und die Fingerfertigkeit dafür. Aber ein Geiger ohne Seele ist wie … was?« Er mustert Galushens Pelzmütze und seine Jagdkleidung. »Wie ein Fuchs ohne Hunger. Wie ein Hirsch ohne Stolz.«

»Soll heißen?«

»Langweilig. So was braucht keiner.«

Galushen nimmt die Mütze ab und knetet sie auf seinem

Rücken. »Aber neun Tage! Ganz allein, ohne Schutz vor dem Wetter.«

Quayle steht auf, geht ein paar Schritte und lehnt sich neben die Tür. Obwohl er Galushen nur bis zur Schulter reicht, scheint er den ganzen Raum einzunehmen und das Licht auszusperren. »Wenn du es ihr verbietest, kann sie genauso gut heute noch mit dem Spielen aufhören und mit dem Töpfern anfangen wie ihre Mutter«, sagt er. »Aber ich vermute stark, sie geht trotzdem.«

Galushen denkt an seine Geschenke für May, alles Sachen, die dazu da sind, sie in der Wildnis zu schützen. Allerdings mit ihm an ihrer Seite. Er wollte sie auf die Jagd mitnehmen, ihr die Freude an der Pirsch und am Weidwerk nahebringen, aber an Haar- und Federwild, nicht an dieser sogenannten Seele. Auf der High Farm wartet das prächtige schwarze Hengstfohlen auf sie. Als er Madden, das Stallmädchen, auf dem Tier gesehen hat, war ihm plötzlich klar geworden, wie viel stärker, wie viel sicherer ein Mädchen zu Pferde wirkte. Er musste Trick und Robin ganz schön bearbeiten, bevor sie ihm das Fohlen verkauften, und ihnen zuletzt ein abenteuerliches Angebot machen, damit er seiner Tochter diese Stärke schenken kann. Er möchte, dass sie das Fohlen mitnimmt. »Darf sie reiten, wenn sie auf diese Seelenjagd geht?«, fragt er.

Quayle lacht schrill.

»Aber wie soll denn ein Mensch – und erst recht ein Mädchen – diese Seele zur Strecke bringen?«

Quayle geht zu einer Geige, die in einer dunklen Ecke der Werkstatt lehnt. »Ich war schon sechs Tage draußen in der Wildnis. Zu essen hatte ich nichts, bloß Wasser aus dem Bach und ein paar Kräuter. Kreuzunglücklich und durchgefroren bin ich an der Küste entlanggegangen, es wurde schon dunkel, und da hörte ich es plötzlich, am Ende des Uferstreifens.« Er nimmt die Geige in die Hand, klemmt sie unters Kinn und kommt auf Galushen zu. »Das Brüllen in der Höhle. Sie sang mir Akkorde vor.« Er führt den Bogen über die Saiten.

Unzählige Töne ergießen sich aus der Geige in Galushens Herz. Die Melodie packt ihn und zerrt an ihm wie der Mond an den Gezeiten.

»Bin die ganze Nacht in der Höhle geblieben.« Quayles Stimme übertönt den Sturm aus Musik, der zu gewaltig, zu traurig scheint, um von einem einzelnen kleinen Mann ausgehen zu können. Während er spielt, beschwört die Musik Bilder im Nebel herauf, ein Boot, verloren im endlosen Schwarz, eine Stimme aus der Tiefe einer Höhle. Galushen ist verärgert und verzaubert zugleich. Obwohl die Trauer ihn an seine verlorene Liebe, an Oline, denken lassen will, kann er ihr Bild nicht heraufbeschwören. Die Musik erzählt vom Verlust eines anderen Menschen.

Als Quayle die Geige sinken lässt, ist es wie das Seufzen einer sich überschlagenden Welle. »Verstehst du?«, sagt er.

Galushen nimmt ihm das Instrument aus der Hand. Er erkennt, dass die Wirbel, die die Saiten spannen, aus blank polierten, von einem Höhlendach abgebrochenen Tropfsteinen bestehen. Der Hals ist aus Treibholz gefertigt, das Griffbrett aus einem Mosaik flacher Jakobsmuschelschalen. Er ist voller Bewunderung. Was für eine Meisterschaft, die einzelnen Teile zu einem Ding von solcher Schönheit zusammenzufügen, sowohl was das Äußere als auch was den Klang angeht. Er hebt sie ans Ohr und hört das schwache Fauchen der See.

»Du hast sie hinterher gebaut?«

»So wird May es auch machen.«

»Und das Lied, das du gespielt hast?«

»Es ist in die Geige eingedrungen – und in mich«, sagt Quayle. »Es gehört der Höhle. Eine Erinnerung, die jemand dort liegen gelassen hat.«

Galushen nimmt den längeren Weg nach Hause, der nicht so steil ist. Er führt am Fluss vorbei, der nach dem Aprilregen so viel Wasser führt, dass er das Ufer wegspült und Grasbüschel in die strudelnde Strömung reißt. Das Wasser ist dunkelbraun. Während er den Berg hinaufsteigt, hört er May schon üben. Sie spielt einen Jig, der wirbelnd und kreisend in schwindelnde Höhen emporsteigt, ein Stück, das ihn immer mit besonders großem Stolz auf ihr Können erfüllt hat, aber seit Quayle ihn mit seiner Geige verzaubert hat, erkennt er, dass ihrem Spiel etwas fehlt. Der Schmerz, den der Geigenmeister in seiner Brust aufgewühlt hat, ist noch nicht wieder abgeklungen.

May spielt vor dem größten Spiegel im Haus. Sie hat Galushens Geschenkeberg gefunden und sämtliche Teile angezogen. Eigentlich sollte die Kleidung seine Tochter nur vor Wind und Nässe schützen, wie sie darin aussehen würde, hat er überhaupt nicht überlegt. Mit dem rostroten Hirschlederumhang, den schwarzen Ledergamaschen und der roten Fuchspelzmütze auf dem schwarzen Haar wirkt sie wie eine blutbefleckte Jägerin.

»Danke!«, ruft sie ihm zu, als er hinter ihr hergeht, und spielt noch wilder, noch lauter, dass der Bogen auf die Saiten klatscht.

Wenigstens strahlt ihr Spiel Lebensfreude aus. Quayles

Stück war voller Traurigkeit, ein Gefühl, das Galushen nur allzu gut kennt und vor dem er die Tochter möglichst bewahren möchte. Wenn sie gelernt hat, mit Seele zu spielen, gehört dann auch der Schmerz dazu? May ist noch so jung, sein Augenstern. Er möchte, dass ihr die Freude erhalten bleibt und sich auf ihn überträgt, wenn er ihr von Oline erzählt.

Bei Tisch lächelt Vina ihre Tochter an, als wäre nie ein böses Wort zwischen ihnen gefallen. »Neun Tage, ohne eine Stunde Geige üben zu müssen«, sagt sie. »Das ist bestimmt dein bestes Geburtstagsgeschenk.«

»Viel länger«, antwortet May. Sie hat den Umhang anbehalten. »Nachdem ich meine Seele gefunden habe, muss ich erst noch die Geige bauen. Ich kann dann nicht mehr auf meiner alten spielen.«

Galushen schmeckt kaum etwas von dem Wildbret, das er isst. Er zählt erneut die Tage. Wie lange muss er noch warten, bis er seiner Tochter die Wahrheit erzählen kann?

»Und wo willst du suchen auf deiner großen Jagd?« Vina lächelt noch immer. Sie trägt heute ein wolkengraues Kleid und glänzenden Schmuck an Hals und Handgelenken, der fast im gleichen Silberton schimmert wie ihr Haar. Galushen kann kaum den Blick davon losreißen. Als sie mit May schwanger ging, wurde aus dem Rotschopf, den er geheiratet hatte, eine Mutter mit silbernem Haar. Sicher hat sich in dieser Veränderung noch der Schock über den Verlust der Schwester gezeigt, auch wenn ihr sonst nichts anzumerken war.

»Nicht bloß suchen«, sagt May. »Es ist ja kein Versteckspiel.«

»Und woran erkennst du, dass du die Seele gefunden hast?«, fragt Galushen.

May starrt ihre Mutter an, um ihr das Lächeln auf den Lippen ersterben zu lassen. »An einem vollkommen neuen Gefühl, einem Gefühl wie kein anderes. Wenn ich das habe, weiß ich es.«

Galushen ist der Appetit auf das Fleisch vergangen. Er hat einen trockenen Mund und trinkt einen großen Schluck Wein. Vina beachtet ihn nicht, sondern fährt fort, May auszufragen und in ihrem Vorhaben zu bestärken. Sie klingt, als wäre sie begeistert von dem Plan. Als May hinausgegangen ist, um auf Vinas Rat hin schon mal den Proviant und die Kleidung zu packen, die sie mitnehmen will, wartet Galushen, bis sie außer Hörweite ist – und nimmt noch einen Zug aus dem Becher.

»Heute sollte der Tag sein, an dem ich es ihr sage.«

Vina lächelt verschlagen. »Dass du dein halbes Vermögen für ein Pferd ausgegeben hast, das sie nicht einmal mitnehmen darf? Trick und Robin werden dich in der Schenke noch monatelang damit aufziehen und sich von deinem Gold besaufen.«

»Nein, das nicht.« Galushens Wangen brennen.

»Was dann?«

»Das mit unserem Pakt. Sechzehn Jahre, wir waren uns einig. Dann wäre sie alt genug, und die Zeit hätte den Schmerz deiner Erinnerungen gelindert.«

Vina starrt ihn an. »Das meinst du doch wohl nicht ernst.« Ihr Blick ist kalt, prüfend.

»Was sonst? Ich habe mein Versprechen gehalten und geschwiegen. Es gibt keinen Grund, noch länger ein Geheimnis darum zu machen.«

»Nach all den Jahren denkst du immer noch an sie?«,

faucht Vina, als May an der offenen Tür vorbeiläuft und die Treppe hinaufspringt. »Was unterstehst du dich?« Ihr Stuhl kreischt über den Boden und fällt krachend um, als sie aufspringt, den Becher noch in der Hand.

»Aber wir müssen es ihr sagen.«

»Ich bitte dich.« Ihre Stimme ist ein böses Knurren. Sie reißt die Arme hoch, dass der Wein im hohen Bogen aus dem Becher schwappt. »Du glaubst, sie weiß es nicht? Dass ihr bis heute nicht das leiseste Gerücht darüber zu Ohren gekommen ist? Das Dorf ist ein idealer Nährboden für Klatsch und Tratsch. Sie hat Freundinnen – Gad zum Beispiel, dieses Gör, das ununterbrochen plappert. Du bist ein Narr, wenn du denkst, du könntest ihr noch ein Geheimnis erzählen.«

Als Galushen besänftigend die Hand nach ihr ausstreckt, zuckt sie zurück und lässt den Becher fallen, der auf den Steinplatten zerschellt.

»Du hast mich geheiratet, Galushen. Ich bin seit über sechzehn Jahren deine Frau!«, schreit sie. »Ich bin die, die du liebst.«

Galushen sieht seiner Frau nach, die mit klappernden Armreifen aus dem Zimmer stürzt. Er schüttet den Wein aus dem Krug in sich hinein, um die heiße Scham zu löschen, die ihm in der Kehle sitzt. Wenn es stimmt, dass May alles über Oline weiß und genauso wenig über sie reden möchte wie Vina, ist er tatsächlich ein Narr. Schlimmer, dann ist er ein Narr, dessen Tochter ihn nicht gefragt hat, die die Wahrheit aus seinem Mund nicht hören wollte.

Zu dritt stehen sie neben dem abgebrochenen Stamm der Eiche, die dem Haus früher auf der Rückseite Schatten gespendet hat. Der Baum, ein Opfer des Großen Sturms, fehlt Galushen. Doch weit mehr wird ihm die Tochter fehlen. May trägt den rostroten Umhang und die rote Fuchspelzmütze, und über ihrer Schulter hängt der Beutel, den Galushen genäht hat, darin Messer, Wasserflasche, Feuerstein und Trockenfleisch. Vina tätschelt ihrer Tochter die Schulter und sagt ihr lächelnd Lebewohl, aber Galushen drückt sie so fest, als wolle er sie gar nicht gehen lassen.

»Hinterlass mir ein Zeichen, wenn du mal hier vorbeikommst«, flüstert er, den Mund in ihr Haar gepresst. »Hab keine Angst aufzugeben.«

May nickt. Sie löst sich von ihm, und als sie den Berg hinunterläuft, winkt sie zwar noch zum Abschied, aber sie dreht sich nicht mehr um. Ihr Umhang flattert im böigen Wind, bis sie so klein ist wie eine blutrote Perle, die auf dem Talboden zwischen die Bäume rollt.

Schon nach wenigen Stunden geht Galushen wieder zu der Eiche, um nach einem Zeichen von ihr zu sehen. Er tritt nach den Kleeblumen, die die Köpfe aus dem Gras strecken, und bleibt dann neben dem Stamm sitzen, bis das letzte Tageslicht vom Himmel verschwunden ist.

Am nächsten Morgen schreckt er mit einem Ruck aus dem Schlaf, und es fällt ihm wieder ein. Er hätte May nicht gehen lassen und auch nicht auf Vina hören dürfen. Im Geiste sucht er die gefährlichsten Stellen ab, an denen seine Tochter unterwegs sein könnte: die tiefen Klüfte an der Küste, die Uferhöhle, die Landspitze mit den Steilfelsen. Es ist noch dunkel, aber er ist Jäger, Grund genug, in der Dämmerung umherzustreifen, falls ihn jemand sieht. Ausgerüstet mit seiner Schleuder stapft er den Berg hinunter in Richtung Wald.

Es hat zwar aufgehört zu regnen, aber die Welt steht tief im Tau. Seine Tochter hat bei der feuchten Kälte unter freiem Himmel geschlafen. Ringeltauben hocken verschlafen in den Bäumen. Sicher ducken sich Moorhühner und auch der eine oder andere Fasan ins Unterholz. Die Schleuder locker in der Hand haltend wandert Galushen durch das halbherzige Morgenlicht. Auf den breiteren Wegen ist erst kürzlich jemand unterwegs gewesen. Von einem Haselnussstrauch wurden ein paar Ruten abgeschlagen. Als er den Waldrand erreicht, kann er den Fluss hören, wild und reißend, am Ufer nagend. Er fragt sich, wo genau Vina wohl den Ton für ihre unerträglichen Töpfchen sticht.

Allmählich bekommt er Hunger, und ihn beschleichen erste Zweifel. May ist kühn, und er hat ihr beigebracht, im Wald auf sich aufzupassen. Sie würde die Klüfte oder die Höhle meiden. Und wenn Vina recht hat und May tatsächlich längst alles über Oline weiß, kann sein Gespräch mit ihr ruhig noch warten. Aber dass er sich ihr nicht schon vor langer Zeit anvertraut und sich von der Last der Geheimniskrämerei befreit hat, macht ihn wütend.

Als Galushen seine Mütze auf den Fenstersitz wirft und sich seufzend daneben sacken lässt, sieht Vina von ihrer Töpferarbeit auf. »Keine Beute?«, fragt sie mit einem Blick auf die Schleuder. »Ein paar Nächte im Wald haben noch keinen umgebracht. Deine Tochter ist zäh.« Sie rammt ihre Daumen energisch in einen Tonklumpen und teilt ihn.

Ist noch nie jemand gestorben, den Quayle auf die Suche

nach seiner Seele geschickt hat? Auch wenn es ein schöner Tag ist, könnte das Wetter zu jeder Tages- und Nachtzeit umschlagen. Galushen erinnert sich an den Großen Sturm. Pike Lightfoot, in der Uferhöhle vom Meer in den Tod geschwemmt. Pikes Tochter, so alt wie May heute, bei Wind und Regen draußen. Er schüttelt sich, und während er aus dem Fenster sieht, hofft er inständig, dass sich das Wetter noch hält. Dann holt er sein Messer heraus und schneidet eine Kerbe in die Kante der Fensternische. Ein Tag ist geschafft. Noch acht, dann ist May wieder zu Hause.

Vina wischt sich den glitschigen grünen Ton von den Händen, geht zu ihm und lehnt sich an seine Schulter. »Du hast uns den Wald ins Haus geschleppt. Ich rieche Tiere.« Sie lässt ihr Haar über sein Gesicht fallen und schnuppert an seinem Hals. »Wir sind allein.«

Galushen hört die Stille, lauter noch als der Tanz, den May jeden Morgen auf der Geige übt.

»Ist das nicht schön?«, sagt Vina. »Niemand hier außer uns.« Sie bückt sich, um ihn zu küssen, aber er wendet sich ab und starrt nach draußen.

»Wer weiß, wo sie jetzt ist?«, sagt er. Er steht auf und überlässt ihr den Fenstersitz. Kurz bevor er zur Tür hinaus ist, fliegt hinter ihm krachend seine Schleuder auf den Boden.

Der zweite Tag bringt eine helle Morgensonne. Galushen findet Vina neben dem Eichenstamm, sie sitzt auf einem Stuhl. In dem Sonnenlicht, das durch den Schatten sprenkelt, sieht seine Frau wie eine silberne Nymphe aus.

»Das ist Mays Stuhl«, sagt er. Als seine Tochter groß genug

war, um mit ihnen zusammen am Tisch zu sitzen, hat er ihn für sie schnitzen lassen, passend zu denen der Eltern.

»Aber sie ist nicht da. Und es ist mein Haus. Unser Haus«, verbessert sie sich. »Hol dir deinen doch auch raus. Setz dich zu mir.«

»Hast du keine Angst um sie?«

Vina breitet die Arme nach ihm aus, ihre Ringe funkeln. »Wahrscheinlich drückt sie sich in Quayles Werkstatt herum oder schleicht sich heimlich zu ihren Freundinnen. Warum freust du dich nicht einfach? Ich bin dein. Und du bist mein.«

Er glaubt ihr nicht. Er will nichts von dem glauben, was Vina in den letzten Tagen von sich gegeben hat.

»Du lügst«, gibt er zurück. »Und ich will meiner Tochter die Wahrheit sagen, ihr von Oline erzählen.«

»Musst du das immer wieder aufs Tapet bringen?« Vinas Lächeln ist in ein Zähnefletschen übergegangen. »Du führst ein reiches, ausgefülltes, süßes Leben und willst es dir vergällen. Du bist ein noch größerer Narr, als ich dachte.«

Galushen dreht ihr den Rücken zu, vergewissert sich noch einmal, dass May ihm am Stamm kein Zeichen hinterlassen hat, und kehrt ins Haus zurück.

Nachdem Vina später ins Dorf gegangen ist, nimmt er eines ihrer versiegelten Töpfchen vom Kaminsims und bläst den Staub herunter. Als er es schüttelt, klappert es. Weil es sich nicht zerdrücken lässt, zerschlägt er es an der Wand. Eine Perle fällt ihm in die Hand, eine rote Glasperle. Eine Erinnerung regt sich in ihm, aber bevor er sie zu fassen bekommt, ist sie schon wieder im Dunkel des Vergessens versunken.

Wie wird May wissen, dass ihre Suche beendet ist? Wenn sie etwas vollkommen Neues empfinden muss, dann wünscht er ihr, dass es etwas Freudiges ist. Keinen erlesenen Schmerz wie den, der in Quayles Spiel gelegen hat und der dem seinen so ähnlich ist, dem Herzensweh, das mit Olines Tod begann. Plötzlich steht Galushen vor dem fleckigen Spiegel, die rote Glasperle zwischen den Fingern. Der Schmerz mag mit den Jahren ein wenig abgeklungen sein, aber vergangen ist er nie. *Liegt es daran, dass wir uns nicht verabschieden konnten?*, fragt er Olines Bild hinter dem Glas. Weinend hatte Vina ihm erzählt, wie die Schwester ausgerutscht war und sie selbst wie versteinert am Ufer gestanden hatte, während Oline vom Fluss abgetrieben wurde. Und als ihre Glieder ihr endlich wieder gehorchten und sie den Rock auszog, um ins Wasser zu steigen, war es zu spät. Das Wissen um ihr Ende half Galushen nicht. Auch war Oline nie gefunden worden, obwohl die grausame Strömung sie doch schwanenweiß davongerissen haben musste.

Am dritten Tag kommt Quayle vorbei. Mit vor Angst dröhnendem Herzen öffnet Galushen ihm die Tür.

»Nichts Neues«, lacht der Geigenmeister. »Ich war in der Gegend unterwegs, und da dachte ich mir, ich spiele euch ein Ständchen.«

Bevor Galushen die Tür wieder zuschlagen kann, kommt Vina gelaufen, frisch und munter wie ein Vogel, und nimmt von Quayle errötend einen Handkuss entgegen. Sie lacht über seinen Scherz, May sei gewiss eifersüchtig auf ihre wunderschöne Mutter.

Als Quayle die Geige herausholt, geht Galushen hinaus zum Eichenstamm. Er weiß nicht, was für ein Zeichen seine

Tochter ihm dagelassen haben könnte. Eine Feder vielleicht, die der Wind weggeweht hat.

Musik dringt aus dem Haus. Er will nicht hinhören, doch der Klang ist zu betörend, eine Melodie, die aus dem Meer aufzusteigen scheint, dieselbe, die Quayle in der Werkstatt gespielt hat. Leise geht er wieder hinein, angezogen von dem fremden Kummer, dem Sehnen, das seinem eigenen entspricht, auch wenn er es in seinem Herzen nicht ganz hochkommen lässt. Als er das Zimmer betritt, lässt Quayle das Stück ausklingen.

Vina sitzt reglos wie ein Stein in der Fensternische. »Spielst du uns noch etwas anderes?«, fragt sie.

»Ich kann spielen, was ich will, im Wesentlichen bleibt es sich immer gleich«, antwortet Quayle.

»Warum ist das so?«, fragt Galushen.

»Als ich die Geige gebaut habe, hat sie aus der Uferhöhle etwas mitgenommen. Sie erzählt eine Geschichte.«

»Weißt du, was sie bedeutet?«

Quayle mustert ihn merkwürdig. »Du musst bloß zuhören«, sagt er. Er spielt noch einmal, und da sieht Galushen das weinende Mädchen in der Höhle, dessen Vater die Wellen geholt haben. Er kann den Verlust nachempfinden.

»Was für ein Ammenmärchen«, grinst Vina, als Quayle sich wieder verabschiedet hat. »Wahrscheinlich denkt er, das wäre romantisch.«

»Hast du es nicht gehört?«, fragt Galushen.

»Es ist bloß Musik. Schlau gemachte Musik«, sagt Vina. Sie summt das Stück den ganzen Nachmittag immer wieder, bis es sich in eine leere Melodie verwandelt hat, die Galushen in den Ohren wehtut.

An diesem Abend steht Mays Stuhl nicht wieder am Tisch. Während er hastig das Essen hinunterschlingt, denkt er an das Trockenfleisch, das er May in den Beutel gepackt hat. Hoffentlich reicht es aus. Er begleitet Vina nicht auf einen Abendspaziergang. Als sie die Tür hinter sich zugeknallt hat und davongestürmt ist, schneidet er die dritte Kerbe in den Fenstersitz und markiert schon einmal die Stelle, wo die nächste hinsoll.

Am vierten Tag ist die rote Glasperle aus seiner Tasche verschwunden. Galushen schleicht durchs Haus, schüttelt Vinas Tontöpfchen und sammelt alle ein, die klappern. Als er sie nacheinander aufknackt, erntet er noch einige rote, eine ockerfarbene und zwei silbrig blaue Perlen. Er reiht sie in seiner Hand auf. Diesmal bekommt er die Erinnerung zu fassen, bevor sie ihm wieder entgleitet. Er sieht Olines schwarzes Haar, in eine Kette aus diesen Perlen verheddert, als sie einmal zusammen auf der Landzunge lagen und den üppigen Duft des blühenden Ginsters einatmeten.

Was hat sie sich dabei gedacht?, fragt er den Spiegel. *Wenn sie noch eine Kette von dir hatte, warum versteckt sie sie, obwohl ich die Erinnerung zu gern mit ihr teilen würde?* Sein Gesicht im Spiegel verzerrt sich. Er schämt sich, sich weinen zu sehen. War Vina auf die Perlen so neidisch wie auf die Schwester, auf seine Liebe zu Oline? Er hat ihr eine ganze Mine an Edelsteinen geschenkt, viel schöner und wertvoller als Glasperlen. Es ist eine seltsame Form des Erinnerns, sie in Tontöpfchen zu versiegeln, aber vielleicht ist das auch schon die ganze Erklärung. Vielleicht hat Vina etwas geschafft, was er nicht vermag, nämlich einen Ort für ihre Trauer zu finden und sie zu überwinden. Wenn er das Geheimnis noch nicht lüften und mit May sprechen darf, kann er wenigstens Vinas Beispiel folgen. Auch er wird Oline ruhen lassen und mit den Erinnerungen leben, nicht mit der Trauer. Vielleicht kann er dann wieder mit ganzem Herzen lieben.

Entschlossenen Schrittes macht Galushen sich auf den Weg den Berg hinunter, in den Wald. In die Sonne blinzelnd tritt er auf der anderen Seite unter den Bäumen wieder hervor und geht am Flussufer weiter. Das Wasser glitzert in dem klaren, starken Licht. Die Strömung ist noch immer schnell, obwohl die Regenwochen vorbei sind. Er umschließt die Perlen in seiner Tasche fester. Irgendwo hier ist Oline ausgerutscht. Irgendwo hier hat sie um ihr Leben gekämpft und wurde mitgerissen. Er folgt dem Fluss bis zu der Biegung, wo die Weide steht. Ein Ort, wie gemacht für das Beisammensein zweier Schwestern. Die Wurzeln des Baums führen wie die Stufen einer Wendeltreppe die Böschung hinunter. Er darf gar nicht an Olines Füße auf der glitschigen Borke denken. Rasch geht er weiter, mit der Strömung an der Biegung vorbei.

Plötzlich erblickt er auf der gekräuselten Wasseroberfläche ein dunkles Etwas, langes schwarzes Haar, das im Wasser wallt. Während er noch hinstarrt, verschwindet es, und er sieht nach oben, um sich zu vergewissern, dass es kein Vogelschatten war. Nach wenigen Augenblicken erspäht er es noch einmal, weiter flussabwärts. Er stolpert am Ufer entlang, die Augen auf den schwarzen Flecken geheftet, überzeugt, er sähe einen Kopf, der sich aus den Fluten reckt, wie um Atem zu holen, nur um aufs Neue zu versinken. »Oline!«, ruft er, aber das raue Krächzen seiner Stimme lässt ihn vor Scham verstummen. So muss ein Mann aussehen, der kurz davor ist, den Verstand zu verlieren. Der Kopf taucht erneut auf und dreht sich. Er sieht das blasse Gesicht unter den schwarzen Haaren. Seine Tochter, Oline so ähnlich. Sie schwimmt mit kräftigen Zügen gegen die Strömung zurück.

Galushen duckt sich hinter einen Baum, damit sie ihn nicht entdeckt. Er erinnert sich daran, wie Vina der kleinen May, gar nicht weit von hier, bis zur Hüfte im stillen Wasser stehend, das Schwimmen beigebracht hat. Ihr geduldig zuredete, aber auch streng werden konnte, wenn May über die Kälte jammerte. Natürlich war es ihr wichtig gewesen, dass ihre Tochter sich über Wasser halten und gegen die Strömung behaupten konnte. Er späht vorsichtig um den Baum, sieht Mays Sachen am gegenüberliegenden Ufer, den rostroten Umhang, die Fuchspelzmütze. Nachdem sie vorbeigeschwommen ist, schaut er ihr noch eine Weile hinterher. Er muss sich überzeugen, dass ihr in dem schnell fließenden Fluss nichts passiert. Als sie weit genug flussaufwärts ist, kommt er hervor und verfolgt den immer undeutlicher werdenden auf- und abtauchenden Kopf. Er holt die Glasperlen heraus und hält sie über das Wasser, aber dann lässt er sie doch nicht hineinfallen, sondern steckt sie wieder ein.

Vina marschiert neben dem Eichenstamm auf und ab. Zwischen den Wurzeln liegen die Scherben der zerbrochenen Töpfchen auf einem Haufen. Sie hat Galushen noch nicht bemerkt. Als sie sich schließlich umdreht und ihn entdeckt, stößt sie einen leisen Schreckensschrei aus.

Er kniet sich zwischen die Kleeblumen und Scherben ins Gras und will ihr die Hände reichen. »Vergib mir, dass ich sie entzweigeschlagen habe«, sagt er und senkt den Kopf. Vergeblich wartet er darauf, dass sie zu ihm kommt. Als er wieder hochblickt, hat sie die Hände vors Gesicht geschlagen. Ihre Schultern beben. »Aber ich bin auch froh, Vina, denn nun weiß ich, dass du sie doch nicht vergessen hast. Dass sie dir genauso fehlt wie mir.«

Zwischen den Fingern hindurch sieht sie ihn an. Ihr Atem beruhigt sich. Er steht auf, um sie zu umarmen, seine wunderschöne Frau, und sie lässt sich stumm an seine Brust sinken.

In der Nacht, als seine Frau schläft, geht er mit einer Kerze zu dem fleckigen Spiegel. Müde, aber friedlich sieht ihm sein Gesicht entgegen. So glücklich, so ausgehungert hat Vina ihn zum Ehebett geführt, dass er sich nicht einmal ganz ausziehen konnte, bevor sie ihn an sich zog, seine Hitze gegen ihre Kühle, unentwegt seinen Namen flüsternd, bis es wie rauschendes Wasser klang. Trotzdem ist er später aus einem Traum von Oline aufgewacht. Er will seine Frau lieben können.

Galushen stellt die Kerze ab und nimmt den Spiegel von der Wand. Die Nägel fallen fast von selbst aus dem Rahmen, als er die Rückseite ablöst. Olines Bild fällt in einzelnen Schnipseln zu Boden. Er kann es nicht wieder zusammensetzen, es ist verschimmelt. Kein Gesicht ist mehr zu erkennen, kein schwarzes Haar. Als er den Spiegel zurückhängt und die Kerze davorhält, hat das Glas jetzt da, wo sich die Silberbeschichtung abgelöst hat, einen Schatten. Vielleicht wird er ihn ausrangieren und stattdessen ein Bild von seiner Frau und seiner Tochter aufhängen.

Am neunten Tag erwacht Galushen in enger Umarmung mit Vina. Er schleicht sich leise aus dem Schlafzimmer und begibt sich im warmen Sonnenschein hinunter ins Dorf. Die Maiblüten verwandeln die Hecken am Weg und an den Feldrainen in weißen Schaum. Die Werkstatttür ist weit geöffnet, und an der Werkbank steht May und hobelt. Er lauscht dem leisen Rascheln, dem Seufzen des Holzes.

»Schon bei der Arbeit?«

May dreht sich um. Ihr Gesicht ist umschattet, die Lippen blass, aber sie lächelt. »Ich bin schon seit fünf Tagen hier. Ich hatte Erfolg bei meiner Suche und wollte so schnell wie möglich anfangen, die Geige zu bauen. Quayle lässt mich auf dem Dachboden schlafen, und ein paarmal hab ich auch die Nacht durchgearbeitet.«

Als er zu ihr an die Werkbank treten will, hebt sie abwehrend die Hand.

»Du sollst sie erst sehen, wenn sie fertig ist. Quayle sagt, wenn ich so weitermache, brauche ich keine Woche mehr dafür.« In ihren müden Augen leuchtet ein dunkles Licht.

»Aber es geht dir gut?«

Mit einem Kopfnicken dreht sie sich wieder zur Werkbank um und fegt einen Schneesturm aus Hobelspänen auf den Boden. »Wenn sie fertig ist, komme ich nach Hause«, sagt sie und nimmt den Hobel wieder auf.

Galushen kann kaum noch an etwas anderes denken als daran, wie er seine Tochter zu Hause empfangen will. Dabei darf Vina ihm nicht anmerken, wie sehr ihn dieser Gedanke erfüllt. Sie ist so zufrieden, so liebevoll, dass sich die letzten Tage wie verspätete Flitterwochen angefühlt haben. Er wählt das beste Fleisch und den besten Wein für ein Festessen aus. Er streift durch die Berge bis zu Murnons Schafweide mit den hohen Hecken. Nachdem er sich vergewissert hat, dass ihn niemand sieht, schneidet er Maiblütenzweige ab und steckt sie in seinen Jagdbeutel.

Als der Tag da ist, stellt er sich an das Fenster, von dem aus er den Weg zum Dorf überblicken kann, und wartet. Wolken wälzen sich über den Himmel, und bis die rostrote und schwarze Gestalt schließlich auftaucht, gießt es in Strömen, böig treibt der Regen über den Hang. May kommt langsam den Berg herauf. Er zwingt sich, ihr nicht entgegenzulaufen und ihr den Kasten abzunehmen, den sie zärtlich an ihre Brust gedrückt trägt.

Dann ist seine Tochter endlich wieder zu Hause, dann steht sie auch schon in dem Zimmer mit den weißen Sträußen. Von ihrem Umhang tropft es auf den mit abgefallenen Blüten übersäten Boden. Bevor sie den Geigenkasten abstellen kann, nimmt Galushen sie in den Arm. Sie zittert. Ihr Gesicht ist glanzlos, die Miene düster, das Haar strähnig und wirr. Vina starrt sie verwundert an, als sie hereintritt, um sie zu begrüßen.

»Trink einen Schluck Wein«, sagt Galushen und bietet ihr einen Becher an, aber May schüttelt den Kopf.

»Erst will ich euch vorspielen«, antwortet sie, ohne Vina aus den Augen zu lassen.

»Gut, aber dann musst du etwas essen.« Die ernsten Augen der Tochter schmerzen ihn.

Während Galushen am Tisch Platz nimmt, Vina an seiner Seite, geht May ans andere Ende des langen Zimmers. Sie legt den rostroten Umhang ab und klappt mit dem Rücken zu den Eltern den Kasten auf. Sie nimmt die Geige ans Kinn und hebt den Bogen. Galushen fasst nach der Hand seiner Frau. Ohne sich umzudrehen, zieht May den Bogen langsam und hart über die Saiten.

Bei den ersten Tönen schließt Galushen die Augen. Der Klang ist so tief, wie ein Rabe schwarz ist, wie schwarz glänzendes Haar, aber durchsetzt mit geisterhaften Glanzlichtern, mit hohen Tönen wie in aufblitzendem Weiß. Ihn friert. Als die Musik anschwillt, windet sie sich vor Qual, und während Mays Finger die Saiten niederdrücken, sieht er flehend ausgestreckte Hände. Das Schwarz ist nicht das von Rabenfedern oder Haaren. Es ist das Gewicht des Wassers, der Schock eisiger Kälte in seiner Brust. Die Töne werden schneller, schriller. Er wehrt sich. Er kann die Augen nicht öffnen, aber er fühlt, dass er gegen Hände ankämpft, die seinen Kopf untertauchen. Die Musik ist so laut, dass er keine Luft mehr bekommt. Die Hände schieben und drücken mit aller Kraft, und er kann ihnen nichts entgegensetzen. Die grausame Melodie wiegt ihn hin und her. Ihre Strömung ist stärker als er, auch dann noch, als sie sich abschwächt und allmählich verklingt. Er atmet den letzten, sich zu einem bebenden Zischen emporschwingenden Ton ein. Dann nur noch Stille.

Erst Sekunden später nimmt er Vina wieder wahr, die stocksteif neben ihm sitzt. Ihre Fingernägel haben sich in seine Hand gegraben, vier rote Halbmonde zeichnen sich darin ab.

»Bring sie mir«, sagt er.

»Nein!«, schreit Vina, springt auf und stürzt auf ihre Tochter zu, um ihr die Geige aus den Händen zu reißen. May hält sie über den Kopf und dreht sich von ihrer Mutter weg.

Sie tritt zum Tisch und legt die Geige vor Galushen. Der Hals ist weiß, ein langer, blank polierter Knochen. Die Wirbel, die die Saiten spannen, ebenfalls: dünne weiße Spindeln. Er dreht die Geige um. Eingebettet in den glatten Boden ist eine rote Glasperle. Sie fühlt sich kühl an gegen das warme Holz.

»Hast du ihr die Perle gegeben?«, ruft er Vina zu. Sie antwortet nicht, stiert nur wild vor sich hin. »Wo kommt sie dann her?«

»Aus dem Fluss«, sagt May, »wo ich meine Seele gefunden habe. Im Klang des Wassers, der mich beim Schwimmen umströmt hat, der in mich hineingeströmt ist. Ich bin geschwommen, bis ich ganz durchgefroren war, fast runter bis zur Mündung. Da bin ich untergetaucht, um dem Wasser zu lauschen, und hab diese Teile für den Bau meiner Geige gefunden.«

»Die Perle?«

»Ja.«

»Und das hier?« Galushen zeigt auf den Hals, die weißen Wirbel.

»Alles Knochen. Am Ufer vergraben.«

Vinas Hände krampfen sich in ihr silbernes Haar. Es sind die Hände, die einen Kopf in das Schwarz von Mays Musik gedrückt, eine um Gnade flehende, wehrlose Schwester ertränkt haben.

»Was ist mit dir?«, fragt May.

Galushen blickt von seiner Tochter, Olines Ebenbild, zu seiner Frau, die Gesichter zwei wunderschöne Schnitzereien, das eine voller Trauer, das andere voller Schuld.

Es gibt keine Spiegel mehr in Galushens Haus. Wenn er bei Tisch sitzt, die Tochter zu seiner Linken, kann er das Fleisch nicht mehr genießen, er schmeckt nur noch Erde. Der Wein in seinem Mund erinnert ihn an braunes Flusswasser. Jede Mahlzeit ist eine Buße.

Manchmal bittet er May, ihm etwas vorzuspielen. Sie wird die nächste Geigenmeisterin werden, Quayles Nachfolgerin, die beste Geigerin in Neverness. Oft gehen sie zusammen am Fluss spazieren, sehen in die Strudel, die gegen die lehmigen Uferböschungen wallen. Sie sitzen neben der Weide, und Galushen erzählt der Tochter von seiner ersten Liebe. May versucht, sich die Liebe vorzustellen, eine Wärme, die die Kälte in ihrem Herzen lindern kann. Sie lässt den Vater reden, so lange er will. Er hat so viele Jahre des Schweigens erdulden müssen. Danach nimmt sie die Geige und stellt sich unter die wehenden Blätter der Weide. Während sie spielt und ihre Finger auf den langen Knochenhals drückt, schließt Galushen die Augen und lauscht seiner verlorenen Liebe, die aus dem Wasser, aus dem Dunkel nach ihm ruft.

VERLYNS GLÜCK

VERLYN WEBBE HAT ANSTELLE des einen Arms einen Flügel. Er ist zu groß, die grau gesprenkelten Federn reichen ihm bis zum Fußknöchel. Das Gewicht zieht seine Schulter schief herunter. Um den sonst kräftigen, aber verwachsenen Körper zu verbergen, trägt er eine Jacke. Der Flügel füllt den Ärmel aus wie ein geplatztes Kissen, Federn hängen unten heraus.

Jeden Morgen, wenn er zum Arbeiten in den Schuppen hinter dem Haus geht, freut Verlyn sich seines Glücks. Sein erstes Glück ist seine Frau Werrity. »Ich kann ja so froh sein, dass ich sie hab«, sagt er sich, während er den Boden fegt, den Besen mit der einen starken Hand führend. Er fegt nicht mit dem Flügel, obwohl Werrity einmal gesagt hat, dann wäre er wenigstens für irgendwas nütze. »Es war ein Glück, sie zu finden, und dass sie bei mir geblieben ist.« Werrity, die einzige Frau auf der Insel, die einen Mann wie ihn haben wollte. Trotz des Flügels. Sie hatte ihre Gründe. Es macht ihm nichts aus, dass er den Flügel nachts neben das Bett hängen muss, damit er ihr nicht zu nahe kommt.

Als Verlyn mit dem Fegen fertig ist, nimmt er sich eine

halb fertige Reuse vor. Trotz des Flügels ist er sehr geschickt darin, Körbe und Schafhürden zu flechten. Die Reuse ist für seine Brüder, auch sie ein großes Glück für ihn. Er ist dankbar für alle sechs, für ihre großen Herzen, die es ihnen ermöglichen, lange und tief zu tauchen und das Beste vom Fang, den sie vom Grund des Meeres heraufholen, mit ihrem siebten Bruder zu teilen.

Die Arbeit geht ihm in seinem Schuppen hinter dem Haus leicht von der Hand. Er hat ihn vor einigen Jahren gebaut, als er Werrity zuliebe aufhörte, vor dem Haus zu arbeiten, wo ihn das ganze Dorf sehen konnte. Er hat eine eigene Methode ausgetüftelt, die Weidenruten mit den Zähnen oder Knien festzuhalten, während die Finger das Flechten übernehmen. Als Werrity ihn geheiratet hat, war sie stolz auf seine Fertigkeit. Es hat Jahre gedauert, bis sie anfing zu grummeln, wie langsam er bei der Arbeit wäre und wie viel mehr er, geschickt wie er war, doch mit zwei gesunden Händen bewerkstelligen könnte.

Während er die letzten Ruten für die neue Reuse biegt und einflicht, kommt Verlyns letztes großes Glück in die Werkstatt gerannt, sein Sohn Marram. Zu Werritys grenzenloser Erleichterung hatte Marram bei seiner Geburt nur eine winzig kleine Daune unter dem Daumennagel. Das Erste, was sie mit dem Neugeborenen machte, war, ihm die Feder abzubeißen.

Marram ist inzwischen sieben Jahre alt und stark genug, sich seiner Mutter zu entwinden, wenn sie mit der Schere an seinen Daumen will. Es war immer Werrity, die ihm die Federn gestutzt hat, weil ein Flügel beim Bändigen eines zappeligen Jungen genauso nutzlos ist wie beim Halten eines

Säuglings. Nach der Geburt ließ sie ihn seinen Sohn erst nach Monaten auf den Arm nehmen. Dabei beugte sie sich dicht zu ihm, für den Fall, dass er sich aus seiner einen starken Hand losstrampelte. Es fiel ihm nicht schwer, ihr zu verzeihen, denn sie hatte in jungen Jahren schon einmal ein Kind verloren. Und er verzieh ihr, dass sie ihm nicht erlaubte, den kleinen, warmen Körper mit seinem Flügel zu stützen.

Marram hat den Daumen im Mund, vor der Schere sicher. Verlyn zieht ihn heraus.

»Kleiner Mann, so was machen nur Wickelkinder«, sagt er. Er hebt die Reuse hoch. »Komm, wir bringen sie an den Strand. Das Boot deiner Onkel müsste bald einlaufen.«

Auf dem Küstenweg dösen Wasserjungfern in der Wärme. Unter der dunstverhangenen Sonne glitzert das Meer. Möwen ziehen kreischend ihre Kreise und warten auf einen Fang. Unten am Strand schüttelt der Wind das Sumpfgras in den Dünen und reißt an der Spitze von Verlyns Flügel, sodass ihm der Schmerz durch die Schulter in den krummen Rücken fährt.

Sie gehen bis zur größten Fischerhütte, an die mit unübersehbaren weißen Lettern der Name WEBBE gepinselt ist. Die gekräuselte See ist grün, weiter draußen weiß, und vom Boot der Webbes ist noch nichts zu sehen.

Marram läuft am Wasser entlang, jagt die Wellen ein ums andere Mal ins Meer zurück. Verlyn drückt die Tür der Hütte auf und schiebt die Reuse ins Dunkel. Als er um die Ecke kommt, sieht er, vom Licht geblendet, auf der sonnigen Seite der Hütte eine Frau mit dem Rücken an der Wand sitzen. Er legt sich die Hand über die Augen und erkennt Linnet Lundren.

Linnet Lundren isst Austern roh. Das hat ihm Drake, der jüngste seiner sechs Brüder, lachend berichtet. Kein Webbe würde die Austern und Jakobsmuscheln, die sie vom Meeresboden heraufholen, essen, ohne sie knusprig in Hammelfett auszubraten. Das ganze Frühjahr drückt Linnet sich nun schon wie eine Katze um die Hütte der Webbes herum, und wenn Drake ihr eine Handvoll Muscheln frisch vom Boot gibt, knackt sie sie gleich an Ort und Stelle auf den Steinen auf. Drake ist der einzige unverheiratete Webbe-Bruder, obwohl er von allen der schmuckste ist. Verlyn sind die bewundernden Blicke nicht entgangen, mit denen Linnet seine geschmeidigen Glieder mustert, wenn er aus dem Meer springt.

Mit geschlossenen Augen hält Linnet ihr rundes Gesicht in die Sonne. Als Verlyn sich gerade wieder zurückziehen will, schlägt sie ein Auge auf und lächelt.

»Hier«, sagt sie, »während du auf deine Wassermannbrüder wartest.« Sie hat einen Haufen kleiner grüner Äpfel im Schoß liegen und bietet ihm einen an.

»Die werden doch erst in ein paar Monaten reif«, sagt Verlyn. »Warum sollte man sie sauer essen?«

Linnet sucht sich selbst auch einen aus und beißt hinein. Sie schneidet eine Grimasse. Während sie den sauren Saft herauslutscht, sieht sie ihn an. »Wieso versteckst du ihn?«, fragt sie. Verlyn wirft einen Blick auf die grauen Federn, die aus seinem Ärmel lugen. »Das hast du doch früher auch nicht gemacht.«

Als Junge hat Verlyn keine Jacke über seinen Flügel gezogen. Die Dorfbewohner waren an den Anblick gewöhnt, und die meisten kümmerten sich nicht weiter darum – nur die anderen Kinder. Er ließ sich die Schulhofspiele gefallen. Ob er den feuerspeienden Drachen oder den furchtsamen Schwan spielen musste, es endete jedes Mal damit, dass ein Trupp Kinder, darunter auch Werrity, bei der Berührung durch seine Federn kreischend auseinanderstob. Eines Tages war ein Mädchen stehen geblieben, als die anderen wegrannten. Sie baute sich mit ernster Miene neben ihm auf und bat ihn, den Flügel anfassen zu dürfen. Als sie mit den Fingern wie auf Harfensaiten über die langen Kiele strich, traf ihn der süße Schmerz in seinem Schulterblatt vollkommen unvorbereitet.

»Und jetzt ich«, sagte sie. Sie kniff die Augen zu, legte die Hände stramm an die Seiten. Verlyn führte den Flügel über ihren Kopf hinweg und ließ die Federn sanft über ihre Schultern gleiten. Schwer atmend blieb sie noch lange reglos stehen. Nachdem sie irgendwann doch hinter den anderen hergelaufen war, fragte er sich, woher er gewusst hatte, was sie von ihm wollte.

Linnet Lundren hat sich als Erwachsene nicht sehr verändert, das kornblonde Haar in widerspenstigen Strähnen um das neugierige Gesicht, einen geklauten Apfel in der plumpen Hand.

»Bald sind sie da«, sagt er, dreht sich um und sieht aufs Meer hinaus. Das Boot hat die Landzunge umrundet, die sechs robbenköpfigen Webbe-Brüder legen sich mit zwölf bronzebraunen Armen in die Riemen. Sie springen ins seichte Wasser und ziehen das Boot hoch auf den Kieselstrand. Einer schwingt sich Marram auf die Schultern, die anderen heben Körbe aus dem Boot und tragen sie an Land. Strahlend vor Stolz schütteln sie sich das Salz aus den Haaren.

Sie klatschen Verlyn zur Begrüßung mit ihren warmen, meersalzigen Händen auf den Rücken. Er lässt sich nie anmerken, dass es wehtut. Verlegen grinsend stellen sie die Körbe neben der Hütte ab, denn sie enthalten nur wenige Muscheln, die auf einem Bett aus Seetang liegen.

»Tut mir leid, Linnet. Wir haben heute keine übrig«, sagt Drake. Er zwinkert Verlyn zu.

Linnet hält ihm eine Handvoll Äpfel hin. »Dafür hab ich was für dich«, lächelt sie.

»Die sehen ja schlimmer aus als rohe Austern.« Drake lacht. »Sie sind noch nicht reif.« Während er sich die letzten Reste Salz von der Haut rubbelt, geht er weiter und legt sich zu seinen Brüdern in die Sonne. Auf den Steinen ausgestreckt stellen sie sich abwechselnd Marram auf die Füße, der die Arme ausstreckt, als wollte er einen Kopfsprung machen.

Verlyn nimmt Linnet einen Apfel ab. Sie rückt ihm dicht auf den Leib und presst ihre warme, runde Hüfte an die seine. Ohne Drake aus den Augen zu lassen, flüstert sie Verlyn ins Ohr: »Ich hab's nicht vergessen. Ich wünschte, du würdest es noch einmal machen.«

Obwohl Verlyns Brüder ihm von Linnets schamlosem Geflüster in der Schenke erzählt haben, läuft ihm beim Klang ihrer Stimme ein Schauer den Hals hinunter. Sie senkt die Hand und streichelt die langen Federspitzen, die ihm aus dem Ärmel hängen. Verlyn fällt der Apfel aus der Hand.

Während Werrity Jakobsmuscheln aus den Schalen kratzt und mit Marram schimpft, weil er ihr Sand ins Haus geschleppt hat, geht Verlyn mit einem Eimer Wasser in seinen Schuppen. Es macht ihm nichts aus, dass er seinen Flügel nicht im Haus waschen darf. Denn es stimmt ja, nasse

Federn riechen muffig und treten sich fest. Er streift die Jacke ab und streckt mit Mühe den Flügel aus. Es tut weh, wenn er ihn ausbreitet. Seit er ihn versteckt hält, bewegt er ihn kaum noch. Früher konnte er ihn hochnehmen und den Auftrieb des Windes spüren, aber die Sehnen haben sich verhärtet und verkürzt. Die vom Ärmel zusammengepressten, verfilzten Federn sind ein trauriger Anblick.

Während er den Flügel wäscht und die Kiele an den Wurzeln auseinanderschiebt, damit das Wasser auch dort hingelangt, erinnert er sich wieder an den Augenblick auf dem Schulhof, als er Linnet Lundrens Kopf mit den Federspitzen berührt hat. Wie viel kräftiger der Flügel damals war, vor all den Jahren, trotz seines bereits zu der Zeit krummen, schiefen Körpers. Die Worte der erwachsenen Linnet hallen ihm im Ohr, und er staunt über ihre Unverfrorenheit.

Als er sich, den Flügel so weit wie möglich ausgebreitet, zum Trocknen nach draußen gesetzt hat, merkt er, dass Werrity ihn mit finsterer Miene durchs Fenster beobachtet. Im nächsten Moment kommt sie auch schon aus dem Haus gestürzt und scheucht ihn zurück in den Schuppen.

»Marram soll das nicht sehen«, faucht sie. »Ich versuche schon den ganzen Tag, ihn dazu zu kriegen, dass er sich den Daumennagel schneidet.« Sie benutzt nie das Wort Feder dafür. »Musst du dich so schamlos ins Freie setzen?« Sie steht in der Tür, wendet sich ab und blickt zum Meer.

Der Flügel ist noch schwer vom Wasser. Verlyn legt ihn mühsam auf der Werkbank ab.

»Marram soll nicht denken, dass er auch mal so einer wird«, knurrt Werrity.

Verlyn ist sich nicht sicher, ob das für ihn bestimmt war.

»Er soll ein großer, starker Mann werden, wie seine Onkel«, sagt sie und läuft zurück ins Haus, ohne ihn oder seinen Flügel nur noch eines Blickes zu würdigen.

Als Verlyn am nächsten Tag die neuen Hürden für Trick und Robin, Werritys wettergegerbte Onkel, zur High Farm hinaufschleppt, muss er unterwegs verschnaufen. Der Wind hat nachgelassen, die Sonne brennt vom Himmel. Er schwitzt in seiner Jacke. Der Weg führt am Obstgarten vorbei, unter den Bäumen tiefer grüner Schatten. Ein Baum schüttelt die Äste. Als er das Tor aufdrückt, sieht er einen rundlichen weißen Arm, der nach den unreifen Früchten greift, und darunter einen Rock, aufgespannt, um sie zu fangen. Linnet Lundren.

»Nicht am Strand?«, fragt Verlyn.

»Dein Bruder will meine Geschenke nicht.« Sie lässt die Äpfel ins Gras kullern und kommt auf ihn zu. »Warum hast du immer die Jacke an?« Lächelnd zieht sie an dem Ärmel, der den Flügel bändigt. Ihr schlaues Gesicht kommt seinem ganz nah. Ihre Haut riecht nach Sonne. »Ich hab's nicht vergessen. Ich wünschte, du würdest es noch einmal machen.«

Verlyn lässt sich von ihr die Jacke ausziehen, und sie hängt sie an einen tiefen Ast. Der frisch gewaschene Flügel schnellt aus dem ausgerissenen Armloch seines Hemds. Es ist, als würde man an einem eng sitzenden Stiefel den Schnürsenkel lösen. Der kühle Obstbaumschatten weht durch ihn hindurch.

Linnet umkreist ihn, den Blick starr auf die langen grauen Federn geheftet. »Machst du's?«, fragt sie und senkt den Kopf. Er hebt den Flügel und fährt damit über sie hinweg, lässt die

Federn über ihre Schultern, ihren Nacken, ihre Haare streichen, streift ganz leicht ihr Gesicht. Der Rücken tut ihm weh, aber stärker als der Schmerz ist ein süßes Singen in den Kielen, wo sie Linnet berühren, das ihm durch das Schulterblatt den Nacken hinaufströmt. Als er aufhört, rührt sie sich lange nicht. Dann öffnet sie die Augen gerade lange genug, um zu sagen: »Noch mal.«

So fängt es an. In den folgenden Tagen und Wochen liefert Verlyn seine Flechtarbeiten aus oder tut zumindest so, oder er geht einfach spazieren. Das Dorf schläft im offenen Rachen des Sommers. Im Obstgarten, im duftenden Ginsterlabyrinth auf der Landzunge oder am Ufer des Bachs, der träge den Berg herunterplätschert, trifft er sich mit Linnet Lundren.

Sie bringt ihm Geschenke. Saure Äpfel, aber auch warme Hühnereier, glatte weiße Kieselsteine, eine Geißblattblüte, ein Pärchen Ringeltauben. Was auch immer die Sachen bedeuten sollen, ob er sie haben möchte oder nicht, er revanchiert sich jedes Mal dafür, indem er ihr gibt, was sie will.

Im Laufe des Sommers wird Linnets dralle Blässe golden, Sommersprossen sprenkeln Stirn und Hals. Verlyns Flügel kräftigt sich. Er kann ihn mittlerweile ganz ausbreiten, ihn vom leichten Wind anheben lassen. Wenn er ihn wäscht und die Daunen zwischen den langen Federn lockert, denkt er daran, wie Linnets schlaue Wildheit verebbt, wenn er ihr den Kopf streichelt. Die leisen Wonneschauer, die ihn dabei überrieseln, verbreiten sich von den Federn in seine Schulter und über seine Kopfhaut, durchströmen ihn tiefer und halten länger an. Er gibt sich ihnen hin. Während Linnets

Augen geschlossen sind, sieht er auf ihren Nacken hinunter, ihre weichen Arme, die zusammengepressten Finger, die an die Seiten gelegten Hände. Ihn erfüllt ein Lebenshunger, wie er ihn seit seiner Jugend nicht mehr verspürt hat.

Wenn er morgens seinen Schuppen ausfegt, freut er sich seines Glücks. Seine sechs großherzigen Brüder, die ihre Ernte vom Meeresboden mit ihm teilen. Marram, der jetzt im Sommer, wo die See ruhiger ist, das Schwimmen lernt. Werrity, die ihn trotz seines Flügels geheiratet hat.

Ihm ist auch wieder eingefallen, dass er sich, als er Werrity den Hof machte, an abgelegenen Stellen mit ihr treffen musste, wo keiner aus dem Dorf sie sehen konnte, in dem verfallenen alten Häuschen am Waldrand, den geschützten Mauernischen auf Murnons Schafweide, im Schatten der herabhängenden Weiden am Fluss. Jetzt stellt Verlyn sich an denselben Orten mit Linnet an seiner Seite vor. Als es mit ihm und Werrity ernsthafter wurde, hatte er eines Tages versucht, ihren Hals mit den Federn zu liebkosen. Er wusste, dass sie kein Kind von Traurigkeit war, da konnte sie ihn jetzt auch mal ranlassen. Kreischend schüttelte sie ihn ab und warnte ihn mit einem Blick, das ja nicht noch einmal zu probieren. Seitdem hat allein seine eigene Hand die Federn berührt, und dann nur, um sie zu waschen, die Finger tief darin vergraben, bis dahin, wo sich die Schäfte aus dem Knochen schieben.

Ist Linnet Lundren jetzt ebenso sein Glück? Liegt es an ihr, dass er sich gerader hält und den Schmerzen in seinem Rückgrat trotzt? Ihretwegen ist der Flügel kräftiger geworden. Er sieht ihn gern wieder an und genießt es, wie sich die Sehnen dehnen, wenn er ihn ausspannt. Er verspürt etwas von dem Stolz, den er in seinen Brüdern erkennt, wenn sie, mit Schätzen beladen, festen Schrittes auf die Hütte zukommen. Seine Jacke und die Hemden mit den ausgerissenen Ärmeln liegen zusammengeknüllt unter der Werkbank. Wann immer er kann, trägt er nur das Wetter auf der Haut, auf seinen Federn.

Der Sommer wird silbern. Der Flügelschlag eines jeden Nachtfalters entfacht ein Feuer auf Verlyns Haut. Die warme Brise, die leise durch das Sumpfgras raschelt und nach Sonne duftet, lässt ihn erbeben. Er trifft sich immer öfter mit Linnet Lundren im schattigen Wald, und sie wechseln immer weniger Worte, bevor sie in Erwartung seiner Federn den Kopf senkt. Noch nie hat er sie bei einem Stelldichein mit seiner starken Hand berührt. Jedes Mal nur Flügel auf Haut, und je mehr Verlyns Flügel ihm verrät, dass Linnets Haut glatter ist als die Kiesel, die sie ihm bringt, glatter als Milch, desto mehr wünscht er sich, sie mit den Fingerspitzen zu spüren.

Als er an einem hitzedunstigen Morgen mit nackter Brust ins Haus kommt, ist Werrity mal wieder mit der Schere hinter Marram her. Verlyn reißt sie ihr aus der Hand und stellt sich zwischen sie und seinen Sohn. Marram drückt sich an ihn, und er breitet den Flügel über ihn.

»Es ist doch nur eine Feder«, sagt Verlyn. »Lass ihn in Ruhe.«

Werrity versucht, ihm die Schere zu entwinden, zerkratzt ihm die Hand. »Zieh dir was über!«, schreit sie. »Hast du überhaupt kein Schamgefühl im Leib?«

Er zieht Marram unter dem Flügel an sich, an seine Haut.

»Was ist bloß in dich gefahren, Verlyn Webbe?«, brüllt sie.

»Vielleicht der Stolz?«, sagt er.

Werrity kneift die Augen zusammen. »Wer hat dir denn solche Flausen in den Kopf gesetzt? Arbeite lieber, statt große Reden zu schwingen.«

»Ich mache, was ich will.«

Später kämpft er im Schuppen mit den Weidenruten, die ihm durch die schweißnassen Finger rutschen. Es ist zu schwül zum Atmen. Er wünscht sich, Marram hätte nicht nur eine einzige Feder, sondern einen ganzen Flügel, mit dem er eines Tages in einem kühlen, stillen Wald einer Frau über den Kopf streichen könnte. Er wünscht sich, Werrity könnte ihn mit Linnet Lundren zusammen sehen. Verlyn tritt die Streben weg, die er sich zwischen die Knie geklemmt hat. Er geht durch die verdorrten Brennnesseln am Haus vorbei zum Meer.

Bei der Webbe-Hütte ist von Linnet nichts zu sehen. Er wartet, den Flügel in die Brise gestreckt, lauscht dem Klackern der Kiesel und dem Geschrei der Möwen. Nach und nach verwandeln sich die Geräusche für ihn in das Trappeln von Linnets Schritten und das Klingen ihrer Stimme.

Nach einer Weile hört er, wie das Webbe-Boot auf den Strand gezogen wird, und dann kommen auch schon seine Brüder, lachend und einander freundschaftlich anrempelnd, auf ihn zu. Erst nachdem sie wie ein glänzender Haufen rings um Verlyn auf den Steinen liegen, merkt er, dass sie nur zu fünft sind.

»Wo ist Drake?«, fragt er.

Sie zucken mit den breiten Schultern, schütteln das Wasser aus den dunklen Haaren. Ihre wohlgestalten Körper strotzen nur so von Leben, das Blut rauscht durch ihre riesengroßen Herzen. Es ist das gleiche Rauschen, das in ihm aufsteigt, wenn sein Flügel über Linnets Haut streicht.

Verlyn lässt die fünf Webbes in der Sonne dösen und sucht ohne Hemd den Dorfrand ab. Alle Stellen, an denen er mit Linnet Lundren gewesen ist, sind verlassen – der Obstgarten, die Weide am Ufer, die dunklen Senken im Wald. Die Hitze des Tages dringt ihm in alle Poren. Er geht schneller, hält nach schattigen Verstecken Ausschau, wo sie nie waren, wo aber Drake sein könnte: die Höhle am Ende des Ufers, die tiefsten Tunnel durch das Ginsterdickicht. Seine Flügelschulter pocht. Der Schweiß läuft ihm den krummen Rücken hinunter.

Möwen schwingen sich hoch und weit über die glitzernde See. Drake hat einmal zu ihm gesagt: »Es gibt nichts Schöneres als das Tauchen im tiefen Meer, man gleitet durch das Wasser, als würde man fliegen.« Es gibt etwas viel Schöneres, wollte Verlyn ihm antworten, und er dachte dabei an Linnet Lundren. Doch dann fiel ihm wieder ein, wie Linnet seinen schmucken Bruder ansah.

Er wird sie finden. Er wird sie mit seiner kräftigen Hand berühren und ihr zeigen, dass er mehr zu bieten hat als Federn. Er wird ihr erzählen, dass sie seine Knochen zum Singen bringt.

Die Sonne geht bald unter. Sicher ruft Werrity schon nach ihm, und wenn sie sieht, dass der Schuppen leer ist, schnalzt sie empört mit der Zunge. Plötzlich fällt Verlyn der kühlste, dunkelste Ort ein, den es an einem Sommertag gibt, und er läuft los, trotz der heißen Müdigkeit in seinen Gliedern, am Rand des Steilfelsens entlang, hinunter zum Strand, zur

Webbe-Hütte. Die Tür ist nur angelehnt. Das Pochen in Verlyns Schulter beschleunigt sich.

Er schiebt sich durch den Spalt ins Dunkel, in den muffigen Austerngeruch. In den Ecken lehnen Reusen und Ruder. »Linnet?«, flüstert er, aber die Hütte ist leer.

Seine Brüder sind fort, aber als er sich auf die warmen Steine neben der Hütte setzt, sieht er, wie sich am anderen Ende des Uferstreifens zwei Schatten erheben. Im gemächlichen Zickzack kommen sie Hand in Hand auf ihn zu. Alle paar Schritte bleiben sie stehen und neigen einander die Köpfe zu. Als sie ihn fast erreicht haben, winkt Linnet ihm mit der Hand, die nicht fest in der von Drake liegt.

»Gönnst du dir einen faulen Tag?«, fragt Drake grinsend, als Verlyn ihnen entgegengeht.

»Ich hab euch gesucht.« Verlyn wünscht sich ein Hemd, um seinen verwachsenen Körper zu verbergen, die hohle Brust, in der sich der Schweiß gesammelt hat. Er sieht Linnet an. »Nicht alle Webbes haben Federn«, sagt er.

Drake schlingt seine braunen Arme um ihre Hüfte. »Nein. Und nicht alle Webbes sind verheiratet. Aber das lässt sich ändern. Nicht wahr, Linnet?«

Und während Drake lächelt, küsst Linnet ihn auf die Wange und sagt unverfroren: »Ja.«

Verlyn wird es weiß vor den Augen, die grelle Sonne und der Spurt am Ufer entlang waren zu viel für seinen Kopf. Er watet in die schaumige See hinaus.

»Und es können auch nicht alle Webbes schwimmen«, hört er Drake rufen, gefolgt von Linnets heiserem Lachen.

Als er hüfttief im Wasser steht, lässt er sich nach hinten fallen, dass ihm die Kälte in den Nacken klatscht. Der nasse, schwere Flügel will ihn hinunterziehen auf die kullernden Kiesel. Aber er ist nicht schwer genug. In dem plätschernden Salzwasser, das die Schmerzen in seiner verdrehten Schulter betäubt, geht Verlyn nicht unter.

Jeden Morgen, wenn er vor dem Haus steht und aufs Meer hinausblickt, freut Verlyn Webbe sich seines Glücks. Sein erstes Glück ist seine Frau Werrity. Er ist froh, dass sie all die Jahre bei ihm geblieben ist. Er ist dankbar für die Hemden und Jacken, die sie ihm näht, nunmehr mit einem etwas weiteren Ärmel, damit ihm der Flügel nicht so wehtut. Die Federn werden allmählich weiß. Es macht ihm nichts aus, dass Werrity jede Feder, die im Haus zu Boden schwebt, mit spitzen Fingern aufhebt und augenblicklich ins Feuer wirft.

Sein zweites großes Glück ist sein Sohn Marram, der fast schon kein Kind mehr ist. Er lernt jetzt das Tauchen, bleibt nach und nach immer länger unter Wasser, damit sein Herz ganz allmählich größer wird, Arme und Beine länger. Seine Onkel haben ins Heck des Boots einen siebten Sitz gebaut. Manchmal begleitet Verlyn sie und sieht Marram beim Tauchen zu, wie er sich aalgleich in die Tiefe schlängelt. Nachdem sich die Daune an seinem Daumennagel vollgesogen hat, ist sie nicht mehr zu sehen. Wenn Werrity ihn so sieht, ist sie stolz und glücklich über ihren salzglitzernden, kraftstrotzenden Sohn.

Verlyns letztes großes Glück sind seine Brüder, alle sechs, durch die Bank stärker und mutiger und großherziger als er. Wenn die sieben Webbes und ihre sieben Frauen zusammenkommen, begrüßt er Linnet, als wäre sie schon immer Linnet

Webbe gewesen, die vergnügte Frau seines jüngsten Bruders Drake. Lachend beugt sie sich zu ihm, als wollte sie ihm die Hand schütteln, fasst aber stattdessen nach den Spitzen der Federn, die weiß aus seinem Ärmel hängen. Dann ballt Verlyn die kräftige Hand, die sie nie berührt hat, zur Faust und zieht ihr sachte den Flügel weg.

MILAN

ALS FIRWIT AUFWACHT, DIE Wange heiß in dem fettigen Schaffell, erinnert er sich erst nach und nach, während er sich mit den knorrigen Knöcheln das Jucken aus dem Gesicht rubbelt, dass er allein ist. Sein Verstand arbeitet nicht mehr so schnell, ist morgens genauso eingerostet wie seine Knochen, und es fällt ihm nur wegen des Fellpolsters unter seinem Kopf wieder ein. Die Federkissen hat er verbrannt und wäre an dem brenzligen Qualm fast erstickt. Vorsichtshalber, falls doch das Fieber darin lauert. Er glaubt bis heute nicht, was Ivy Rincepan an dem Tag zu ihm gesagt hat, als sie ihm half, die Krankheit aus dem Zimmer zu vertreiben.

»Schau genau hin.« Mit ihren Stummelfingern hielt Ivy Rincepan ihm ein baumelndes Kopfkissen hin. Firwit sah nur einen abgewetzten, braunfleckigen Sack mit Daunen. »Allein an der schludrigen Naht und daran, dass überall die Federkiele rausstechen, weil er es von innen nicht mit Seife eingerieben hat, kann ich erkennen, wer das verbrochen hat. Das ist von Guller, selber genäht.« Sie riss eine lose Ecke auf und holte eine Handvoll braune und graue Daunen heraus. »Er stopft sie mit allem möglichen Zeugs aus. Täte mich nicht wundern, wenn er es von seinem Fußboden auffegen würde. Ich hab mal eins aufgetrennt, das ich von ihm hatte, weil ich eine neue Einschütte reinmachen wollte, und da hab ich zwischen den Daunen den Kopf von einer Lerche gefunden. Deswegen hatte mein Jüngster den ganzen Winter im Schlaf gesprochen.« Ma Rincepan stocherte in ihrer Faust herum, dass sich Staubfahnen in der Luft kräuselten. »Hier, siehst du?« Sie zog eine gerade graue Feder heraus. »Das ist eine Schwungfeder. Wer die in seinem Kissen hat, findet ganz bestimmt keine Ruhe mehr, und wenn er noch so klar bei Verstand ist. Mit so was unterm Ohr schläft keiner, auch nicht der Gerechteste. Das weiß Guller genauso gut wie jeder andere. Kann sein, es ist Schlamperei, kann auch sein, es ist Geiz, aber ich glaube, es ist Bosheit.«

Firwit sah keinen bösen Willen, denn er war viel zu müde, um überhaupt etwas zu sehen. Höchstens die Geschichten der Dorfweiber, seine Nachbarin Ma Rincepan eingeschlossen, die Zauberei erkannten, wo keine war, und an Klatsch und Tratsch mehr Geschmack fanden als am gesunden Menschenverstand.

Mittlerweile ist er zu alt fürs Spintisieren, fürs Träumen. Die Kissen hat er nur verbrannt, weil er sie nicht mehr im Haus haben wollte. Aber wenn er sich jetzt nachts auf dem zusammengefalteten Schaffell wälzt, denn ein neues Federkissen will er nicht, träumt er von seinem Bruder Murnon, immer und immer wieder.

Anfangs hat Murnon nur eine gebrochene Ferse ans Bett gefesselt, er war auf der Schafweide gestolpert, sein erster Unfall seit fünfzig Jahren. Er war niedergeschlagen. Die Schafe würden schon zurechtkommen, sagte er. Aber Murnon, den Fuß auf ein Vlies gebettet, musste seine Angewohnheit, zu nachtschlafender Zeit Spaziergänge zu machen, aufgeben. Er lag wach, ein zappelndes, zuckendes Bündel auf dem Kissen. Nach den nächtlichen Wanderungen war er immer mit ein paar Stunden Schlaf im Morgengrauen ausgekommen. Doch seit er im Bett liegen musste, war er um den Schlaf gebracht.

Nur eine Krankheit, ein seltsames Fieber, das wieder vergehen würde, hervorgerufen durch den gebrochenen Knochen, dachte Firwit. Er ließ den Nachtwind vom Berg herein, weil er hoffte, die farnige Luft würde Murnon Frieden bringen. Er wärmte den hart gewordenen Honig, den der Imker gebracht hatte, und strich ihn auf den Rest von dem Gerstenbrot, das sein Bruder gebacken hatte. Aber Murnon wollte es nicht. »Iss du's«, sagte er und rieb sich die geröteten Augen. Im Dunkeln wimmerte er, aber wenn Firwit ihm eine Kerze anzündete, um ihn zu beruhigen, blies er sie aus, als hätte er schon da gewusst, dass sie nicht aufgebraucht werden durfte.

Nach vier Tagen und Nächten des Wachens konnte Firwit nichts Sinnvolles mehr aus Murnon herausbringen. Nach sechs Tagen und Nächten erkannte der seinen Bruder kaum noch. Sein abgehärmtes Gesicht war nur noch ein Schatten seiner früheren Züge, die Augen lagen tief in blutergussdunklen Höhlen. Die krächzende Stimme aus seinem ausgetrockneten Mund sprach in Rätseln, von Sternen und Nacht, von Flug und Flügeln, nur gelegentlich unterbrochen von dem Wunsch, den Himmel sehen zu dürfen.

Mit Lederresten aus seiner Werkstatt, Randstreifen von Schaffellen, schnürte Firwit dem Bruder die Fäustlinge fest an die Hände, denn nachdem der sich die Wimpern ausgerissen hatte, fürchtete Firwit, er würde sich als Nächstes die Augenlider zerfetzen. Ohne die Nachtwanderungen hatte sich der Verstand seines Bruders so schnell verwirrt, dass er das Leder durchbiss, wann immer Firwit für ein, zwei Stunden dem Schlaf erlag. Schlaf, das einzige Geschenk, das er Murnon nicht geben konnte.

Vierzehn Tage ist es jetzt her, dass Murnon aus den durchgenagten Streifen, die er nur für diesen Zweck gehortet hatte, ein langes Seil geknüpft hat. Ordentlich geflochten war es, als hätten seine Finger zuletzt Ruhe gefunden, als hätte sein Verstand das Urteilsvermögen wiedererlangt und sein geschundener Körper überirdische Kräfte gefunden. Als die Morgenkühle Firwit weckte und er Murnon eine Decke bringen wollte, starrte er wie betäubt auf das leere Bett. Sein Bruder hatte sich nicht weit geschleppt. Das Seil, das er geflochten hatte, hielt ihn, gegen die Leiter zum Dachboden gesackt, noch immer aufrecht, und es war stabil, viel zu stabil für Firwits Taschenmesser. Panisch hackte er auf das Leder ein, nicht im Geringsten darauf gefasst, dass der Leichnam plötzlich schwer auf ihn kippte und ihn rücklings auf die Dielenbretter warf. Das Flechtmuster auf Murnons schlaffer Kehle blieb. Für die Beerdigung band Firwit sein bestes Taschentuch darum, aus Mitleid, zur Buße.

Diese Szene, der Kampf des Messers mit dem Seil und der gemeinschaftliche Sturz zweier alter Männer, bei dem sich nur einer wehtat, lässt Firwit jede Nacht von dem Schaffell hochfahren. Er erträgt das Grauen ohne den Trost eines Lichts, er will seinen Anteil an der Dunkelheit. Murnon hat die Kerzen aus dem Talg ihrer Schafe gemacht, nicht Firwit. Zwei sind noch übrig, stehen wie bleiche Beschützer auf dem

Kaminsims und schweigen sich darüber aus, wie sie entstanden sind.

Im mitternächtlichen Schwarz lauscht Firwit seinem schnellen Atem, als wehe der Geist des brüderlichen Atems durchs Zimmer. Dann lauscht er dem Pergament auf dem Trockenboden über dem Bett, den glatten cremeweißen Häuten von Murnons Schafen, die, auf Rahmen gespannt, im leisen Nachtwind an die Balken stoßen. Die dünn geschabten Häute sind ganz anders als die Schafe, von denen sie stammen. Wie Reihen von Segeln blähen sie sich in der Brise, die durch die Lüftungsgitter hereinfällt, als sehnten sie sich danach, bei strahlender Sonne die Wellen zu durchschneiden. Das sanfte Klackern der Rahmen hat immer seinen Arbeitstag eingeläutet, ausgefüllt mit der friedvollen Routine aus Einweichen, Schaben und Schneiden. Jetzt klingt es für ihn wie unbeholfene Flügelschläge. Hat Murnon das in den schlaflosen Nächten auch gehört, ein Dach voller flatternder Vögel über seinem Kopf? War das – und das mit Gullers Federn ausgestopfte Kissen – der Grund dafür, dass er jede Nacht umherwandern musste?

Firwit reibt sich die Knöchel, so steif wie ungeölte Scharniere. Als er die Finger endlich biegen kann, zieht er seine Stiefel an, wirft sich ein Schaffell über, setzt die Mütze auf und geht hinaus in die stille Nacht. Die Luft ist von einem süß-salzigen Duft nach Gras, Baumsäften und Seetang geschwängert. Mit wehen Knochen folgt er dem Hang den Berg hinauf, nimmt denselben Weg wie in der vergangenen Nacht und in der davor. Tief unter ihm säuselt das Meer; es muss still sein am Ufer. Raunend antwortet der Wald. Nur Firwit ist rastlos zu dieser Stunde.

Vor der Wende zum Schlechteren, bevor der Schlaf ihn ganz verließ, war Murnon der Nachtwanderer. Abgesehen von der Zeit des Großen Sturms, als die Bäume über den Berg rutschten, schlüpfte er fast jeden Abend um Mitternacht in die Dunkelheit hinaus. Er blieb stundenlang weg und sah nach den Schafen. Aber was sah er noch? Firwit hat sich nie Gedanken darüber gemacht, erst jetzt, wo er selbst in der Nacht umherwandert. Er glaubt inzwischen, dass der Bruder seine Seele hier oben auf dem dunklen Berg gelassen hat, in seinem Körper war sie in der letzten Lebenswoche jedenfalls nicht. Das tobende, weinende Etwas, das sich im Federbett wälzte und Murnon höchstens noch ansatzweise ähnelte, erkannte ihn nicht, und er erkannte es ebenso wenig.

Es raschelt im Unterholz, während er immer höher bergauf steigt, bis die Mauer der Schafweide im Mondlicht vor ihm aufragt. Der Geruch des Dungs, der ihm entgegenschlägt, ist ihm ein Trost und zugleich Grund zur Sorge. Er versteht diese Tiere nur, wenn sie tot sind, kann eine abgezogene Schafhaut mit geschlossenen Augen bearbeiten, aber wenn sie lebend und atmend auf der Weide stehen, sind sie Murnons Angelegenheit. Von der Mauer aus sucht er nach den aneinandergedrängten Schafen, die es gewiss schön warm haben in ihren fettigen Pelzen. Wie gern würde er in ihre Wolle greifen, wie in einen menschlichen Haarschopf, ähnlich dem seinen, bevor er unter der Mütze nur noch eine flusige Glatze hatte. Murnons Locken waren zuletzt so weiß wie Meerschaum.

Die Schafe stehen am anderen Ende der Weide, wahrscheinlich, weil da oben der Erdboden am trockensten ist. Vielleicht kann er ihre Lebensweise studieren und das Handwerkszeug des Bruders erlernen. Außerhalb der niedrigen Steinmauer schleicht er sich an sie heran. Er bekommt nasse Zehen vom Tau, der durch seine Stiefel dringt. Hier auf dem Berg rauscht der Wind lauter, dröhnt ihm mit tiefen Akkorden in den Ohren. Als er im Luftstrom über sich ein hohes, trauriges Pfeifen hört, bleibt er stehen. Vor der geisterhaften Wolke kreist eine Silhouette, stößt herab und landet auf der Mauer der Schafweide. Murnon hat ihm erzählt, dass die Krähen den neugeborenen Lämmern die Augen aushacken. Aber noch gibt es keine Lämmer, und er kennt dieses Pfeifen. Das ist keine Krähe.

Er geht darauf zu. Als er die Hand hebt, um sich im Wind die Mütze fester auf den Kopf zu rammen, erhebt sich der Vogel und streicht so dicht über ihn hinweg, dass Firwit das pfeifende Klagen in den Kopf kriecht. Er dreht ab und fliegt in Richtung Wald davon. Firwit starrt ihm nach. Das Pfeifen ist der Ruf eines Milans. Noch nie hat er ihn in der Nacht gehört, aber wann hat er auch schon einmal darauf geachtet? Er weiß von den Jägern, dass Milane bei Dunkelheit schlafen. Die Jungvögel legen sich sogar in den Horst wie die Menschen ins Bett.

Bis der Morgen graut, sind es noch viele Stunden, die Nacht ist kühl, als verbreite das eisige Auge des Mondes Kälte, wo sein Licht hinfällt. Die Schafe sind ruhig. Firwit lockert seine steifen Knie und geht weiter, den Bergrücken entlang auf den Wald zu. Wo das Gelände zu den Bäumen hin abfällt, kann ihn der Wind mit seiner Peitsche nicht mehr erreichen. Zwischen zwei Stämmen hindurch tritt er in den angehaltenen Atem des Waldes. Die Stille legt sich wie eine Decke um seinen Kopf. Hier ist es dunkler. Wo das Mondlicht zwischen den Ästen herunterlangt, ist der Wald verschwommen grau, und Firwit, der seine Füße nicht sehen kann, pirscht, die Hände an den Stämmen, langsam vorwärts, beruhigt vom Duft des niedergetretenen Farnkrauts.

Tief im Wald ertönt der lange, pfeifende Ruf. Er schüttelt sich das Geräusch aus den Ohren, aber es kommt wieder. Ohne Rücksicht auf die Dornenranken, die an seinen Beinen reißen, oder auf das laute Knacken des toten Holzes, bricht er durch das Dickicht, die Augen mit dem abgewinkelten Ellenbogen vor den Zweigen schützend. Im Mondschein, der auf die Lichtung fällt, entdeckt er auf einer breiten, vom Laubmulch befreiten Stelle, etwas Dunkles, das wie ein verlorener Schal aussieht. Als er sich darüber beugt, erkennt er, dass es ein großer Vogel ist. Offenbar tot. Er tippt ihn mit dem Fingerknöchel an. Als er nach einem Flügel fasst, scheinen sich die Federn in seine Hand zu drücken. Er dreht den Vogel um. Er ist nicht heil. Die Brust fehlt, wie auch die weichen Bauchfedern. Es ist nur die leere Hülle eines Milans, ohne Knochen, das Innere rau, aber trocken und hart. Jemand hat den Balg präpariert, die Haut vorsichtig vom Fleisch gelöst, die Federn sorgsam erhalten. Ihm fällt Guller, der Vogelmann, ein. Wer sonst käme auf so eine Idee oder wüsste, wie es geht? Firwit hebt den Vogel am Kopf hoch und sieht, dass der Schädel mit Wolle ausgestopft ist. Mit Wolle von Murnons Schafen. Er erkennt sie an ihrer wachsigen Wärme, ihrer starken Kräuselung.

Auf dem ganzen Heimweg schweigt die Welt. Firwit trägt

den Milanbalg, und der Wind bringt Leben in die Flügel. In seinen Gedanken mischen sich die klagenden, schrillen Rufe der Milane mit denen seines Bruders. Murnon und Guller, Vögel, wo keine sein sollten. Das ergibt alles keinen Sinn. Der Ort in seinem Kopf, wo er den Bruder hütet, verdunkelt sich. Bis er zu Hause ist, schneidet er Murnon drei-, vier-, fünfmal von der Leiter ab. Bevor er hineingeht, schiebt er die Vogelhülle unter den Rosmarinbusch im Hof. Sie gehört nicht ins Haus.

Bei den Pergamenten auf dem Trockenboden ist alles still. Bald wird es Tag.

Nachdem Firwit das Geraschel in der Morgendämmerung verschlafen hat, weckt ihn wie so oft in diesen Tagen ein Klopfen an der Tür und sein laut und munter gerufener Name. Ivy Rincepan hat sich angewöhnt, ihm morgens die Milch zu bringen, und in letzter Zeit legt sie ihm gern noch einen Laib Brot oder einen Kuchen dazu. Ihr Blick huscht durch das verdreckte Zimmer, als sie sich durch die Tür schiebt.

Ivy Rincepan runzelt die Stirn. »Schon dich nur, Firwit«, sagt sie, während sie herumklappert. »Komm du erst wieder in deinen alten Trott, ich päpple dich schon wieder auf.« Sie gibt ihm eine Tasse Milch. »Schön austrinken«, sagt sie. »Ich war heute besonders früh in der Molkerei, und March hat dir extra Sahne reingerührt.«

Er setzt sich mühsam im Bett auf und beobachtet sie. Sie fischt in dem kalten Topf herum, in dem er gestern das Salz aus dem gepökelten Hammelfleisch rauskochen wollte, so wie Murnon es immer gemacht hat. Stattdessen hat er es in Schuhleder verwandelt.

»Dreimal einweichen, dann das Wasser wechseln«, erklärt sie, den grauen Streifen in den Fingern. »Das hier nehme ich für den Hund mit.«

Wenn es ums Essen geht, hat Firwit nur ein einziges Talent, er kann aus saurer Schafmilch Käse machen, aber die Zeit dafür ist lange vorbei, und es ist keiner mehr übrig, mit dem er handeln kann. Für Brot und Fleisch war Murnon zuständig, noch etwas, was er lernen muss. Als ob sie Gedanken lesen könnte, fährt Ivy fort: »Ich könnte übrigens gute Rohwolle gebrauchen. Genug für ein Dutzend Stränge oder so. Und Sil, die oben auf dem Berg wohnt, hätte gern die gleiche Menge. Bei der stehen die Nadeln ja nie still. Ich weiß, dass Murnon noch ein paar Säcke zum Eintauschen dahatte.« Sie wirft einen Blick auf die Säcke, die trocken neben der Herdstelle stehen. »Damit kriegst du noch lange Milch und Fleisch. Eier auch, wenn du willst, von den Enten. Besser als die aus dem Nest geraubten Mickerlinge, die Guller deinem Bruder gegeben hat – kaum ein Happen dran, und man hat immer die Schnäbel zwischen den Zähnen.«

Firwit ist dankbar für ihre Freundlichkeit. Er nickt. Ivy bindet einen Sack auf, holt händeweise wachsige Wolle heraus und stopft sie in ihren Korb. Als er fast voll ist, tut sich vor Firwit die nächste Wissenslücke auf. Murnon und er waren so ein gutes Gespann gewesen, was der eine nicht wusste, wusste der andere, ohne dass sie lange darüber nachdenken mussten. Wie viel Wolle wäre ein guter Handel? Wie viele Eier, wie viel Fleisch ist ein randvoller Korb wert?

Ivy bindet den Sack wieder zu, putzt sich die Hände an ihren Röcken ab und sieht in den leeren Kamin. »Und May, die Geigenmeisterin, braucht noch was von deinem feinen Pergament, wo sie doch jetzt ihre eigenen Melodien aufschreibt. Du hast doch bald welches für sie fertig?«

Firwit hält sich noch immer an der Tasse Milch fest, ohne zu trinken, obwohl er Durst hat. Er denkt an die Vogelhülle im Hof, an den Ruf des Milans im Wald. Ivy starrt ihn an, die Hände in die Hüften gestemmt. »Du musst Leib und Seele beisammenhalten, Firwit«, sagt sie so streng, als spräche sie mit einem Kind. »Und das schaffst du am besten, wenn du weiter deine Arbeit machst.« Mit dem Kopf deutet sie zum Trockenboden hinauf, wo leise die Pergamentrahmen klappern.

Als sie sich bückt, um in der kalten Glut zu stochern, schwebt aus den Deckenbrettern eine Feder herab und streift sie im Nacken. Kreischend schlägt sie danach, doch sobald sie sieht, dass es keine Spinne und auch kein wild flatternder Falter ist, wird sie ernst.

»Wo kommt die denn her?«, will sie von Firwit wissen. Die Feder ist so lang wie ihr Unterarm, rot gestreift. Er weiß keine Antwort. Er achtet genau darauf, dass sich auf dem Dachboden keine Vögel einnisten, und wenn er zwischen den Dachbalken doch einmal ein Nest entdeckt, fischt er es mit einem Haken herunter. »So was gehört nicht ins Haus. Lass dir das gesagt sein, Firwit. Der wohl einzige Mensch, der solche Federn bei sich hat, ist Guller, und du weißt ja, was ich von dem halte.«

Firwits Nacken glüht auf dem Schafwollpolster. Altweibergeschichten, denkt er, aber die Feder macht ihm doch zu schaffen. Sie sieht wie eine Milanfeder aus. Und er hat die Vogelhülse doch im Garten gelassen.

Als Ivy gegangen ist, steigt er die Leiter zum Trockenboden hinauf. Die Pergamente in ihren Rahmen schnalzen im Wind, straffe weiße Segel. Er geht zwischen den Reihen hindurch und lässt sich von der Brise, die sie getrocknet hat, den Schweiß im Nacken kühlen. Ein laues Lüftchen geht durch das offene Holzgitter der Wände, die Latten werfen Schattenstreifen auf die makellos glatten Häute. In großer Seelenruhe, so wie ihm die Arbeit immer von der Hand gegangen ist, hat Firwit sie gebrüht und geschabt. Er hockt sich in den Schatten zwischen den Rahmen und hebt eine lange Feder auf, rötlich braun. In der nächsten Reihe dreht sich eine zweite leise im Luftzug. Er blickt nach oben, sucht nach Nestern, obwohl er weiß, dass Ivy Rincepan recht hat. Diese Vögel nisten nicht unterm Dach. Das lange Pfeifen des Milans auf dem Berg und die Antwort darauf, gefangen im tiefen Netz des Waldes, hallen in seinem Kopf wider.

Die Häute verdankt er Murnons Herde, das fehlerfrei in zwei Schichten gespaltene Leder Murnons Geschick mit dem Messer. Am Ende des Trockenbodens wartet die letzte Haut, die Firwit noch bearbeiten kann. Wenn er damit fertig ist, muss er wohl oder übel zu Murnons Messer greifen und lernen, wie man schlachtet, wie man ausblutet und zum Schluss auch, wie man häutet. Die Klinge des langen, schweren Messers läuft zu einer feinen Spitze zu. Als Firwit sein eigenes Messer in die Hand nimmt, die Klinge ein stumpfer Halbmond, spürt er die runden Bewegungen des

Abziehens und Schabens in der Schulter. Er prüft die gebogene Schneide mit dem Daumen. Mehr als vierzig Jahre lang hat er die Hälfte von allem gemacht.

Er hängt die Klinge wieder an den Haken und bringt die beiden Federn nach unten in den Hof. Er weiß nicht mehr, ob Murnon oder er selbst die Steine festgeklopft hat, die jetzt so stark abgetreten sind, dass sie glänzen. Er wirft einen prüfenden Blick auf den Weg vor dem Haus, dann bückt er sich hinter den Rosmarinbusch. Der Vogelbalg ist verschwunden. Natürlich vom Fuchs geholt oder von einem Dorfhund. Aber als er sich wieder ins Bett gelegt hat, geht ihm Ivy Rincepans Warnung nicht aus dem Kopf. Er hat seit Jahren nicht mehr mit Guller gesprochen. Murnon hat alles Geschäftliche mit ihm geregelt. Wann immer Firwit in der Schenke oder auf der Straße sein schrilles Lachen hört, dreht er sich weg. Hinter Gullers kindlichen Zügen verbirgt sich etwas Dunkles, das ihm zuwider ist.

Firwit schläft tief und traumlos auf dem Schafwollpolster, bis zum frühen Abend. Als die Fledermäuse die ersten Insekten aus der Dämmerung fischen, macht er sich wieder auf den Weg den Berg hinauf, den Wind laut in den Ohren.

Auf der Schafweide setzt er sich in die Mauernische, die Murnon zu diesem Zweck gebaut hat, die Steine im Rücken, und wartet. Als sich der pfeifende Ruf des Milans erhebt und sich immer weiter abspult, folgt er ihm in Gedanken bis in den Wald hinunter. Doch nachdem er sich ein zweites Mal durch Dornen und süßes Farnkraut gekämpft hat, ist die Lichtung leer. Was unter seinen Stiefeln raschelt und stiebt, sind Blätter, keine Federn. Erst als er in dem teppichschweren Dunkel vor dem Morgengrauen nach Hause stapft, hört er unendlich leise den kreisenden Ruf hinter sich.

Beim ersten Tageslicht steigt er auf den Trockenboden. Auf den Dielen liegen lange Federn verstreut, rot und silbrig grau. Sie wollen sich nicht aufheben lassen, tanzen im Luftzug von ihm weg.

Vor Schlafmangel ist sein Kopf wie mit Watte ausgestopft. Seine Knochen sind mürbe. Noch ist es zu früh für Ivy Rincepan. Weil ihm die vertrauten Bewegungen beim Abziehen und Schaben fehlen, nimmt er die Halbmondklinge vom Haken und beginnt, an der letzten Haut zu arbeiten. Das raspelnde Geräusch klingt wie Atemzüge. Er sieht Murnon in seinem Federbett liegen, die Augen rot und wund, die Haut fahl wie Asche. Er schabt weiter, zieht die Klinge langsam und gleichmäßig über die Haut. Als ihm der Arm müde wird, greift er um und schabt andersherum weiter, doch die gewohnte Seelenruhe stellt sich nicht ein. Er lässt das Messer fallen, hebt den Beutel auf, in den er die Federn gestopft hat, und steigt wieder nach unten, die Hände zittrig auf den Leitersprossen.

Mit steifen Knöcheln klopft Firwit an Gullers Tür, die mit grüngrauen Leisten gestreift ist. Darüber ist statt eines Sturzes ein windschiefes kleines Häuschen in die Wand eingelassen, in dem hinter Gitterstäben aus eisernen Spindeln eine Elster hin und her trappelt. Als Kind hat Firwit das schon einmal gesehen, als der erste Vogelhändler hier gewohnt hat. Die Elster sucht verzweifelt einen Ausweg, weil sie nicht begreift, was es heißt, gefangen zu sein, weil sie keinen Begriff von einer Falle hat.

Als die Tür aufschwingt, schlägt Firwit ein ranziger Gestank nach Vogelfett und abgeflämmten Federn entgegen.

Guller starrt mit seinen schwarzen Augen zu ihm empor. Er ist nicht größer als ein Kind, auch sein Lächeln ist kindlich, zahnlückig.

»Ah! Schön, dich zu sehen, Firwit, Pergamentmann. Komm rein, komm rein«, sagt er mit schmeichelnder Stimme.

»Lass die arme Gefangene frei«, antwortet Firwit, mit dem Kopf auf die trippelnde Elster deutend. Erst als Gullers schrilles Lachen verklungen ist, folgt er ihm ins Haus.

Im Kamin hängt eine Kette Singvögel, zusammengebunden wie Zwiebeln, zum Trocknen über der Feuerstelle. Alles ist voller Federn, sie haben sich in den Spinnweben verfangen oder wehen wie Distelflaum über den Boden. Auf dem Tisch liegt eine weiße Gans zwischen ihren abgetrennten Flügeln, die wie Fächer ausgebreitet sind und der Länge nach von zwei geschälten Ästen gehalten werden. Die Augen der Gans folgen Firwit, als er im Zimmer umhergeht.

»Wozu ist ein Vogelbalg nütze?« Firwit kommt gleich zur Sache, er will die faulige Luft nicht lange einatmen.

»Das ist ein weites Feld, Pergamentmann. Ein Zaunkönigbalg bringt Glück auf See. Der von der Saatkrähe macht schlau, der von der Schwalbe den Säufer nüchtern.«

»Ein Milanbalg.«

»Ah! Die Himmelsgeister.« Gullers huschende Augen blitzen. Sein Grinsen entblößt scharfe gelbe Zähne. »Hörst du sie da oben auf dem Berg?«

»Ich finde, da gehören sie hin«, sagt Firwit.

»Und da hast du die hier gefunden, hä?« Guller wirft einen Blick auf die rötlichen Speere, die aus Firwits Beutel lugen.

»Die hab ich im Haus gefunden.«

»Du Glückspilz. Und jetzt bringst du sie mir? Ich biete dir

einen guten Handel an.« Guller holt eine Handvoll winziger Eier aus der Tasche, blau, braun und weiß, manche gesprenkelt. Keine zwei sind gleich. Er hält sie Firwit hin. »Dürften weder Schnäbel noch Knochen drin sein«, sagt er. »Aber mit oder ohne: Fürs Frühstück sind sie allemal gut.«

»Ein Milanbalg«, wiederholt Firwit. Er beißt die Zähne zusammen.

»Gut fürs Fliegen, würde ich meinen.« Guller lacht, mustert Firwit von der Seite. »Wie hoch sie fliegen können, diese Himmelsgeister. Man hört sie, auch wenn man sie nicht sieht.« Er fängt an zu pfeifen, den gleichen lang gezogenen, bebenden Ton, der sich aus dem Dunkel hoch über der Schafweide bis hinunter in den Wald schwingt. Guller hat die Augen geschlossen. Sich hin und her wiegend bewegt er sich pendelnd und unter lautem Pfeifen durch das Zimmer, als spräche aus seinem Mund der Geist eines Milans.

Der beißende Rauch würgt Firwit in der Kehle. Er packt den Beutel mit den Federn fester und starrt auf die Gans, die zwischen ihren ausgebreiteten Flügeln auf dem Tisch liegt. Die dunkelroten Flecken an ihren Seiten sind größer geworden.

»Der Balg von einem Milan, ausgestopft mit Wolle von meinem Bruder«, krächzt Firwit. »Ich hatte ihn. Jetzt ist er verschwunden.«

Unter anhaltendem Pfeifen tanzt Guller in eine dunkle Ecke. Er schüttelt etwas aus, Staubwolken steigen auf, dann bringt er Firwit den hohlen Vogel, den er vom Berg mitgebracht hat.

»Dann gehört er jetzt dir, Pergamentmann«, sagt er und hält ihn ihm hin. »Er hat Murnon gehört. Ich hab ihn selbst für ihn gemacht.«

»Wozu?« Firwit nimmt die Flügel, spürt wieder ihre Kraft, die Stärke der straffen Federn.

Guller grinst und stößt zwischen den Zähnen einen trillernden Pfiff aus.

»Gut fürs Fliegen, sag ich doch. Hebt die Lebensgeister. Man muss sich bloß ganz in den Gedanken versenken, und das konnte Murnon, oder man versetzt sich da rein.« Guller deutet mit dem Kopf auf den Balg. »Mehr braucht es nicht – nur den festen Willen und ein Häppchen vom Fliegenpilz, gut durchgekaut. Von da oben sieht man die Sterne wie ein Milan. Das kann jeder. Das machen viele. Du kannst alle fragen, die nachts in den Wald gehen. Quayle, der Geiger, war schon da, die kleine Gertrude Quirk und die schöne Madden aus dem Pferdestall. Die haben alle schon ihre Höhenflüge erlebt.«

Firwit dreht den Vogelbalg und steckt den Finger in Murnons Wolle unter der Kopfhaut.

»Ein Himmelsgeist war er, dein Bruder. Liebte die Sterne.« Gullers Augen blitzen nicht mehr. »Komm doch auch mal nachts in den Wald!«, ruft er, als Firwit die Tür aufreißt und das Klappern der Elster im Käfig hinter ihm zurückbleibt.

Firwit legt sich ins Bett, den Beutel mit den Federn unter den Kopf gestopft. *Fliegen*, hat Guller gesagt. *Ein Himmelsgeist war er, dein Bruder. Komm doch auch.* Er hat Murnon bei Tag gekannt, Schafhirte, Brotbäcker. Bei Nacht kannte er ihn nicht.

Er wälzt sich hin und her, sucht in dem rötlichen Dunkel hinter seinen Augenlidern nach dem Bruder. Er ahnt, dass die Antwort da draußen liegt, in der Dunkelheit, bei Guller, doch er kann Murnon dorthin nicht folgen. Es sind Schwungfedern, die er in dem Beutel hat, aber am Schlafen hindern ihn nur die Kiele, die herausstechen. Vielleicht ist er auch nicht wichtig, der dunkle Raum in seinem Kopf, in dem Murnon sitzt.

Am Morgen frischt der Wind auf, die Rahmen klappern auf dem Trockenboden. Als Firwit nach oben steigt, muss er in dem hellen Lichtstreifen blinzeln.

Die Haut, die er noch fertigstellen wollte, lehnt, von hinten beleuchtet, am Lüftungsgitter, und er sieht, dass er mit dem Auf und Ab erst der einen und dann der anderen Hand zwei Formen abgetragen hat, die gespreizten Flügeln gleichen. Mit seinem kurzen Trennmesser schneidet er in die Pergamenthaut. Jetzt braucht er nur noch eine Schnur, ein paar Stiche. Während er vor sich hin arbeitet, lösen sich die letzten Daunenflöckchen, die ihm von Guller bis hierher gefolgt sind, von seinem Hemd und wehen unter dem offenen Dachvorsprung davon.

Im klaren Schein der Mittagssonne steigt er den Berg hinauf. Als er die Mauer erreicht, sehen die Schafe vom Grasen hoch. Er weiß nicht, ob sie nachts schlafen oder sich nur hin und wieder ausruhen, wenn ihnen die Welt zu viel wird. Nachdem er rings um den flachen Sitz der Nische den Milanbalg zwischen den Steinen festgestopft hat, sitzt er im weißen Tageslicht, die wachsweiße Wolle der Schafe unter sich, die dicken weißen Halskrausen der Wolken über sich, das zugeschnittene Pergament fahl in seinen Händen. Als das Pfeifen eines Milans von oben herabströmt, ist alles, wie es sein sollte: die Geräusche des Berges – das Zwitschern der Vögel im Unterholz und das Schwirren der Insekten im Gras.

Firwit lässt sich vom Abend einschläfern, aber als die ersten Fledermäuse die Dunkelheit durchschneiden, ist er hellwach. Im Laufe der Nacht frischt der Wind auf, und die Geräusche des Berges werden fortgetragen. Er wickelt mit vom langen Nichtstun steif gewordenen Fingern die Schnur ab, die in seinem Schoß liegt. Es sind keine Sterne zu sehen, aber ein Wolkenflecken wird vom tief dahinter verborgenen Mond angestrahlt: der Nachthimmel, in dem sein Bruder fliegen konnte. Er stellt sich auf den Sitz, das Ende der Schnur zwischen den Zähnen. Dann wirft er das Pergament hoch, und der Wind nimmt es mit, lässt es wie einen Drachen steigen, spannt seine Flügel breit und weiß über Firwit aus. Kreisend geht es in ein gleichmäßiges Auf und Ab über, und die ruckende Schnur schneidet ihm in die Hände. Als bald darauf der gespenstische Ruf der Milane aus dem Wald schallt, lauscht Firwit, wie der Pergamentvogel, der keine Federn braucht, in die silbernen Fäden ihrer Rufe eingewoben wird.

EIN WINTERGAST

BIS ZUM ABEND WUSSTE jeder, dass der Mann Redwing hieß. Die Fischer hatten ihn zuerst gesehen, als er sein Boot auf den Strand zog. Am letzten Novembertag saßen sie in ihren Hütten, wie es Brauch war. Wie es ebenfalls Brauch war, schleppten sie den Fremden sogleich in die Schenke. Bald quollen die Neugierigen bis vor die Tür, bis in die Dünen.

»Er soll ein ganz Schmucker sein«, sagte Gad, als sie Clotha herausklopfte. »Und einen Kopf größer als alle anderen. Mit Haaren wie Feuer. Den muss ich mir ansehen.«

Clotha lachte. »Und was hast du davon?«

»Na, einen Traum«, grinste Gad. »Und nicht nur für mich.« Sie hielt Clotha fest umfangen und zog sie mit sich, an den Fischerhütten vorbei.

»Ich warte dann draußen«, sagte ihre Freundin.

Aber Gad lockerte ihren Griff nicht, als sie sich durch die Dorfbewohner schoben, die in den Dünen umherwanderten, obwohl ihnen der Novemberwind in die Wangen zwickte. Und als sie Clotha in die Schenke lotste, ließ sie sie erst recht nicht los. »Redwing«, flüsterte sie, und sie reckten die Hälse, um an Köpfen und Schultern vorbei einen Blick auf den rot leuchtenden Mann zu erhaschen.

In der Schenke herrschte aufgeregtes Stimmengewirr, alle Augen hingen an dem Fremden, der nickend und lächelnd in die Runde blickte. Nicht einmal May, die in der Ecke einen Jig fiedelte, konnte den Blick von ihm wenden. Clotha entgingen weder die schiefen Zähne noch die feine Linie, die sich über seine Wange zog. Trotzdem war er erschreckend schön. Plötzlich sah er hoch und fing ihren Blick auf. Er betrachtete sie so lange aus den Augenwinkeln, dass sie rot wurde.

»Hab ich's nicht gesagt?« Gad reichte Clotha einen Becher. »Feuerrote Locken.«

»Du bist wohl verschossen«, sagte Clotha.

»Aber verheiratet.« Gad seufzte länger als gewöhnlich.

»Sei froh.« Wie immer, wenn die beiden still daran dachten, dass auch Clotha einmal verheiratet gewesen war, drückte Gad die Hand ihrer Freundin. So fest, dass Clotha den Druck noch spürte, als Gad bereits wieder zur Tür hinausgeschlüpft war.

Sie lief hinter ihr her und hatte schon die letzte Düne erreicht, als sie schwere Schritte hinter sich hörte.

»Deine Freundin meint, du hättest vielleicht ein Bett für die Nacht«, sagte der Mann mit dem leuchtenden Haar.

»Sonst hat dir keiner eins angeboten?« Clotha blieb nicht stehen. Er ging neben ihr her und musterte sie mit diesem Blick aus den Augenwinkeln. »Redwing?«, sagte sie. Er streckte die Hand aus. Als sie die ihre hineinlegte, drehte er sie um und führte sie an seine Lippen. *Die Flut nimmt, die Flut bringt*, dachte sie. *Warum soll eine Fischer-*

witwe nicht auch einmal einen Fang machen? Und sie nahm ihn mit heim.

Mit ihm wehte ein warmer Pfefferduft ins Haus. Sie fragte ihn nicht, woher er mit seinem Boot gekommen war oder ob die Männer und Frauen dort alle so groß und breit und feuerrot waren wie er. Hinter Clothas Tür zogen sie sich mit ihren verbundenen Händen an sich. Sein Kuss tat ihr so ungeheuer gut, dass ihr das Wasser im Mund zusammenlief. Zwei Jahre. Vierundzwanzig Monate war sie jetzt schon allein. Wie viele Nächte? Sie zählte nur noch die Stufen, als sie die Treppe hinaufflogen. Gad wusste, dass Clotha nur ein Bett besaß.

Als sie aufwachte, rieb Clotha sich die Augen. Sie berührte den Wimpernkranz des Mannes und küsste die rostroten Härchen, aber Redwing bewegte sich nicht. Leise stand sie auf und lief nach unten.

Tiefrot glühte die dezemberliche Morgendämmerung in den Fenstern. Als sie barfuß und bis auf eine Decke nackt aus dem Haus trat, spann die Kälte ihre Haut in ein Netz aus Wohlbehagen ein.

Sie brachte den Tee nach oben, aber Redwing schlief noch immer. Sie blies auf seine Ohren, sie biss ihn in die Daumen, sie schob die kalten Hände unter die Steppdecke und streichelte ihn. Er seufzte nur und drehte den flammenden Schopf auf die andere Seite.

Als es Mittag wurde, riss sie ihm wild vor Lust die Decke weg. »Hast du keinen Hunger?«, fragte sie.

»Und ob«, sagte Redwing mit leuchtenden Augen. »Komm wieder ins Bett.«

Die Decke lag unbeachtet auf dem Boden. Das Klopfen

am Fenster blieb ungehört. Für Clotha gab es bis tief in die Nacht hinein nichts außer Redwings Flüstern und seinen Pfefferduft.

Am nächsten Morgen fand sie ihre Freundin Gad am Küchentisch vor, einen Laib Brot im Arm.

»Hab ich dir mitgebracht«, sagte Gad, ohne den Laib loszulassen. »Du warst gestern nicht in der Werkstatt.«

»Er ist noch hier«, sagte Clotha.

»Dachte ich mir.« Gad kniff die Augen zusammen. »Woher kommt er denn nun?«

»Das weiß ich nicht. Und es ist mir auch egal! Wir waren fast die ganze Zeit im Bett«, flüsterte Clotha. Gad riss einen Brocken von dem Brot ab und schob ihn sich in den Mund.

»Gut, aber lass dich bald wieder blicken. Es ist so langweilig da, ich hab keinen zum Reden.«

»Deine Mutter?«

»Sil? Nicht zu dieser Jahreszeit. Da wandert sie den ganzen Tag durch den Nebel. Außerdem bin ich schon so gespannt.« Sie sahen zur Decke, sahen im Geist das Bett vor sich.

»Clotha«, hallte Redwings Stimme die Treppe herunter. »Du fehlst mir.«

Gad grinste. »Ich finde schon allein raus.«

»Hast ja auch allein reingefunden«, sagte Clotha.

»Eben.«

Kaum war die Tür hinter Gad ins Schloss gefallen, schnappte Clotha sich das Brot und rannte nach oben, drei Stufen auf einmal nehmend.

Nach einer Woche hatten sie nichts mehr zu essen im Haus.

»Ich gehe«, sagte sie zwischen zwei Küssen und kroch aus dem Bett.

»Ich bleibe«, murmelte er ihr ins Ohr.

Leicht schwindlig im Kopf ging sie durchs Dorf, bis sie auf einmal vor der Werkstatt stand. Das Klingen der Beitel, Hämmer und Hobel, das durch die Tür drang, versetzte ihr einen Stich.

Gad sah nicht hoch, als Clotha neben sie trat. »Du bist jetzt über eine Woche weg«, sagte sie und rückte ihrem Werkstück noch energischer zu Leibe.

»Du hast ihn mir doch selber eingebrockt«, gab Clotha zurück. »Ich komme bald wieder.«

»Meinetwegen brauchst du dich nicht zu beeilen. Aber du hast mit deiner Schnitzerei für das Fest zur Jahreswende noch nicht mal richtig angefangen.«

»Ich bin sehr beschäftigt.« Clotha sah neidisch zu, wie ihre Freundin über die Maserung im Holz strich.

Gad blickte auf. »Und deine Figur sollte doch auch für Madden sein, weil sie in diesem Jahr nichts schnitzen kann.«

»Bitte, komm mir jetzt nicht mit meiner Schwester«, sagte Clotha und ging.

Als sie in der Molkerei Milch und Käse kaufen wollte, ließen March und Iska die Arbeit sinken und knufften sich in die Rippen.

»Du willst ihn wohl ganz für dich allein haben, was?«, platzte es aus Iska heraus, als sie ihr die Waren hinüberreichte.

»Er braucht Ruhe«, log Clotha.

»Das glaub ich gern«, sagte March und beugte sich wieder über das Butterfass.

Der Fischer Gill Skerry gab sich ruppig. »Die reichen für zwei«, sagte er, als er Clotha zwei Makrelen in die Hand klatschte.

Wieder zu Hause angekommen hatte sie keinen Hunger mehr. Als sie die Tür öffnete, schlug ihr der pfeffrige Duft entgegen, und Redwing stand vor ihr, gewaschen und angezogen. »Du willst doch nicht gehen?«, fragte sie.

»Ach was«, sagte er. »Ich wollte dich suchen. Du warst so lange weg.« Er nahm ihre Hände, hob sie hoch und fuhr sich damit durch die zerstrubbelten Haare. Und schon blieb ihr keine Zeit mehr, etwas zu essen oder ihm zu sagen, dass sie auch noch andere Dinge zu erledigen hatte, außerhalb des Bettes.

In dieser Nacht schmiedete Clotha einen Plan. Weil Redwing mindestens bis zum Mittag schlief und nicht geweckt werden konnte, wollte sie sich in aller Frühe heimlich in die Werkstatt schleichen, um ihre Schnitzerei für das Fest fertigzustellen. Bevor er merkte, dass sie nicht da war, würde sie wieder zurück sein. Schließlich tat sie es auch für ihre Schwester. Dieser Gedanke hielt sie wach, genau wie die Vorfreude darauf, wie das raue Holz sich unter ihren Händen ihrem Willen fügen würde, während sie es Seite an Seite mit Gad bearbeitete.

Aber als der Morgen dämmerte, schlug Redwing die Augen auf. Mit ernstem Gesicht schmiegte er sich eng an sie.

»Ich muss dir etwas sagen, Clotha.«

Sie ging nicht in die Werkstatt.

»Noch drei Monate«, sagte sie zu Gad, als sie eine Woche später erneut neben ihr an der Werkbank stand. Die Schnitzereien waren zum Leben erwacht, Tiere des Meeres, der Luft und der Erde. Ihr Rohling stand, mit einem Stück staubigem Sackleinen zugedeckt, in der Ecke.

»Wenn du dich ranhältst, wird die Figur noch fertig«, sagte Gad, die Clothas Blick bemerkt hatte. »Und wieso drei Monate?«

»Hat er nicht gesagt.«

»Du hast ihn nicht gefragt?«

»Was soll ich machen?«, sagte Clotha. »Er ist hier glücklich.«

»Du auch?« Gad musterte sie streng. »Du kommst auch ohne deine Schnitzerei auf das Fest, oder?«

»Ich versuch's. Aber ich schaffe es kaum aus dem Haus raus.«

»Du bist dünn geworden!«, rief Gad hinter ihr her. Clotha trödelte auf der Straße, sie hatte keine Lust, sich in der Molkerei oder vom Fischer vorwurfsvoll anstarren zu lassen.

»Ich kenne hier doch keinen«, sagte Redwing, als sie ihm von dem Jahrmarkt, den Schnitzereien und dem Feuer erzählte, vom geselligen Biertrinken. »Schickt sich das denn, mit einem Fremden zu tanzen?«

»Für mich bist du kein Fremder«, wandte Clotha ein. »Ich tanze die ganze Nacht mit dir, versprochen.«

»Also gut«, sagte er und erstickte ihr mit einem Kuss das Wort im Mund.

Doch als der Tag gekommen war, ließ Redwing nicht

einmal lange genug von ihr ab, dass sie sich fertig anziehen konnte. »Ich bin unersättlicher als je zuvor«, sagte er und zog ihr den Rock von den Hüften. »Ich will dich nicht teilen müssen. Wir haben nur noch zwei Monate.«

Clotha ergab sich seinen Händen und Lippen. Zwei Monate – und was dann? In ihr regte sich ein Seufzer, die Aussicht auf ein stilles Haus, ein leeres Bett und Gad, die ans Fenster klopfte. Bis dahin war es nicht mehr weit.

Der Januar brachte Schnee über Schnee, und sie saßen im Haus fest. Um überhaupt einmal an die frische Luft zu gelangen, dachte Clotha sich irgendwelche Aufgaben aus. »Ich muss beim Schneeschippen mit anpacken«, sagte sie. »Das ist bei uns im Winter so Brauch.« Aber sie mied das Kratzen der Schaufeln und stapfte den Berg hinauf, nur begleitet vom Knirschen ihrer Stiefel. Die Luft war frisch wie Wasser. Clotha trank sie in tiefen, kalten Zügen.

»Ich muss den alten Leuten beim Holzhacken helfen«, sagte sie.

»Ist das bei euch so Brauch? Dann muss es wohl sein«, sagte Redwing. »Ich halte dir das Bett warm.« Er drehte sich von ihr weg, wandte ihr den langen, sommersprossigen Rücken zu.

Clotha blieb in dem mit Eiszapfen behängten Wald, bis die Äste in der Dämmerung immer näher rückten. Wie ruhig, wie still die Sterne waren, wo sie sich zeigten. Sie dachte daran, wie ihre große Schwester Madden als Kind aus dem Bett zu ihnen hinausgestarrt hatte.

Sie ging auf einem Umweg nach Hause, bei Gad vorbei.

Sie kauerte sich vor das erleuchtete Fenster. Wütende Stimmen drangen heraus, ein Stuhl kratzte über den Steinboden. Clotha spähte hinein. Gad und ihr Mann schrien sich über den Tisch hinweg an. Gad sagte etwas, und aus dem Gebrüll wurde Gelächter, bis die beiden sich kaum noch halten konnten und sie ihrem Mann den Arm um die Schultern legte.

»Zwischen uns ist noch nie ein böses Wort gefallen«, sagte sie zu Redwing, als er sie an der Tür umarmte.

»Warum sollte ich nicht nett zu dir sein?«, fragte er.

»Nettigkeit hat viele Formen.« Mehr konnte sie nicht sagen, denn er drückte sie so fest und so lange, dass ihr die Luft wegblieb.

Das Tauwetter setzte früh ein, schon im Februar. Clotha zuckte es in den Fingern. Und in den Füßen. Sie brannte darauf, mit dem Umgraben anzufangen, den Boden für die neue Saat zu bereiten.

»Aber wir haben nur noch einen Monat, mein Schatz«, sagte Redwing, als er sah, wie sie die Gartengeräte aus dem Schuppen holte. »Komm wieder rein, ins Warme.«

Wenigstens war der Februar der kürzeste Monat. Sie fing an, Redwing Eintöpfe zu kochen, die Stunde um Stunde gerührt werden mussten. Sie zog das Bett ab, kochte die Laken, bis das Wasser an den Fensterscheiben herunterlief, und hängte sie draußen im Regen auf.

Während Redwing bis zum Mittag schlief, breit ausgestreckt in dem Bett, das sich inzwischen so anfühlte, als gehörte es ihm, schlich Clotha auf Zehenspitzen durch den Garten und lockerte halbherzig die Erde mit der Forke.

Sie ließ die Tür sperrangelweit offen stehen, um den pfeffrigen Mief herauszulassen, der ihr in der Nase klebte. Anschließend setzte sie sich an den Küchentisch und nahm ihre eigene Stille in sich auf. In Gedanken gab sie Gad den Stuhl gegenüber, ließ sie Brocken aus dem Brot puhlen und über ihren Mann nörgeln.

Eines Morgens wachte Redwing früh mit ihr auf. Vom Februar war nur noch eine Woche übrig. Seine Haare waren so lang, dass sie sich als feurige Flut über das Kopfkissen ergossen. Sein Blick war ernst.

»Clotha«, sagte er. »Es tut mir sehr leid, dass ich dich verlassen muss. Nächsten Winter kehre ich zurück. Ich werde mein Boot zu dir steuern, Liebste, und dann haben wir uns wieder, in diesem Bett des Glücks, drei ganze Monate lang.«

Clotha rang sich ein Lächeln ab.

Er döste wieder ein. Keinen Atemzug später war Clotha schon zur Tür hinaus und rannte, dass ihr der Schlamm nur so die Beine hochspritzte, den Berg hinauf, zu Gad. Als auf ihr Klopfen niemand öffnete, trat sie einfach ein. Unruhig ging sie auf dem kalten Steinboden auf und ab, rund um den Tisch herum und vor dem Fenster hin und her, bis endlich Gads fragendes Gesicht zu ihr hereinsah.

»Nase voll?«, fragte die Freundin und stellte ihren Korb auf den Tisch.

»Er reist ab.«

»Den Sternen sei Dank.« Gad fing an, die Einkäufe auszupacken. Sie gab Clotha den Laib Brot.

»Kann ich bei dir bleiben, bis er weg ist?«, fragte Clotha, nachdem sie das Brot halb aufgegessen hatten.

»Schließlich ist es meine Schuld, dass er überhaupt hier ist«, sagte Gad und riss sich noch ein Stück ab.

»Das Schlimmste kommt noch. Er hat gesagt, er kommt wieder. Im nächsten Winter.«

Gad lachte, dass ihr die Krümel im Hals stecken blieben. »Du bist mir immer willkommen, das weißt du«, sagte sie. »Aber du musst dich wenigstens von ihm verabschieden.«

»Damit ich weiß, ob er auch wirklich geht?«

»Würde ich machen. Und jetzt iss auf. Du bist ja nur noch ein Irrlicht.«

Am letzten Novembertag stand Clotha bereits am Fenster, als Gad an die Scheibe klopfte. Die Freundin konnte nur noch watscheln, ihr Bauch war so rund und prall, dass Clotha, als sie die Hand drauflegte, die Tritte des Kindes fühlen konnte.

»An der Küste soll ein Mann angekommen sein«, schnaufte Gad. »Den will ich mir ansehen.«

»Ich schließe die Tür ab«, sagte Clotha.

»Würd ich machen.«

Clotha saß am Küchentisch und atmete die Luft ein, die nur nach ihrem Haus roch und ein klein wenig nach dem Brot, das Gad ihr mitgebracht hatte. Während sie wartete, überlegte sie, was sie in diesem Jahr schnitzen wollte, Tiere des Meeres, der Erde und der Luft.

Nach einer Weile kratzte es an der Tür, kein donnerndes Hämmern, wie sie es von Gad kannte. Sie verkroch sich unter den Tisch. Das Kratzen hörte auf. Sie wartete und wartete. Irgendwann hörte sie Schritte, eine Frauenstimme und die unverkennbare Stimme von Redwing, der ihr antwortete. Es wurde kurz still, dann entfernten sich zwei Paar Schritte und verhallten nach und nach auf dem Weg.

»Er ist weg!«, rief Gad durch das Fenster. Sie trat ein, pflanzte sich auf einen Stuhl und packte einen großen Käse auf den Tisch.

»Was war das?«, fragte Clotha.

»Das war Iska aus der Molkerei.« Gad brach ein großes Stück Käse ab und schob es sich in den Mund.

»Erzähl«, sagte Clotha.

Gad kaute und kaute. »Iska hat Redwing letztes Jahr kein einziges Mal zu sehen bekommen. Was sie uns ja auch oft genug unter die Nase gerieben hat. Beim Milchkaufen hat sie mir in der Molkerei jedes Mal was drüber vorgejammert. Wir haben ihn vor deiner Tür stehen sehen, und ich hab ihr geraten, die Gelegenheit beim Schopf zu packen. Da ist sie dreist wie sonst was zu ihm hingegangen und hat ihm die Hand hingestreckt. Und er hat ihr einen Kuss darauf gedrückt.«

»So schmuck wie eh und je?«

»Und ob, da brauchst du nur Iska zu fragen. Sie hat ihn am Fluss entlang mit nach Hause genommen.«

»Iska und Redwing«, grinste Clotha. »Wie kann ich dir danken?«

Gad schob ihr den Käse hin. »Iss was«, sagte sie.

DAS EIS IST GEBROCHEN. Der geschmolzene Schnee ist von den Bäumen gerutscht, die Erde ist matschig. Erste Triebe sprießen, und der Saft der Buchen bringt schrillgrüne Blätter hervor. Der Junge, Finch, tastet sich durch das rostbraune Farnkraut vom vergangenen Jahr, er will in den Wald. Er trägt eine Geige und schwer an einem Versprechen: Er hat geschworen, den ganzen Vormittag weit weg von zu Hause zu üben, bis aus dem Kratzen des Bogens über die Saiten eine Melodie geworden ist.

Die Melodien im Wald gehören den Vögeln, auf und ab springen ihre Töne. Ringsum recken und strecken sich die erwachenden Bäume. Zwischen ihren Zehen schießt dunkles Moos empor. Der Junge klettert auf die Schultern einer Eiche, deren Äste ihn anheben, während er nach einem der ersten Nester sucht. Aufgeschreckte Vögel flattern dahin, wo das junge Grün den dichtesten Schatten wirft, und die Geige liegt vergessen auf der Erde.

Die Taschen des Jungen sind ausgebeult, darin auf trockene Blätter gebettete Eier. Er kommt auf eine Lichtung, deren Boden von filzigem gelbem Gras bedeckt ist. In der Mitte steht ein Baum mit abgebrochenen Ästen, verkrüppelt, aber dicht von Efeu überwuchert. Zwei Zaunkönige hüpfen aus dem Dunkel hervor, das Tick-Tick-Tick ihres Warnrufs klingt durch die grüne Luft. Als sie davonfliegen, liegt die Lichtung so still und stumm da, als wäre eine Uhr stehen geblieben.

Der Junge umschleicht den umrankten Stamm, um sich an einer geeigneten Stelle in den Efeu zu wühlen und nach verborgenen Nestern zu suchen. Zwischen den schlafenden Wurzeln liegen Blattgerippe, wie hart gewordene Schneeflocken. Als er sich nach einem bücken will, fühlt er, dass die Wurzel, auf der es liegt, warm ist. Ein knotiger Fuß. Er reißt seine Hand weg und stolpert mit klopfendem Herzen zurück. Der Baum ist hohl und hat auf der Sonnenseite eine Öffnung wie einen Torbogen. Darin steht, mit Blättergirlanden behängt, ein alter Mann. Seine Haare gleichen Ringelmoos, seine Haut hat das verwitterte Grau von Eichenlaub im Winter. Er streckt die Arme aus. Die nach oben gedrehten Handflächen glänzen. Tropfen hängen in seinem gelockten Bart. Seine Augen sind wolkenweiß.

Eine Biene umkreist seinen Kopf und landet auf seiner Wange. Eine andere krabbelt an seinem Hals hinauf. Eine dritte wuselt über sein Handgelenk. Die Bienen steigen hoch, lassen sich wieder nieder und locken mit ihrem schläfrigen Summen weitere heran. Bald sind die offenen Hände des Mannes mit gemächlichen und geschäftigen braunen Tierchen übersät. Langsam dreht er die Hände um und legt sie aneinander, eine Schale Dank mit Bienen darin.

Als er sich in Bewegung setzt und die Lichtung verlässt,

folgt ihm der Junge in den Wald, springt mit flinken Schritten neben dem schwerfälligen Alten her. Wenn ihnen ein Baum den Weg versperrt, bleibt der Mann stehen und geht umständlich um ihn herum, die Füße hoch über Dornenranken und abgefallene Äste hinweghebend. Wo sich seine Sohlen eingedrückt haben, wimmeln Asseln, und Ohrenkneifer recken die Köpfe.

Hinter ihnen schließt sich der Wald wie ein Vorhang. Durch eine Lücke in der verfallenen Mauer gelangen sie in die dachlose Ruine einer vor langer Zeit niedergebrannten Kate. Der Junge kennt die Geschichte von der Hexe, die einst hier gewohnt hat. Seine Tante Gertie erzählt sie gern am flackernden Kamin. Vom Feuer ist nichts mehr zu sehen. Die Sonne wärmt die verwitterten Steine, auf denen Flechten goldene und blaue Flecken bilden. In der Nische, wo früher die Herdstelle war, steht ein umgedrehter Korb. Der alte Mann geht in die Hocke, die wolkigen Augen gen Himmel gerichtet. Als er die Hände öffnet, strömen die Bienen wie schwarze Melasse auf das Loch im Korbrand zu und ergießen sich hinein. Der Alte hockt sich tief auf seine Fersen und leckt sich erst die eine, dann die andere Handfläche ab. Er wischt sich mit den Knöcheln über die Wangen und leckt sie ebenfalls ab.

»Honig«, sagt der Junge.

Der Mann nickt. »Ist aber noch nicht so weit. Noch lange nicht. Hol mir mal die Schüssel da drüben, von der Mauer.« Als der Junge sie ihm bringt, tastet der Mann nach dem Wasser, taucht die Hände hinein und wäscht sich.

»Gibst du mir welchen ab?«

»Was kriege ich dafür?«

Der Junge klemmt sich umständlich die Geige unters Kinn. »Ich spiel dir was«, sagt er und zupft die Saiten.

»Verschon mich«, sagt der Alte. »Die Musik des Waldes ist besser für meine Ohren.«

»Dann ein Ei.« Der Junge holt eins aus der Tasche und rollt es in der offenen Hand des Alten.

»Drossel«, sagt der. »Du stiehlst ihre Schätze?«

»Du stiehlst Bienen.«

Der Alte lacht, ein Flattern tief in seiner Kehle. Sein lockiger Bart verzwirbelt sich. Als er das Ei zurückgibt, läuft eine Ameise seinen Unterarm hinunter, über die sich schlängelnden Pfade der grün hervortretenden Adern. »Wie heißt du?«

»Finch.«

»Ein guter Name für einen Eierdieb. Du bekommst Honig, wenn du ihn dir verdienst, Finch. Wenn du genug Zeit mitbringst.«

Die angehaltene Uhr der Lichtung surrt jetzt. Der Junge hört es im Inneren des Bienenkorbs, als er das Ohr daran presst.

Der Wind treibt junge Blütenblätter über die Berghänge. Aufgeplusterte Ringeltauben balzen. Kaninchen verharren in der warmen Mittagsonne, und die Vögel verwandeln den tiefen grünen Wald in einen Chor. Während die Sonne und die Wolken über den Himmel ziehen, lernt der Junge, Bienen zu fangen. Weil er die Bienen sehen kann, müsste er sich Gesicht und Hände eigentlich nicht mit dem Honig vom letzten Jahr einschmieren wie der alte Mann, aber er möchte diese Methode trotzdem lernen. Sie rühren Rosmarin und Klee in den alten Honig und suchen sich eine Stelle am Wasser in der Nähe von Blüten. Am Wasserfall im Wald oder im Obstgarten am Fluss richten sie sich tageweise häuslich ein.

Der Junge lernt, mit Honig überzogen, still zu sitzen, ohne zu zucken, ohne sich zu kratzen, bis seine Ohren voll sind von der Musik des Waldes und der Felder. Er hat das verlangsamte Echo der Amsellieder in der Kehle. Das Schwirren der Insekten, das Schnalzen und Wispern der Bäume, das Klopfen der Kaninchenpfoten überlagern die summende Bienenmelodie.

Während die Blüten verwehen und die Hecken von Weißdornweiß zu Fuchsienrot übergehen, trägt er die Körbe mit den Bienen auf die Landzunge und folgt dem alten Mann durch das Ginsterlabyrinth dahin, wo die gelben Blüten zwischen den Dornen am üppigsten prangen. An jeder neuen Stelle beobachtet er die Bienen, das Wippen und Nicken der Blütenköpfe, den vom Wind verwehten Flug zum Korb und zurück.

»Da drin tanzen sie auch«, sagt der Alte. »Und dafür braucht ihnen keiner was vorzufiedeln. So eine süße Musik wie die Musik hier kann man aus keiner Geige kratzen.« Die Hände, die er auf die Körbe legt, werden mit der Zeit immer knorriger, die Finger verkrümmt wie Wurzeln, die Nägel wie eingeklemmte Feuersteine. Wo ihn die Bienen gestochen haben, zeichnen sich unter der runzligen Haut graupenartige kleine Knötchen ab. Der alte Mann klagt nie, obwohl die Knoten immer größer und härter und gelber werden.

Der Junge lernt, mit dem Ohr an dem geflochtenen Korb seinen Herzschlag zu verlangsamen und aus dem Lied der

Bienen herauszuhören, was sie vorhaben. Die Körbe und ihre goldene Fracht, die tanzenden, singenden Bienen, sind ein kostbarer Schatz. Er beruhigt die Bienen mit Rauch, den er aus Bovisten auf sie sprüht oder von Kienspänen herabrieseln lässt. Er ist stolz und froh, dass er noch keinen Stich abbekommen hat.

Die Gerste auf den Feldern reift heran und reckt sich dem Mond zu. Mäuse huschen durch das Halmlabyrinth, und am Sternenhimmel zeichnet der Eulenflug ihre Wege nach. Neben der verfallenen Kate werfen die Mohnblumen auf dem Grab der Hexe ihre Blütenblätter ab.

Während die Bienen hektisch zu den letzten Blüten des Sommers ausfliegen, ziehen sich die wolkigen Augen des Alten wie ein Schneehimmel zu. Er redet immer weniger, aber wenn er durch den Wald wandert, jeder Schritt so schwer wie Steineschleppen, antwortet er den Vögeln mit Gesang. Verwittert im Lauf der Jahreszeiten sind seine Kleider zerschlissen wie morsche Blätter, die Haut unter seinem Hemd eine Landschaft aus runzligem Leder. Wenn sie zusammen zwischen den Körben sitzen, beobachtet der Junge das langsame Pochen in den dicken grünen Adern, die Arme und Hände des Alten wie ein Netz überziehen.

»Geduld«, sagt der alte Mann, während der Junge den surrenden Uhren in den Körben lauscht, die immer eifriger und schneller ticken. Das Summen tief in seinem Ohr klingt wie Honig.

Die Schwalben sammeln sich und sind plötzlich fort. Die Holzäpfel werden prall und fallen zu Boden, bilden duftende Teppiche. Blätter fliegen über den von unten erhellten Himmel, golden und braun, Schlehen verwandeln die Büsche in violette Schleier. Der alte Mann, dem der kühle Hauch des Herbstes die Glieder noch mehr versteift hat, redet von Feuer.

»Keine Zeit mehr«, sagt er. »Du hast dir deinen Honig verdient.« Seine Stimme knarzt. Den Mund grimassenhaft verzerrt kratzt er an den Graupen unter seiner Haut.

Als der Abend dämmert, schichtet der Junge in der traurigen Ruine der Kate ein kleines Feuer auf, einen Flammenring rings um einen flachen Stein. Er denkt an die Hexe aus Tante Gerties Geschichte. Als das Feuer knistert, hell und heiß lodert, wirft er welke Blätter hinein, wie es der Alte verlangt. Der Wind bläht den Rauch, Motten vermischen sich mit den Ascheflocken. Der Greis steht in der verfallenen Türöffnung, eine dunkle Gestalt, im Rauch verwurzelt.

»Such dir einen aus, Finch«, sagt er und zeigt mit dem gekrümmten Zeigefinger auf die Körbe, die an der Wand aufgereiht sind. »Stell ihn mitten auf den Stein.«

Der Junge schützt seine Augen vor den Funken des Feuers. »Aber die Bienen …«

»Es wird Winter. Ihre Arbeit ist getan. Anders kommst du an den Honig nicht ran.«

Der Junge wartet auf ein Lachen des Mannes, doch das bleibt aus. Motten flattern um seinen Kopf, flackern im Rauch.

»Ich verbrenne sie nicht«, sagt der Junge. Mit pfeifendem Atem stakst der Alte zu den Körben hinüber, die Schritte so schwer, als hätte er Gewichte an den Beinen. Er hebt einen

Korb auf, beugt sich über das Feuer und lässt ihn auf den glühenden Stein fallen. Zitternd sieht der Junge zu, wie die Flammen um das Geflecht züngeln. Die Weidenruten werden zu einem Netz aus Glut. Bienen kommen aus dem Loch an der Seite geschossen, drehen sich im Rauch, stürzen sich auf den alten Mann, fallen in die Flammen. Das Geräusch, das dabei entsteht, gellt dem Jungen wie ein Schrei in den Ohren. Vom Knistern der brennenden Körper überläuft es ihn kalt, und als er den Rauch um seinen Kopf wegschlägt, trifft ihn der satte Schmerz eines Stichs in den Hals.

Betäubt vom Rauch stehen die Bienen bei den restlichen Körben in der Luft. Der Junge beugt sich darüber, legt die Hand auf das Geflecht, um nach dem Summen zu fühlen. Er wird sie nicht verbrennen lassen. Entschlossen dreht er sich um, bereit, seinen Schatz zu verteidigen.

Der alte Mann hält ihm die Waben hin, die er von dem glühenden Stein gefischt hat. In dicken Schwaden weht der Rauch durch die brüchigen Mauern der Kate. Die Augen auf die pockigen Wachsklumpen geheftet schiebt sich der Junge näher heran. Ihn überkommt der Drang, sie auf den Boden zu schmettern, aber sie sind zu schön. Er wirft einen Blick in das Gesicht des alten Mannes. Der hat die Augen geschlossen. Haupt- und Barthaar kringeln sich wie wuchernder Efeu in dem Rauch. Die letzten Fetzen seines Hemds sind trocken wie welkes Laub, die runzlige dunkle Haut spannt sich über Knochen und Sehnen zu harten Furchen. Die Bienen, die sich an ihn gehängt haben, als ihr Korb verbrannte, fallen von ihm ab, und die Graupenknoten der alten Stiche treten deutlich hervor. Sie platzen auf, Knospen und Triebe sprießen heraus, weiße sternförmige Blüten an Ranken, die sich um

Rippen winden, um Arme wickeln. Blütenblätter fallen herab. Samen fliegen in den dunkler werdenden Rauch. Der sich ausbreitende Blättermantel bedeckt bald Hände und Finger. Er kriecht höher, verknotet sich mit Haar und Bart. Auch aus dem offenen Mund des Greises schlängeln sich Ranken.

Stolpernd hetzt der Junge durch den Wald und bleibt erst auf der Lichtung wieder stehen. Kein Surren ist zu hören, nur das, das in ihm ist, das Pochen seines Herzens, das Summen in seinem Blut. Die Hand auf den Stich an seinem Hals gelegt starrt er auf die kahlen Äste des Waldes, die Füße tief zwischen den Wurzeln des hohlen Baumes.

Im Einklang mit seinem Pulsschlag verlangsamt sich die Zeit. Aus den Schatten des Waldes kriecht ihm die Kälte in die Knochen. Während sie ihn betäubt, segeln seufzend die Blätter von Eiche und Buche zur Erde und kräuseln sich. Das Farnkraut lässt matt die Wedel hängen, die Brombeerranken sinken herab. Als der Junge fröstelnd erwacht, sucht er sich im grauen Mondlicht den Weg zwischen den Bäumen hindurch. Vor der Kate liegt weiß die herausgewehte Asche im Gras, im Inneren zeichnen sich mondhelle Steine und Schatten ab.

Das Eis ist gebrochen. Der geschmolzene Schnee ist von den Bäumen gerutscht, die Erde ist matschig. Der Junge, Finch, wickelt sich vor dem Kamin fester in seine Decke. Nachdem er den ganzen Winter auf der Geige geübt hat, gehen ihm die Melodien nun leicht von der Hand. Er hat seine Tante Gertie besucht und sie ihr vorgespielt, an ihrem Feuer. Ascheflocken fliegen durch die Flammen zum Schornstein hinaus, die Geister von tausend Bienen.

Der Frost klingt allmählich ab, und rings um das tropfende Reetdach steigt der Geruch nach modrigem Laub auf. Hell wie die Frühlingssonne zwitschern die Vögel, die eifrig Zweige und Moos sammeln, als der Junge ihnen bis zu ihren Nistplätzen folgt. Der kriechende Efeu hat die Steine des eingestürzten Häuschens am Waldrand überwuchert, sodass nur noch glänzende Wälle davon zu sehen sind. Die Sonne wärmt dem Jungen die Haut. Er kratzt an dem graupengroßen Knötchen an seinem Hals, das noch immer juckt, und duckt sich durch die Lücke in der Mauer.

Mitten im Efeu steht ein Baum, einen Ast ausgestreckt, die Krone ein zartgrüner Fächer. Er ist alt und jung zugleich, und aus seiner zerklüfteten Borke brechen hier und da knospende Triebe hervor, die voll im Saft stehen. Der Junge geht einmal um den Baum herum; der Ast fühlt sich kühl an. Eines Tages, das weiß er, wird er seine eigene Geige bauen, wie der Lehrling vor ihm. Er wird dieses Holz dafür nehmen, es zuschneiden und biegen, bis es seine Melodie spielt.

Auch die alte Herdstelle hinter dem Baum ist überwuchert. Es ist noch zu früh im Jahr für Eier, aber er teilt die Blätter, um schon mal nach den Stellen zu suchen, wo die Nester heranwachsen, mit Federn ausgelegte kleine Schalen. In der Nische hinter dem Efeu stehen die aufeinandergestapelten Körbe. Er biegt die Ranken weg und zieht einen heraus. Unter der noch wachsschweren Wabe trudeln die Hülsen von Bienen herum.

Der Junge trägt den Korb in den Wald, zwischen den kalten Stämmen hindurch, vorsichtig über Dornen und moosige Wurzeln hinwegsteigend. Vögel zwitschern, flattern von Ast zu Ast. Die tropfenden Bäume knarzen.

Auf der Lichtung stellt er sich vor den hohlen Baum, dessen verkrüppelte Äste von Waldrebe und Efeu umsponnen sind. Aufgescheucht schießt eine Amsel davon. Der Wald tickt, und Bäume recken und strecken sich. Er bricht die Wabe aus dem Korb auf, stochert den Honig aus dem vergangenen Jahr in Klumpen heraus, streicht ihn sich auf die Handflächen.

Es ist warm in der Baumhöhle, wo der Wind nicht hinkommt. Die Sonne glüht hinter seinen Augenlidern. Den einen Arm ausgestreckt, seine Handvoll Honig eine Schale Dank, wartet er auf das Brummen einer Biene, die über die Lichtung kommt. Der Efeu kringelt sich unter seinen Füßen und zupft an seiner Haut. Er kratzt sich den Hals, wo der Knoten juckt, bis er einen Halbmond grünen Saft unter dem Fingernagel hat. Er hat das Lied der Amsel in der Kehle und atmet den feuchten Duft der erwachenden Bäume ein.

Während sich schrillgrüne Blätter entfalten und das Farnkraut den Boden in grünes Licht taucht, hört er das Schwirren einer Biene, die seinen Kopf umkreist. Andere lassen sich auf ihm nieder und erkunden seine Arme und Hände. Er lässt sie krabbeln. Die Augen gen Himmel gerichtet sieht er den jagenden Wolken hinterher.

STRICK

HORCH, WIE DER RHYTHMUS durch das Ginsterlabyrinth rollt. Der Abend dämmert schon, es ist die Zeit zwischen dem letzten Rest Sonne und dem ersten Stern, die Tür des Tages schließt sich; bald wird die Nacht sie endgültig versiegeln. Hämmernde Schritte hallen durch die gewundenen Tunnel im Ginster, Herzen klopfen im Takt dazu. Es sind die Mädchen aus Neverness, die hier laufen, die Sehnen ihrer Bögen in den ausgestreckten Händen straff gespannt. Die eingelegten Pfeile zittern. Jede hat nur einen Pfeil, an dessen Schaft ein Band gebunden ist, das seidene Band, auf das sie ihren Namen gestickt hat.

Inmitten des Fußgetrappels rennt Orta. Sie ist ein kleines Pummelchen und nimmt zum ersten Mal am Ginsterlauf teil. Das Kleid, das Gad ihr genäht hat, ist zu lang, und das lockere Leinen verfängt sich in den Dornen, wenn sie um die Ecken saust, wo die letzten Blüten gelb die Büsche sprenkeln. Die Haube, die ihre Großmutter ihr gestrickt hat, ist ihr schon vom Kopf gerissen worden, als sie sich unter einem kratzenden Ginsterbogen hindurchgeduckt hat. Hier und da begegnet sie anderen Mädchen, die Bögen hoch erhoben, die Gesichter wild entschlossen. Orta mag die Kleinste sein, aber sie hat ihren eigenen Willen. Sie wird ihren Pfeil tief in den Ginster schießen, in das dichteste Dickicht. Sie wird den rötesten Kuss bekommen, den Kuss eines Jungen, der sich für ihren Pfeil so tief in die Dornen gestürzt hat, dass seine Lippen einem blutigen Nadelkissen gleichen.

Schau jetzt die Landzunge hinunter, wo sich das ganze Dorf Neverness versammelt hat. Männer und Frauen zünden am Feuer bereits die Fackeln an, wandern zusammen durchs Heidekraut, die Gesichter vom Abendrot hell erleuchtet. Sie lechzen danach, den Ginster niederzubrennen, aber sie müssen noch warten – bis das Spiel der Jungen und Mädchen vorbei ist und sie sich für den Abend zu Paaren zusammengefunden haben – ein Junge für jedes Mädchen, einen Kuss für jedes Seidenband. Viele erinnern sich noch an Crab Skerry, den Jungen, der im Feuer verschwand. Diesmal werden sie ihre Söhne und Töchter gut durchzählen, bevor sie den Brand entfachen.

Gad wickelt ihrer Mutter den nebelhaften Schal fester um die Schultern, während sie darauf warten, dass Orta aus dem Labyrinth geschossen kommt. Sie teilen sich das Licht ihrer Fackel mit Verlyn Webbe, der zu alt ist, um mit seiner einen Hand selbst eine zu halten. Verlyn betrachtet versonnen seinen Sohn Marram, der Spieße mit am Lagerfeuer gerösteten Jakobsmuscheln verteilt. Als er seiner Frau Iska auch eine anbietet, schüttelt sie den Kopf, den Blick unverwandt auf die Landzunge gerichtet, wo ihre beiden Töchter, die Zwillinge, mit ihren Bögen durch den Ginster rennen. Mit der

Feder, die aus seinem Daumen sprießt, kitzelt Marram sie am Kinn.

Während sie langsam durchs Heidekraut wandern, warten die Leute aus Neverness darauf, dass funkelnd die Sterne aufgehen. May, die Geigerin, wiegt sich am Feuer hin und her, um sich die Hände zu wärmen, und spielt ihre traurigen Melodien. Die Dorfbewohner wissen aus Erfahrung, dass es keinen Sinn hat, sie um eine fröhliche Tanzmusik zu bitten. In einiger Entfernung vom Feuer steht Hark Oxley neben dem Weg, allein. Er ist ein Mann in den besten Jahren, das Gesicht wettergerunzelt, die Hände vom Stein aufgeraut. Er bückt sich, um einem Schäferhund, der auf ihn zugesprungen kommt, den Kopf zu tätscheln. Dessen Besitzer Firwit stakst auf seinen alten Beinen hinterher. Hark begrüßt den Greis und hilft ihm, sich auf einen Baumstumpf zu setzen.

»Wie ich sehe, überwintert Redwing wieder bei uns.« Firwit deutet mit dem Kopf auf einen groß gewachsenen Mann, dessen langes Haar im Licht des Feuers flammenrot leuchtet.

»Der Einzige, der je von hier fortgeht«, sagt Hark.

»Hast du auch schon mal daran gedacht?«

Hark schüttelt den Kopf. »Das bisschen Leben, das ich habe, ist hier.«

»Ich überlege mir, ob ich ihn fragen soll«, sagt Firwit. »Vielleicht hat er ja, wenn es Frühling wird, in seinem Boot Platz für einen Passagier.«

»Du würdest deine Schafe verlassen?« Hark beugt sich zu dem Hund, der zu Firwits Füßen liegt, und krault ihm das Fell.

»Es ist jetzt achtzehn Jahre her. Könnte genauso gestern gewesen sein, so gut, wie ich damit zurande komme. Wenn ich eine Frau gehabt hätte, wär's was anderes. Aber ich war ja praktisch mit Murnon verheiratet.«

»Da ist aber doch kein Grund wegzugehen.«

Firwit zuckt mit den Schultern. »Mach du nicht denselben Fehler. Wieso bist du noch nicht verheiratet?«

Ein Freudenschrei gellt, und sie drehen sich um. Marram und Iska breiten die Arme aus, um ihre Töchter in Empfang zu nehmen, die aus dem Ginster gesprungen kommen. Die Haare der Mädchen leuchten im Feuerschein wie Kupfer, und Redwing, der nicht weit von ihnen entfernt seine Jakobsmuscheln isst, betrachtet sie nachdenklich.

Als Gertie Quirk vorbeiläuft, die unter lautstarkem Knurren ihre Neffen jagt, verpasst Firwit Hark einen Rippenstoß.

»Die hättest du fragen können«, sagt Firwit.

»Ich hätte Madden Lightfoot fragen wollen.«

Firwit sieht ihn im Halbdunkel von der Seite an. »Eine Schande«, sagt er.

Es war eine sternklare Nacht, als Hark hinter Madden den Berg hinaufstieg. In seinen Eingeweiden rumorte es von dem ekelhaften Tee, den Madden ihm aufgenötigt hatte, bevor sie das Haus verließen, und von der Ahnung, dass er besser nicht in den Wald hätte mitkommen sollen.

Auf dem Berg spielte Madden plötzlich verrückt – und die Welt mit ihr. Rollende Blätter wurden zu Wellen, der Himmel über Hark kippte zur Seite und zwinkerte ihm mit seinen Sternenaugen zu. Madden lief voraus, so groß wie die Bäume. Sie sprang über hohe Gräser, die sich auf dem Bergrücken in borstiges Fell verwandelten. Obwohl Harks Beine, schwer wie Lehm, immer langsamer wurden, rauschte schon bald von allen Seiten der Wald auf sie zu, tief und blendend.

»Wir sind da!«, rief Madden, und ihre Stimme kräuselte sich in den Nachthimmel davon.

Sie duckten sich unter kahlen Ästen durch. Hark nahm den Kopf zwischen die Schultern und klammerte sich an Madden, während unter ihm das Laub auf der Erde im dunstigen Mondlicht weiß ausblich.

Madden zog ihn weiter, immer tiefer hinein. Plötzlich kamen ihnen zwei schwarze Bäume entgegen. Es waren Guller, der Vogelhändler, und Murnon, der Schäfer.

Guller trug einen Sack auf dem Rücken, wie einen Buckel. »Schön, dass du auch wieder dabei bist, Madden. Hast du getrunken?«, fragte er.

»Ja, und Hark auch.« Madden ging zu ihm und nahm seinen Arm. »Hoffentlich versucht er es heute Nacht. Ich hab ihm erzählt, was für ein großes Geschenk du uns machst.«

Guller grinste, die Augen wie Murmeln. Obwohl er Madden nur bis zur Schulter reichte, überkam Hark der dumpfe Drang, sie von ihm wegzuziehen, in Sicherheit zu bringen.

»Heute macht noch wer mit«, trällerte Guller. »Aber sie findet uns schon.« Er nahm Maddens Hand und führte sie einen aschfahlen Weg entlang, Hark stolpernd dahinter, der Schäfer Murnon schweigend dazwischen.

Sie kamen auf eine Lichtung, eine große Schale Mondlicht, hoch darüber im Dunkeln die tauigen Sterne. In Harks Magen blubberte es wie Brühe. Er wollte Madden von Guller wegrufen, aber da band sie schon mit ihm zusammen den Sack auf. Die Bündel, die sie herauszogen, entfalteten sich in ihren Händen. Hark wusste, was das war. Madden ging so selbstverständlich mit den Federn um, dass es ihn kalt überlief.

Murnon, der Schäfer, fasste ihn an der Schulter. »Ruhig Blut«, sagte er wie aus weiter Ferne. Murnons Gesicht war alt, die Furchen vom Mondschatten so tief eingegraben, dass es aussah wie aus uraltem Stein gemeißelt. In der silbrigen Luft hockten sie sich hin und warteten.

»Willst du sie dir nicht ansehen, die Milane?«, flüsterte Madden. Aber Hark konnte den Haufen Federn auf ihrem Schoß nicht anfassen. Sie drehte ihn um und breitete die Flügel aus, sodass er die saubere, getrocknete Unterseite sah. Dann nahm sie den weißen Stein, den sie an einem Band um den Hals trug, und steckte ihn in den Kopf des Milanbalgs. Als sie sich zu ihm beugte und ihn auf die Wange küsste, fühlte er ihren heißen Atem – und die leichte Berührung einer Flügelspitze auf seinem nackten Arm.

»Von der alten Winfrid ist noch nichts zu sehen. Dann also du zuerst, Mädel?«, sagte Guller, und Madden stand auf, groß und dünn neben dem kleinen Mann. Guller wickelte einen Strick ab. Das eine Ende band er Madden um die Taille, das andere, ohne den Strick zu spannen, um einen Baumstamm am Rand der Lichtung.

»Wofür ist das gut?«, fragte Hark flüsternd den Schäfer.

»Ist ein Halteseil. Damit sie nicht verloren geht«, sagte Murnon. »Damit sie wieder zurückfindet.«

Maddens stoßweise gehender Atem, der ihre Aufregung verriet, weckte Harks Misstrauen, das sich noch steigerte, als der Vogelhändler zu pfeifen anfing. Er wusste zwar von Madden, dass Guller Vogelstimmen nachahmen konnte, aber die flötenden Rufe eines Rotmilans tatsächlich aus dem Mund eines Menschen zu hören jagte ihm einen Schauer über den Rücken.

Der Ton erhob sich in die Lüfte. Er schickte Harks Geist auf einen Höhenflug, über die Bäume empor. Andere Milane, die durch die Luft segelten, antworteten. Madden breitete die Flügel des Milanbalgs so weit aus, wie es ihre Arme zuließen. Mit weiß hervortretenden Fingerknöcheln krallte sie sich in die Federn, als der Milanbalg hochstieg, und hielt ihn über sich. Hark krampfte sich der Magen zusammen.

Flügelschatten glitten über die Lichtung, und das Rufen der Milane hörte nicht auf. Madden lehnte sich zurück, dass sich der Strick, der von ihr zum Baum führte, spannte, und es sah aus, als schlüge der emporstrebende Milan mit den Flügeln. Der Wald erbebte. Maddens Augäpfel leuchteten weiß im Mondschein. Während sie mit starken Händen die Flügel hochhielt, zitterten ihre Beine. Hark stand auf, um Guller zu zwingen, damit aufzuhören, aber der schüttelte den Kopf. Kurz darauf zog der Vogelhändler Madden am Strick nach vorn. Sie ließ den Milanbalg fallen und sackte zusammen. Guller hielt sie an den Schultern fest und bettete sie behutsam auf die Erde. Sie lächelte wie im Schlaf.

Hark beugte sich über sie. »Madden«, sagte er, aber Guller brachte ihn zum Schweigen.

»Sie wacht wieder auf. Sie war weit weg, da oben.«

Hark spürte den kalten Atem des Waldes, die Bäume neigten sich tiefer, um Madden anzustarren. Sie schlug die Augen auf. »Wie war es?«, fragte er, aber sie setzte sich stumm auf und presste ihr heißes Gesicht an seinen Hals.

Jetzt war Murnon an der Reihe. Guller band ihm den Strick um den Leib und ließ den Pfiff des Milans ertönen.

»Glückseligkeit«, flüsterte Madden. »Du musst es probieren, Hark. Die reine Freude, so hoch zu fliegen, der ganze Himmel dreht sich um dich, kein Körper, der dich an den Boden fesselt. Ich wünschte, ich könnte immer da oben bleiben, nicht nur ein paar Stunden.«

»Aber es waren doch nur ein paar Augenblicke«, sagte Hark.

»Probier es auch mal. Du musst es fühlen, es gibt nichts Schöneres.«

»Komm, wir gehen nach Hause«, sagte er, aber Madden sah an ihm vorbei auf eine Gestalt, die langsamen Schrittes die Lichtung betrat. Sie schmiegte sich an einen Baum, während Guller das Milanlied pfiff und Murnon schwankte, den eigenen Milanbalg hoch erhoben. Der Vogelhändler zog an dem Strick und fing Murnon auf, als er niedersank, genau wie vorher Madden. Dann winkte er die Gestalt zu sich.

»Lange nicht gesehen. Aber du hast dich entschieden?«, fragte Guller. Die alte Frau nickte.

Das breite Grinsen wich aus Gullers Zügen. Zum ersten Mal wurde seine Miene ernst. Die beiden begrüßten sich mit einem langen, festen Händedruck.

»Ist das Winfrid Plait, die oben am Fluss wohnt?«, wollte Hark von Madden wissen.

»Das arme Muttchen hat keine Menschenseele mehr. Geht kaum noch vor die Tür, und wenn doch, sitzt sie an dem Teich und bläst Trübsal.«

»Ist sie nicht viel zu alt für diese Sache hier?«, sagte Hark. »Komm, Madden, mir reicht's.«

»Warte«, sagte sie und drehte sich um. Zittrig hielt Winfrid ihren Vogelbalg in die Höhe. Sie nickte immer noch, als Guller ihr den Strick umband. Die unheimlichen Schreie vom Himmel bohrten sich in Harks Schädel, und Gullers Pfiffe tönten höher und süßer als zuvor. Das Zittern in Winfrids Armen ließ nach, und die Flügel, die sie hochhielt, breiteten sich weiter aus. Alles verharrte, in dem Klangnetz gefangen, das die ganze Lichtung ausfüllte. Noch immer zog Guller nicht an dem Strick, um Winfrid auf die Erde zurückzuholen. Madden griff nach Harks Hand. Sie schnappte nach Luft, als Guller ein Messer aus der Tasche holte und die Halteleine mittendurch schnitt.

In Harks Kopf drehte sich alles, sein Magen rebellierte, als er mit Madden über den Berg nach Hause stolperte. Bevor sie das Dorf erreichten, erbrach er den brennenden Tee.

Nachdem Guller die Halteleine durchgeschnitten hatte, hatte er Winfrid, reglos, aber noch warm, auf ein Lager aus totem Laub gebettet und ihr den Milanbalg unter den Kopf gelegt. Winfrid sei schon fort, sagte er, und hier im Wald werde es nicht lange dauern, bis ihr Leichnam erkalte. Die Beerdigung würde später stattfinden.

»Für immer da oben?«, fragte Madden, und Guller nickte. »Ich wusste nicht, dass das geht«, sagte sie, das Gesicht so strahlend vor Freude, dass sich in Hark ein Brunnenschacht auftat, der sich mit kaltem schwarzem Wasser füllte.

»Warum nicht?«, hatte Madden am nächsten Tag gefragt. Sie stand mit einem Eimer unter der Leiter, auf der Hark die Hauswand tünchte. Die tief stehende Herbstsonne wärmte ihm den Rücken, aber Maddens Stimmung und ihre Frage wühlten das dunkle Wasser in ihm wieder auf.

»Sei nicht albern«, sagte er.

»Aber warum nicht? Wenn du dich für endlose Freude entscheiden könntest, für eine Glückseligkeit, die niemals, niemals endet?« Madden schwenkte den Eimer, dass die Tünche ins Unkraut schwappte.

»Ich bin auch so glücklich.«

»Nur weil du es noch nie versucht hast. Dann wüsstest du erst, was wahres Glück ist.«

»Das weiß ich auch so.« Hark beugte sich hinunter und tauchte den Pinsel ein.

»Ach ja? Und wie sieht es aus? Wann fühlst du es?«

»Wenn ich mit dir am Feuer sitze. Wenn ich eine leckere Scheibe Braten esse und mich abends gemütlich mit meinen Brüdern unterhalte. Oder auch jetzt, wenn die Sonne vom blauen Himmel strahlt und ich gewissenhaft meine Arbeit mache.« Er tauchte den Pinsel noch einmal ein und wischte sich den Schweiß von der Stirn. »Du brauchst gar nicht so spöttisch zu grinsen.«

»Das ist doch alles Kleinkram. Und du könntest das alles auch verlieren.«

»Ich könnte dich verlieren?«

»Das ist das Problem mit Schlafwandlern. Man weiß nie, wo es sie hinführt.« Sie schüttelte den Kopf. »Du würdest auch ohne mich zurechtkommen. Du beschwerst dich doch sowieso immer, dass ich so eine trübe Tasse bin.«

»Ich wünsche dir, dass du glücklich bist. Dass du dazu fähig bist. Wärst du nicht glücklicher, wenn du wieder auf der High Farm arbeiten würdest? Du warst doch so vernarrt in die Pferde.«

Madden verzog das Gesicht. »Ich verrate dir, was mich

glücklich machen würde. Wenn ich mit den Milanen fliegen könnte und nie wieder zurückkehren müsste.«

»Und was wird dann aus mir?«

»Komm mit und probier's aus. Heute Nacht.«

»Du willst schon wieder in den Wald?« Hark starrte sie an.

Sie stellte den Eimer hin. »Natürlich«, sagte sie. »Wenn du ein bisschen Grips im Kopf hättest, würdest du mitkommen.«

»Ich bin hier der Einzige, der was im Kopf hat!«, rief er hinter ihr her, als sie ins Haus ging und die Tür hinter sich zuknallte.

Hark lag wach in dem stockfinsteren Zimmer, das sie sich teilten. Madden besaß eine dunkle Seite, die ihm immer Angst gemacht hatte. Sogar damals schon, als sie noch jung gewesen waren und Madden ihm auf der High Farm das Reiten beigebracht hatte. Sie konnte so gut mit den Pferden umgehen, aber manchmal war sie ihm zu hart, wo Strenge auch gereicht hätte. Hark wusste, dass sie unter Nachtängsten litt und dass sie, seit ihr Vater gestorben war, manchmal nachts in die Höhle am Ende des Ufers ging. Sie sagte, sie müsse hingehen, denn sonst würde sie vom Tod ihres Vaters träumen, von seinem Sturz in den Abgrund, und das wäre viel schlimmer, als von selber daran zu denken.

Jetzt waren sie erwachsen, und Hark hatte dieses Haus gekauft. Er hatte Madden fragen wollen, ob sie ihn heiraten wollte, auch wenn er sich keine großen Hoffnungen machte, dass sie ja sagen würde. Ihm war der sehnsuchtsvoll traurige Blick, mit dem Robin Prowd von der Farm sie ansah, nicht entgangen. Insgeheim freute Hark sich deshalb, als die Beziehung der beiden in die Brüche gegangen war, was auch immer sie nun genau miteinander verband, und Madden mit Sack und Pack bei ihm auftauchte, Robin verfluchte und ihn fragte, ob sie bei ihm einziehen dürfe. Nach Hause könne sie nicht mehr, sagte sie grimmig. Als Hark den Arm um sie legte, löste sich die Spannung in ihren Schultern.

Und jetzt wohnte sie bei ihm, in seinem Haus. Sie vertraute ihm, und er liebte sie. Weil er ruhig blieb, wenn sie gereizt war, weil er plante, während sie nicht daran denken wollte, was das Schicksal bringen mochte, glaubte er, dass er ihr guttat. Er hatte sie nie im Stich gelassen, in all den Jahren der Wildheit und der grenzenlosen Verzweiflung. Selbst als sein Bruder Dally ihn gewarnt hatte, sie würde ihn nur unglücklich machen und er solle sich ein fröhlicheres Mädchen suchen, hatte er zu ihr gestanden. Er hoffte auf die Chance, sie wieder glücklich zu machen.

Der Morgen graute schon, als Madden zu ihm ins Bett kroch und ihn aufweckte. Sie zitterte vor Kälte, und er rubbelte ihr den Rücken warm.

»Es war wunderschön, Hark«, flüsterte sie.

So ruhig wie möglich hielt er sie in den Armen, bis sie eingeschlafen war.

Bis Madden aufstand, war er mit dem Tünchen fertig und hatte schon angefangen, für die Reparatur der bröckelnden Gartenmauer die Steine zu stapeln. Wieder war es ein schöner Tag, und Hark war zufrieden mit seiner Arbeit. Das Haus, das er als halbe Ruine gekauft hatte, war hergerichtet.

Ihr erster gemeinsamer Winter konnte kommen, sie würden es so behaglich haben wie zwei Tauben.

»Wieso machst du dir so viel Mühe?«, fragte Madden, während er eine Lücke mit einem großen Stein ausbesserte. Sie sah blass und müde aus.

»Aus dem gleichen Grund, warum ich mir auch sonst Mühe gebe. Für dich. Damit wir es schön haben.« Als er den Stein verkeilen wollte, geriet er ins Rollen und fiel auf der anderen Seite der Mauer auf die Erde.

Madden schnaubte. »Das kannst du dir sparen.«

Er folgte ihr ins Haus, wo sie sich auf einen Stuhl fallen ließ und den Kopf auf ihren Arm bettete. »Du wirst noch zur Eule, die ganze Nacht wach und den ganzen Tag am Schlafen!«, rief er, während er sich die Hände wusch. Sie lachte.

»Ich will ein Milan sein«, sagte sie. Hark setzte sich neben sie.

Er atmete tief durch. »Bitte, Madden, geh nicht wieder in den Wald. Das macht mir solche Sorgen.«

»Aber wenn ich es doch will?«

»Lass mich dich glücklich machen. Dafür brauchst du weder Guller noch seinen stinkenden Tee oder seine toten Vögel.« Er dachte an Winfrid und holte noch einmal tief Luft. »Ich liebe dich doch so, Madden.«

Sie sackte auf dem Stuhl zusammen. »Wenn du mich liebst, hältst du mich nicht auf. Dann würdest du mich die gleiche Entscheidung treffen lassen wie Winfrid. Du bist bloß selbstsüchtig.«

Hark packte ihre Hände, und sie versuchte vergeblich, sie ihm zu entziehen. »Du willst wie das alte Weib sein, eine Leiche auf einem Blätterhaufen? Du kannst doch gar nicht wissen, ob ihre Seele bis in alle Ewigkeit fliegt. Ob sie diese Glückseligkeit gefunden hat, von der du immer redest. Das ist alles ein großer Schwindel. Guller treibt seine Spielchen mit euch.«

»Guller hat ihr geholfen«, gab Madden wütend zurück. »Und es ist kein Schwindel. Es fühlt sich wahr an.«

»So wahr wie das hier? Wie deine Hände in meinen, hier in unserem Haus?«

»Ja. Winfrid kann von Glück sagen«, stieß sie hervor, und Hark hätte ihr am liebsten die Hände verdreht, bis sie einsah, was wahr war und was nicht, aber er konnte ihr nicht wehtun.

»Du darfst mich nicht daran hindern.« Ihr kamen die Tränen. Hark hielt ihre Schultern und tröstete sie, und als sie in dieser Nacht ihre Stiefel schnürte und sich in den Wald aufmachte, hielt er sie nicht zurück.

Eine ganze Woche lang ging Madden jede Nacht in den Wald, kam erst im Morgengrauen heim und schlief bis zum Mittag. Jeden Tag dachte Hark sich etwas aus, um ihr eine Freude zu machen. Er schwatzte Dally die besten Stücke Fleisch aus der Oxley-Herde ab, damit sie etwas aß. Er hackte Holz und sorgte dafür, dass das Feuer nicht ausging, weil Madden es gern warm hatte. Er redete mit ihr und versuchte, ihr das Eingeständnis zu entlocken, dass das Leben auch Gutes zu bieten hatte, weil er ihr versprechen wollte, dass sie immer genug davon haben würde. Er las ihr jeden Wunsch von den Augen ab.

Doch Madden sträubte sich. Jedes Mal antwortete sie, es gebe nur einen Weg, glücklich zu sein, und wer diese Gelegenheit nicht ergreife, müsse verrückt sein. Sie aß das Essen nicht, das er ihr hinstellte. Sie saß auf dem Stuhl oder lag im Bett und wartete darauf, dass es dunkel wurde. Als sie eines Nachts aufbrechen wollte, versuchte Hark aus schierer Verzweiflung sie aufzuhalten. Er baute sich vor der Tür auf, hielt ihre Arme fest und schüttelte sie. Aber sie entwand sich ihm und sprang barfuß aus dem Haus.

Hark lehnte in der Tür, er schämte sich zu sehr, um ihr nachzulaufen. Die Nachtluft kühlte seine Wangen. Zum ersten Mal, seitdem er mit Madden im Wald gewesen war und das Gefühl gehabt hatte, dass ihn die Sterne beobachteten, sah er zu ihnen hoch. Madden hatte recht, sie waren wunderschön, doch sie waren auch kalt und stumm.

Er wollte etwas essen, aber er bekam nichts runter. Als er noch mehr Decken aus der Truhe holte, um Madden zu wärmen, wenn sie wieder zu Hause war, fand er die Flasche mit Gullers Giftpilztee. Allein von dem Geruch drehte sich ihm der Magen um, und er erinnerte sich daran, wie fremd ihm die Welt erschienen war, als er davon getrunken hatte, laut hallend oder wie in Watte, und wie das vertraute Muster des Waldes in Wellengekräusel verlaufen war. Hätte er an Magie glauben wollen, dann an jenem Abend. Aber Magie war Lüge, und Guller war ein Lügner, auch wenn Madden so gern an die Lüge glauben wollte. Es konnte nicht wahr sein.

Er brachte die Flasche nach draußen und wollte sie gerade ausgießen, als das Pfeifen eines Milans erklang und sein Blut zu Eis gefror. Er warf die Flasche ins Gras und rannte los.

Obwohl der Mond nicht so strahlend hell schien wie beim letzten Mal, fand er mühelos den Weg zur Lichtung. Als es nicht weit von ihm im Unterholz raschelte, rief er: »Madden!«, und der Wald verstummte. Da sah er sie, unter den tiefsten Ästen eines Holunderstrauchs liegend. Sie lächelte, aber als er sie schüttelte, wachte sie nicht auf. Unter ihrem Kopf lag ein Milanbalg.

Madden schlief noch immer, als Hark das Haus erreichte, nachdem er sie mit brennenden Armen und dröhnendem Herzen stolpernd im Laufschritt den Berg hinuntergetragen hatte. Als er sie in den Sessel gebettet und ihre Lippen mit Whisky befeuchtet hatte, flößte er ihr und auch sich selbst etwas davon ein. Nicht einmal ihre Augenlider flatterten. Er baute ihr aus Decken ein Nest, flüsterte ihren Namen, brüllte ihn heraus. Er legte ihr die Hand an den Hals. Das Blut pulste ruhig durch ihre Adern. Ihr Atem ging flach, aber gleichmäßig.

»Was hast du getan?«, fragte er sie und richtete die Frage dann immer wieder gegen sich selbst, die ganze Nacht hindurch.

Als es Morgen wurde, hoffte er vergeblich, dass das Licht Madden wecken würde. Er rief ihren Namen, schüttelte sie, ohne Erfolg. Er lief auf dem schnellsten Weg zu Guller.

»Sag mir, wie ich sie wieder zurückholen kann!«, schrie er, als er die Tür aufstieß und ins Haus stürzte. Es stank nach Verwesung, und Federn stoben im Luftzug über den Boden. Über seinem Kopf schrie eine Elster. Guller stand am Tisch und säuberte einen Vogelschädel. Er musterte Hark, während er auf ein Tuch spuckte und an dem Knochen herumrieb.

»Das kannst du nicht«, antwortete er mit seiner kindlichen Singsangstimme.

»Dann du«, sagte Hark.

Guller schüttelte lächelnd den Kopf. »Ich kann es auch nicht. Sie ist nicht mehr unter uns.«

»Sie ist nicht tot. Sie schläft nur.« Hark trat näher an den Tisch, auf dem die Knochen und Eingeweide eines großen Vogels blutig aufgehäuft waren.

»Sie wusste genau, was sie wollte. Du solltest dich für sie freuen«, sagte Guller, dessen runde Murmelaugen Harks Blick nicht auswichen. »Glückseligkeit.«

Hark schlug ihm den Vogelschädel aus der Hand. Die Scherben sprangen über den Boden davon.

»Obacht«, warnte Guller.

»Wenn sie nicht mehr aufwacht, wenn sie stirbt, hast du sie umgebracht. Vergiftet mit deinem Pilztee und deinen mit Magie verbrämten Lügen.«

»Aber sie lebt doch.« Guller trat vom Tisch an das bereifte Fenster und sah hinaus. »Nur ihren Körper braucht sie nicht mehr. Es braucht sie nicht mehr zu kümmern, wenn er altert. Glückseligkeit«, wiederholte er. »Würdest du ihr das nicht wünschen?«

»Ich sage allen, was du gemacht hast. Ihrer Mutter, dem ganzen Dorf.«

Guller breitete die Arme wie zu einem verspäteten Willkommensgruß aus. »Erzähl es ruhig herum«, antwortete er. »Ich bin der Einzige, der ihnen die Sterne schenken kann. Ob alt, ob jung, sie kommen alle zu mir.«

»Nicht, um zu sterben.«

»Nein, aber manchmal, um dort oben zu bleiben. Die alte Winfrid Plait, die hat es so gewollt. Und du kennst doch Ervet? Ihr Vater Berry genauso.« Guller grinste. Seine Augen kullerten in den Höhlen und hefteten sich zuletzt auf Hark. »Wenn du willst, zeige ich dir, warum Madden es wollte. Es kostet nicht viel.« Er klimperte mit den Münzen in seiner Hosentasche.

»Nicht viel?«, brüllte Hark. Er trat gegen den Tisch, dass die Vogelknochen klapperten. »Sie hat mit ihrem Leben bezahlt.«

»Nein, nein«, lachte Guller. »Probier es aus. Du wirst schon sehen.«

Aber da war Hark bereits zur Tür hinaus und spie den Gestank des Hauses in den Dreck.

Wenn es eine Lüge ist, wacht sie wieder auf, dachte er, als er nach Hause lief, die müden Augen gegen die Sonne zusammengekniffen. Wenn ich sie wärme, sie füttere, ihr zu trinken gebe, kommt sie wieder zu sich. Aber die Brombeeren, die er für sie zu Mus zerdrückte, blieben auf Maddens Zunge liegen, und die Milch, die er ihr gab, rann ihr zwischen den Lippen hervor.

Er suchte den Milanbalg, den er zusammen mit ihr nach Hause getragen hatte, nach Hinweisen ab, wie man den Fluch wieder rückgängig machen könnte. Als er vorsichtig Maddens weißen Stein aus dem Kopf des Vogels stocherte, fiel auch ein Zettel heraus. Darauf war ein Baum mit zwei dicken Ästen gemalt, der Baum, auf den sie als Kinder immer geklettert waren. Madden hatte Hark als Mutprobe aus der Astgabel springen lassen.

Als er den Milanbalg in der Hand hielt, fühlte er, obwohl er leer war, die Kraft in den Flügeln, den Drang zu fliegen. Er konnte nicht noch mal zu Guller gehen. Er konnte es seinen Brüdern nicht erzählen. Dann fiel ihm Murnon ein.

Hark fand den Schäfer am Rand der Weide in einer Mauernische. Die Wolken hingen inzwischen tief über dem Berg, kein Vogelgezwitscher war zu hören. Der Schäfer nickte ihm zu, als er den Weg verließ und sich zu ihm gesellte.

»Nicht so dumm, wie es scheint, diese Sache mit Guller«, sagte er, noch bevor Hark seine Frage stellen konnte, und rückte ein Stück zur Seite, um ihm Platz zu machen.

»Warum machst du da mit?«, fragte Hark.

Murnon zeigte mit dem Daumen hinter sich, auf die kleine Schafherde. »Eigentlich bin ich mit meiner Arbeit ganz zufrieden, aber ich kenne die Tiere zu gut. Deshalb gibt es oft nichts, was mich davon abhält, in Trübsal zu verfallen. Die Milane sind meine Befreiung. Sie zeigen mir, dass das Leben nicht nur aus Düsternis besteht.«

»Nein?«

»Dass es etwas Größeres gibt. Echte Freude. Eine Freude, die niemandem wehtut. Guller hat keine bösen Absichten, und der Mensch braucht Trost.«

Hark schüttelte den Kopf. »Aber es ist nicht wahr. Es ist bloß ein Pilztraum.«

»Für den Träumer ist der Traum genauso wahr wie das Leben. Was ist der Unterschied?«

Hark dachte an das Haus, an seine ganzen Reparaturen und Verschönerungen. Das war wahr, das war echt. Alles für Madden, für ihr gemeinsames Leben. »Wenn du das wirklich glaubst, warum machst du es nicht auch wie Winfrid?«

»Und deine Madden.«

Hark schnürte sich die Kehle zusammen.

»Wegen meinem Bruder Firwit«, sagte Murnon. »Ohne mich wäre er genauso viel wert wie ein halbes Pferd. Ich kümmere mich um die Herde und, wenn es so weit ist, ums Schlachten und um das Fleisch. Firwit kümmert sich um die Häute. Mit dem Haushalt ist es dasselbe. Auf sich allein gestellt wüsste er sich nicht zu helfen. Solange ich nachts in den Wald kann, halte ich das aus.«

»Ich wollte auch alles teilen. Mit Madden«, sagte Hark.

Murnon nickte. »Aber sie wollte ihre Freiheit.«

Hark ließ den Kopf hängen und schlug die heißen, schweißnassen Hände vors Gesicht. Murnon fasste ihn an der Schulter wie an jenem Abend im Wald.

»Du kannst dich gern über die Meinung eines alten Mannes lustig machen, aber wenn ich du wäre, würde ich auch einmal mit den Milanen fliegen. Vielleicht tut es dir gut. Und vielleicht kannst du ihr dann sogar verzeihen.«

Den Rest dieses langen Tages und die ganze Nacht saß Hark bei Madden oder streifte unruhig durch das Haus und suchte sich Aufgaben, die erledigt werden mussten, bis er erkannte, wie sinnlos das war. Er wollte sie nicht allein lassen, aber er wollte auch nicht da sein, wenn ihr letzter Lebensfunke erlosch. Letzten Endes gab ihm nur ein Gedanke Trost: dass sie nicht mit ihm leiden musste. Aber es war schwer, den Gedanken festzuhalten. Immer wieder versank er in dem tiefen schwarzen Brunnenschacht.

Zermürbt vom vielen Zaudern sprach er schließlich mit Murnon und machte mit ihm aus, in der folgenden Nacht mit in den Wald zu kommen. Er fand die Flasche mit dem braunen Tee im Gras, stellte sich vor Madden hin und trank davon, damit sie sah, dass er tat, was sie von ihm gewollt hatte. Als die Welt anfing, sich wellig zu kräuseln, klemmte er sich den Milanbalg unter den Arm und wanderte unter den zwinkernden Augen der Sterne den dämmerdunklen Berg hinauf.

Bis er auf Murnon und Guller stieß, hatte sich der Wald in ein wisperndes Labyrinth verwandelt. Mit zögernden Schritten folgte er ihnen zwischen unvermittelt vor ihm aufragenden schwarzen Baumstämmen hindurch, den Brombeerranken ausweichend, die sich wie Finger nach ihm reckten, um ihn zu Fall zu bringen. Die Sterne, die sich dicht an dicht über der Lichtung drängten, funkelten jetzt, da der Mond bis auf eine schmale Sichel geschmolzen war. Hark war es speiübel, aber er bekämpfte den Brechreiz. Der Tee musste Gullers Zauber begünstigen. Er musste ein letztes Mal Maddens Bild in sich heraufbeschwören, kühn und freudig.

Er konnte Gullers Gesichtszüge nicht erkennen, als der ihm den Strick um die Hüften band. Er schien ihm mal freundlich, mal verächtlich dreinzublicken. Gullers Worte klangen, als kämen sie aus Harks eigenem Kopf.

»Du hast etwas, was dir gehört, in den Balg gestopft?«

»Mein Taschentuch.«

»Ja, das kannst du nehmen. Stell dich zwischen die Flügel. Lass dich von ihnen hochtragen. Ich halte dich an der Leine fest, bis es Zeit wird zurückzukommen.«

Hark verriet Guller nicht, dass er das Taschentuch um Maddens weißen Stein gewickelt hatte. Er schloss die Augen und wartete auf das Pfeifen. Der dünne, bebende Ton spülte alle Gedanken davon. Es gab nur noch die Federspitzen in seinen Fingern, die irgendwo und überall kreisenden Schatten, den Ruf, sich in die Lüfte zu erheben. Der Milanbalg spannte sich weiter, das Rauschen seines Flügelschlags surrte durch Harks Arme, dann war die Lichtung fort, vom Wald unter ihm verschluckt.

Es stimmte. In diesem Augenblick hätte er keine Worte dafür finden können, aber hinterher musste er es Glückseligkeit nennen. Eine Wonne, vertraut und neu zugleich, ein gestaltloses Entzücken. Wie lange er flog und im Sternenlicht schwelgte, wusste er nicht. Als er schon ins Stürzen geriet und ihn der Strick auf die Erde zurückholte, hörte er Maddens Stimme, erst dicht an seinem Ohr, dann hoch über ihm verklingend. *Bleib*, sagte sie.

Hark setzte sich auf, übergab sich in das tote Laub und legte sich wieder hin. Die Bäume beugten sich über ihn, freundlicher als zuvor. Murnon und Guller unterhielten sich murmelnd. Er lag da und wartete auf Madden, auf ihre Stimme, auf irgendeine Spur von ihr, doch da war nichts.

Nachdem er Maddens Zettel zu den Lightfoots gebracht hatte, trug Hark ihren Leichnam über den Berg zurück in den Wald. Über ihm ballten sich dicke Wattewolken, und das nächtliche Gewisper der Bäume war einer vertrauten Stille gewichen. Er suchte sich eine Stelle, wo nie ein Jäger vorbeikommen würde. Ein dicker Teppich aus Buchenlaub gaukelte ihm mit seinem rotbraunen Leuchten Wärme vor. Dort legte er Madden auf die Erde.

»Ich weiß es jetzt«, sagte er, als er sie mit den Blättern zudeckte. »Ich glaube immer noch, dass du unrecht hast, aber warum solltest du auf mich hören?« Er setzte sich neben sie, ihren weißen Stein in der Hand. Er wartete lange im Grau der einsetzenden Abenddämmerung, bis seine letzte

Hoffnung erloschen war, dann erst machte er sich auf den Heimweg.

Als er über die Bergkuppe kam, sah er das weiß getünchte Haus, halb fertig und leer, weiß strahlend in einer Welt, die langsam verblasste. Ihn graute vor der dunklen Nacht in seinem Bett, doch noch mehr graute es ihn vor dem tristen Licht des Morgens. Als er näher herankam, sah er einen Schatten auf der Türschwelle liegen. Es war der Milanbalg, die Flügel unter den Körper gefaltet, den Kopf in die leere Brusthöhle gestopft. Er hob ihn auf und nahm ihn mit ins Haus.

»Die Mädels sind alle raus.« Firwit deutet auf die Stelle, wo Orta und die anderen ihre Bögen schwenken und miteinander Wetten abschließen, wer von wem einen Kuss bekommen wird. »Die Jungs sind sicher schon oben in den Tunneln. Als ich noch ein Junge war, hab ich die Ginstermutter nie zu sehen gekriegt.«

Aber Hark hört ihm nicht zu. Über ihnen leuchten die ersten Sterne am Himmel. Er fragt sich, wie oft sie schon durch die Dunkelheit gewandert sind, seit er zu ihnen hochsieht und an Madden denkt. Wie oft er mit dem Milanbalg in den Wald gegangen ist, nur um zuletzt doch wieder umzukehren.

Er nimmt sich eine Fackel und wartet mit den anderen Männern und Frauen aus Neverness. Die Tür des Tages hat sich fast geschlossen, doch auch das Jahr selbst dreht sich in den Angeln. Die Jungen und Mädchen haben sich zu Paaren zusammengefunden – ein Kuss für jeden tief in den Ginster versenkten Pfeil. Hand in Hand wandern sie in die Nacht hinaus oder sitzen unter Firwits wachsamem Blick schüchtern am Feuer.

Die Flammenreihe beginnt ihren Marsch, Hark als Letzter. Der Berg ist schwarz. Nur die Fackeln verströmen ein orangefarbenes Licht. Während sich die Dorfbewohner rings um den Ginster verteilen, kommt auf der seewärtigen Seite ein Flüstern auf. *Ginstermutter. Goldmutter.* Gill Skerry stimmt nicht mit ein.

Die Fackeln senken sich, die Flammen lodern im Wind. Das Feuer züngelt. Bald knistert die ganze Landzunge von Neverness und speit Feuer gen Himmel, begleitet von Jubelrufen und duftendem Rauch.

DANK

Jeder und jedem der unten Genannten ein großes Dankeschön! Ohne euren jeweiligen Beitrag hätte dieses Buch nie das Licht der Welt erblickt. Falls ich mich dafür noch nicht revanchiert habe, findet sich hoffentlich bald die Gelegenheit, das nachzuholen. Ich danke:

Alison MacLeod, meiner fantastischen »Doktormutter«, Lehrerin und Mentorin.

Den großartigen Autorinnen und Autoren, die mich in den Arvon-and-Ty-Newydd-Seminaren unterrichtet haben, vor allem Jane Feaver, Helen Oyeyemi, Jon McGregor, Tania Hershman, Sara Maitland und David Constantine – und Kevin Crossley-Holland, der mir gesagt hat, dass ich es kann.

Alexa von Hirschberg, meiner scharfsichtigen, leidenschaftlichen Lektorin, und allen Leuten bei Bloomsbury, die dafür gesorgt haben, dass es so ein wunderschönes Buch geworden ist, darunter Alexandra Pringle, Imogen Denny, Marigold Atkey, Callum Kenny, Francesca Sturiale, David Mann und Sarah-Jane Forder.

Meiner Tante Isobel Simonds, deren originelle und kunstvolle Illustrationen diese Seiten schmücken.

Lucy Luck, meiner souveränen Agentin.

Cathy Galvin und allen anderen aus der Word Factory.

Meinen Mitstreiterinnen und Mitstreitern aus der North London Writers' Group, meiner Short Story Critique Group und dem Brick Lane Bookshop.

Allen anderen Autorinnen und Autoren, die mich durch konstruktive Kritik und hilfreiche Anregungen bestärkt und angespornt haben. Leider kann ich hier nicht alle aufzählen, aber Lily Dunn *muss* ich nennen.

Adam Marek für seine unermüdliche Unterstützung. Danke!

Meiner kreativen und inspirierenden Familie, die immer an mich geglaubt hat.

Meiner Mutter, die an Feen glaubt: Dieses Buch ist dir gewidmet, weil ich dir einfach nicht genug danken kann.

Allen Lektorinnen und Lektoren, allen Redakteurinnen und Redakteuren, die einzelne Geschichten aus diesem Buch in Auftrag gegeben beziehungsweise veröffentlicht haben. Ra Page von Comma Press für den Auftrag zu »Strick« für *Thought X: Fiction and Hypotheticals* und »Donnerschlag« für *Spindles*; Jan Fortune von Cinnamon Press, die »Stöcke sind für Feuer« in *Journey Planner & Other Stories and Poems* und »Mawkin« (eine Frühfassung von »Fischbalg, Hasenbalg«) in *Patria* aufgenommen hat; Deborah McMenamy von Labello Press, die »Die Ochsenmänner aus Neverness« für *Gem Street* ausgewählt hat; der Redaktion der Illustrierten *Glint* für die Veröffentlichung von »Erde isst man nicht«; den Mitarbeitern der *Mechanics' Institute Review* für die Publikation von »Milan« in Heft 12; Hilary Mantel und David Rogers für die Aufnahme der »Braut des Wasserbullen« in *What Lies Beneath;* dem Costa Short Story Award (und allen, die »Fischbalg, Hasenbalg« ihre Stimme gegeben haben). Danke auch für die wunderbare Audioversion der Geschichte auf der Costa-Website.

Last, but noch least danke ich der gesamten Isle of Man,

einem Ort ginsterduftender Inspiration und Hort fantastischer Geschichten.

Zoe Gilbert hat schon früh mit dem Schreiben begonnen, ihre Texte sind in Anthologien und Zeitschriften erschienen. »Nebelinsel« ist ihr erstes Buch. Eine der Erzählungen daraus wurde mit dem renommierten Costa Short Story Award ausgezeichnet. Zoe Gilbert studiert Fiction und Creative Writing an der University of Chichester, war Mitbegründerin des London Lit Lab, ist Associate Editor der The Word Factory, wo sie einen Kurzgeschichten-Club leitet, und nahm für den British Council an Literaturprojekten in China und Südkorea teil. Sie lebt im Süden von London, wo echte und geisterhafte Wälder als Inspiration für ihren nächsten Roman dienen.

Über *Nebelinsel* sagt die Autorin:
»Normalerweise sind die Figuren in Volksmärchen reine Archetypen ohne Eigenleben. Ich wollte über echte Menschen schreiben, ihnen Gefühle und psychologische Tiefe verleihen und ihre Geschichten gleichzeitig in die Welt von Volkserzählungen einbetten.« *Zoe Gilbert*

Die Originalausgabe erschien 2018 unter dem Titel
»Folk« bei Bloomsbury Publishing
An imprint of Bloomsbury Publishing Plc

Die Arbeit der Übersetzerin am vorliegenden Text wurde vom Deutschen Übersetzerfonds gefördert.

Dieses Buch ist auch als E-Book erhältlich.

Das in diesem Buch eingesetzte Papier stammt aus nachweislich kreislauforientierter, nachhaltiger Forstwirtschaft.

Wunderraum-Bücher erscheinen im
Wilhelm Goldmann Verlag, München,
einem Unternehmen der Random House GmbH.

1. Auflage
Deutsche Erstveröffentlichung Oktober 2019

Umschlaggestaltung und Konzeption: buxdesign | München
Collage: Ruth Botzenhardt
Landkarte und Illustrationen im Innenteil: © 2018, Isobel Simonds
Redaktion: Regina Carstensen
Satz: Buch-Werkstatt GmbH, Bad Aibling
Druck und Bindung: GGP Media GmbH, Pößneck
Printed in Germany
ISBN 978-3-336-54804-0

www.wunderraum-verlag.de

Auf Wiedersehen im

WUNDERRAUM

www.wunderraum-verlag.de